MW01687271

REGALOS,

¡¡SUERTE!!

Julio '96.

COLECCIÓN TIERRA FIRME / POETAS CHILENOS

VEINTICINCO AÑOS DE POESÍA CHILENA (1970 - 1995)

Esta obra contó con el aporte
del Fondo Nacional de Fomento
del Libro y la Lectura.

VEINTICINCO AÑOS DE POESÍA CHILENA

1970-1995

TERESA CALDERÓN
LILA CALDERÓN
TOMÁS HARRIS

COMPILADORES

FONDO DE CULTURA ECONÓMICA
MÉXICO - ARGENTINA - BRASIL - COLOMBIA - CHILE
ESPAÑA - ESTADOS UNIDOS DE AMÉRICA - GUATEMALA - PERÚ - VENEZUELA

Primera edición, Chile, 1996

© Fondo de Cultura Económica
Av. Picacho Ajusco 227; Colonia Bosques del Pedregal; 14200 México, D.F.
© Fondo de Cultura Económica Chile S.A.
Paseo Bulnes 152, Santiago, Chile

Registro de propiedad intelectual Nº 96.101
I.S.B.N.: 956-7083-55-X

Coordinación editorial: Patricia Villanueva
Diseño Gráfico: Patricio Andrade
Fotografía de portada: Mauricio Salgado
Composición del texto: Computext Ltda.

Impreso en Chile

Agradecimientos a Pepe Apablaza, Elisa Canguilhem de Lira, Daniel Fuenzalida, Lila González Vergara, Raquel Huidobro de Rubio, Eliana Rodríguez viuda de Martínez, María Luz Moraga, Verónica Ramírez, Juan Camilo.

Yo bien sé que al Poeta
un lugar reserváis
en las filas benditas
de las Santas Legiones
y que para la fiesta eterna lo invitáis.

CHARLES BAUDELAIRE

ÍNDICE GENERAL

PRESENTACIÓN

La presente muestra poética corresponde a una selección de textos escritos por poetas nacidos entre 1937 y 1962 que desarrollan y consolidan su voz durante los últimos veinticinco años en Chile. Hemos intentado incluir autores representativos de todas las tendencias poéticas actuales, lo que ha dado como resultado esta Antología de cincuenta y cuatro autores cuyos libros han tenido —casi sin excepción— una difusión escasa. Pretendemos, pues, que su publicación por el Fondo de Cultura Económica repare o inicie la reparación de esta marginación que tanto afecta a nuestra cultura, al perjudicar precisamente al género literario que mayor nivel ha alcanzado al interior de nuestras fronteras, trascendiendo también fuera de ellas.

Los poetas reunidos en esta Antología pertenecen a dos promociones: la del 60 y la del 80, consideradas ambas en su doble acepción de líneas divisorias y de territorios fronterizos marcados por el trance histórico chileno del golpe de Estado de 1973. Se trata también de un corte en la continuidad republicana del país cuyos efectos se han constituido en una verdadera fractura que compromete todos los aspectos de la vida individual y colectiva de los chilenos. Este hecho axialmente trágico ha comprobado, a nuestro juicio, que la poesía no es —ni en su génesis ni en su textualidad— un producto cultural ahistórico y que, en consecuencia, la creación poética es permeable a los hechos que constituyen su contexto social y su tiempo.

Dos características consustanciales a la *manu militari* produjeron efectos diversos en las promociones del 60 y del 80. En tanto la represión directa —exterminio físico, tortura, exilio— afectó duramente a la generación del 60, la de los 80 se vio forzada a crecer en un clima de odios, persecución y miedo, sin posibilidades de expresión debido a la férrea censura aplicada a la creación literaria y en medio de un ambiente poético marcado por la ausencia o la distancia de sus interlocutores más cercanos cronológicamente. Así, en tanto que la generación que en 1967 Waldo Rojas definiera como *Emergente* pasaría a denominarse *Diezmada* o de la *Diáspora,* la promoción del 80 sería llamada por Jorge Montealegre Iturra generación *NN*: "Una generación que descubre la palabra en el desgarro colectivo: inspiración de las bocanadas de humo de septiembre de 1973. Esta experiencia común fue un referente bautismal para muchos poetas jóvenes de 20 a 70 años. Por ello no es extraño que algunos hayamos comenzado a escribir en prisión política o que parte de nuestro desarrollo se haya dado en el exilio o eludiendo a la represión con seudónimos o simplemente callando o postergando la publicación de nuestros textos; *NN:* lo sin nombre, lo que no existe, lo desaparecido. *E pur si muove:* no *NN*, al fin y al cabo, es una doble negación: Nunca nunca, Nadie nadie. De ahí soy. De allí somos".

La promoción del 60

El nacimiento en Valdivia del grupo Trilce, en 1965, marca un hito fundamental en la vida de la generación del 60. El golpe de Estado de 1973 no logró silenciar a esta generación emergente. Hubo, es cierto, cambios fundamentales en la continuidad textual de los poetas que la conforman pero cada uno de ellos siguió desarrollando sus rasgos escriturales propios en un entramado común en el que adquieren su significación singular las diversas voces poéticas, tanto en lo que se refiere a la textualidad misma como en lo relativo al contexto cultural o extratextual.

A pesar de desarrollarse en un contexto histórico de gran efervescencia social y política —que va desde la Revolución Cubana en 1959 hasta el movimiento del 68 en Francia, en lo internacional, y en lo nacional desde la irrupción del Movimiento de Izquierda Revolucionaria en la escena política hasta el movimiento de reforma universitaria de 1967— la poesía de la promoción de los 60 se caracterizó por ser un espacio de resistencia textual, expresión de la voz marginal de un hablante colectivo-subjetivo con un discurso desacralizado y desmitificador tanto del contexto rural como urbano, todo ello dentro de una línea de continuidad poética, principalmente con la antipoesía parriana, y en estrecha interrelación con los poetas de los 50. La obra de estos últimos constituye una parte importante del horizonte poético de las nuevas voces: Lihn se impone con su poética refractaria a una realidad urbana contemporánea compleja y degradada y con su dialéctica problematizadora de la relación con la palabra. Uribe Arce, por su parte, se muestra en una poesía signada por la desgarrada y demoledora ironía en textos de concisión epigramática —fundamentales para muchos poetas de los 60—, al paso que Jorge Teillier reaparece expresando poéticamente una relación conflictiva entre lo lárico y el avance de algunas formas de industrialización y concentración urbana en la naturaleza del sur. Sobre la promoción del 60 ejercen influencia, además, los poetas de la tradición hispanoamericana como Cardenal, Germán Belli y Cisneros, y de la tradición norteamericana, representada por Gingsberg, Ferlinghetti y Kerouac.

La promoción del 80

A mediados de los 70, en plena dictadura militar, hace su aparición la promoción más reciente de poetas incluidos en esta Antología. En manifiesta oposición al régimen, sin ningún tipo de apoyo institucional o auspicio universitario y en condiciones de real marginalidad, se conforman grupos en torno a revistas que, a lo largo del país, se convierten en canales de expresión de estas nuevas voces poéticas. Así ocurre en Santiago con *La Bicicleta, El 100topiés, La Castaña, Huelén* y *La Gota Pura,* en Concepción con *Posdata* y el tríptico *Envés,* en Chiloé con los grupos literarios Aumen y Archipiélago y en Punta Arenas con la revista *Momentos.*

En estas hostiles y precarias condiciones comienzan a publicarse las primeras antologías: *Poesía para el camino, Uno por Uno = Nueve Poetas Jóvenes* y *Poesía Joven del Sur de Chile.* Con posterioridad, y mayoritariamente en forma de autoediciones, empiezan a aparecer las primeras publicaciones individuales, las que van constituyendo un escenario textual múltiple y heterogéneo, en el que se entrecruzan, confrontan y coexisten distintas maneras de ubicarse en el decir poético. Basta una mirada a los títulos de los libros publicados para constatar la marca indeleble del contexto histórico en la poesía de la época: *Para matar este tiempo, Sobrevivencia, Olla común, En lugar de morir, Zonas de peligro, La Tirana, Purgatorio, Causas perdidas, El rumor de la niebla, Aguas servidas, Poemas insurrectos, Bajo amenaza, La Bandera de Chile, Exilios, Tiempos difíciles, Recurso de Amparo, Nos poblamos de muertos en el tiempo...*

Tradición y nuevos giros poéticos

Una de las tendencias escriturales existentes dentro de la promoción posgolpe es la que se relaciona con la tradición poética sin intentar rupturas radicales con ella. Se trata de recrear —a partir, principalmente, de las obras de Parra y de Lihn— una textualidad en la que los rasgos predominantes son un lenguaje cercano a lo coloquial, la presencia de lo urbano, la apelación directa a lo extratextual y a la realidad sociohistórica, la ironía y la presencia de un yo poético inmerso en la cotidianidad que ni niega ni retira su propia subjetividad del texto.

Las armas con las que, magistralmente, Quevedo demolió los cánones morales, sociales y estéticos de su época constituyen también un rasgo definitorio de la poesía de esta promoción. La marginalidad, la ironía y la sátira fueron utilizadas con la misma intención de Quevedo, llevando, en algunos casos, el lenguaje a límites desestructurantes e incluso bufonescos.

En el sur de Chile se empieza a escribir una poesía que, a partir de una matriz común conformada por la obra de Juvencio Valle, algunas obras de Neruda y toda la creación poética de Jorge Teillier, evoluciona y transforma sus elementos textuales. Se trata de una poesía arraigada en la naturaleza de Valdivia, Puerto Montt o Chiloé y que ofrece la imagen abierta de sus habitantes, espacios, mitos y costumbres, en la que el poeta asume tanto la voz personal como la colectiva. En esta opción poética ocupan un sitial destacado los poetas mapuches quienes dan cuenta de su cultura, lenguaje y visión del mundo.

Otro rasgo propio de la generación de los 80 es el desplazamiento de la textualidad desde el ámbito habitual de la poesía hacia la experimentación a través del lenguaje, asumiendo múltiples formas de codificación, lo que Luis Bocaz llama fluidez semiótica. Se trata de un esfuerzo por incorporar al poema una pluralidad de códigos disímiles, insertando en el texto fragmentos de *comics,* plástica, ficción narrativa, etcétera. El sujeto hablante se presenta de una manera fragmentaria para inscribirse en textos también fragmentarios, pero que se constituyen como totalizadores estructural y temáticamente.

Esta escritura experimental se yergue como una interrogante a la historia e identidad chilenas y a la función del lenguaje en la producción textual. Se trata, en buenas cuentas, de un intento de reorganización destinado a convertir la poesía en un espacio de resistencia y de transgresión al sistema dominante.

Mujer: lenguaje y visión de mundo

Mención aparte, por sus características singulares, merece el trabajo poético de la mujer dentro del período posgolpe. Este discurso se sitúa dentro de la perspectiva de lo femenino como género; indaga en sus diferencias, se aventura en el ámbito de la sexualidad y la maternidad, reivindica para la poesía el espacio doméstico y el erotismo, entre otros aspectos. Como atinadamente observa el crítico y profesor Juan Villegas, las mujeres que han escrito —y que escriben— poesía en Chile, se han encontrado con un mundo cerrado desde lo ideológico a lo literario. Este crítico considera que la mayor parte del discurso poético femenino surgido después del 80 tiende a ser subversivo porque es expresión de la emergencia de una conciencia que asume a la mujer como sujeto y participante activa de la historia. En cualquier caso, la poesía escrita por las mujeres de los 80, conteniendo todos los rasgos de género, también participa de las líneas mencionadas para los poetas. Hay mujeres que trabajan la experimentación, otras, la ironía y la sátira, otras asumen el paisaje rural o urbano, y otras conjugan gran parte de todos estos elementos, con lo que se completa nuestro singular panorama poético.

Entregamos a los lectores este fragmento de nuestra poesía escrita en gran parte durante un época dura, cruel y sangrienta de la historia chilena; un tiempo de bandos y órdenes, de censura y autocensura pero donde nadie pudo impedir que las palabras dijeran lo que había que decir. Esas palabras que tanto amó Neruda: "las inesperadas, las que glotonamente se esperan, se acechan, hasta que de pronto caen, los vocablos amados que brillan como piedras de colores, que saltan como platinados peces, que son espuma, hilo, metal, rocío..."

Y como al igual que los procesos sociales tampoco los procesos creativos pudieron ser clausurados por el crimen ni por la fuerza, los poetas continúan su aventura creadora. Otras voces jóvenes, como las de Adán Méndez, Jesús Sepúlveda, Francisco Véjar, Marcelo Rioseco, Isabel Gómez, Guillermo Valenzuela, Mauricio Barrientos, Marcelo Novoa, Horacio Eloy, Pedro Araucario, Malú Urriola, Marco Bugueño, Ricardo Rojas, Isabel Larraín, Nadia Prado, Sergio Parra, Lorenzo Peirano, Víctor Hugo Díaz, Julio Miralles, Javier del Cerro, David Preiss, Felipe Moya, Dicky Hogge, entre otras, se abren paso en la presente década dentro de la siempre renovada poesía chilena.

LOS AUTORES

Generación del 60

Claudio Bertoni

SANTIAGO, 1946

EL CANSADOR INTRABAJABLE, (1973)
EL CANSADOR INTRABAJABLE II, (1986)
SENTADO EN LA CUNETA, (1990)

ARTE POÉTICA

CÓMO ES UN POEMA

A veces un poema es como un huevo: basta quebrarlo y se derrama. Otras veces hay una línea negra allá arriba —cerca del fin de la hoja— y hay que subir y cuando llegamos miramos detrás y nuestro rastro es el poema. A veces pasa un poema por el cielo y hay que derribarlo a impactos de obús; cada verso es un impacto y cuando un verso le da se acaba el poema y los demás versos son los impactos que no le dieron. A veces viene un poema, se pone la diestra nuestra como un guante —o la siniestra— y se autoescribe de pé a pá, de arriba abajo y de un run, se quita el guante y se va. A veces hay una línea y las palabras la rodean por todos lados y no se acercan y se devuelven y se descuelgan de los 4 abismos silenciosos de la hoja y la línea es un haikú que naufraga en la hoja. Y a veces una línea se quita el sombrero y adentro hay otra línea más chica que también se quita el sombrero y así sucesivamente hasta que una línea es tan chica que se quita el sombrero y adentro está el punto final.

P.S.
Me da vergüenza escribir. Lo considero una ridiculez.

"Escribir me repugna". (P. VALÉRY)
No escribir también repugna.

Según H. Michaux "Tan sólo la ambición de hacer un poema basta para matarlo".

"Pero advierto: yo no hago literatura. Cuento mis cosas".
(NICANOR PARRA)

"Quizá sea la poesía un quehacer perfectamente idiota".
(WALDO ROJAS)

"...Quizás
...Quizás
...Quizás..." (NAT KING COLE).

(Especial para esta Antología)

SELECCIÓN

Mi baño de tina

envuelto en mi sábana de baño
medio tiesa de almidonada y blanca
voy camino del baño de tina
por el pasadizo alfombrado
entro en el comedor
entra el sol
dando bandejas de oro en los muros
dando un flamígero mandoble
en el canto de cabinets y anaqueles
condecorando respaldos
el aire mece las cortinas
como el ruedo en Primavera de una modelo
ando entre los vítores
de conocidos y conocidas
en kimonos
en saltos de cama
en batas de levantarse
en pijamas de sus maridos
en mañanitas
en calzoncillos y zapatos
con el platillo en una mano
y la taza con desayuno en la otra
o anudándose las corbatas
unos me saludan
otros me aplauden
como si fuera una gracia
me arrojan papel picado
como si fuera un astronauta
sentado en un Cadillac descubierto
me arrojan flores
como si fuera un torero
envuelto en la toalla medio tiesa
voy camino del baño de tina
por el pasadizo alfombrado

diviso al fondo la enorme puerta de algodón
se abre majestuosamente
inundando la nívea porcelana de los sanitarios
una jofaina de luz guadaña el baño
a mis espaldas se oye la secuela evanescente aún
de vítores respetuosa y suavemente amortiguados
por la delicadeza de la puerta
para recoger los ruedos
de su vestido de terciopelo.

Londres, 1973.

Please

acabo
de levantarme
de la silla porque
me pareció escuchar
una voz de mujer o su
risa y pensando que podías
ser tú me acerqué a la ventana
y vi a una mujer rubia levantándose
de una maleta apoyada en el muro y caminar
con el hombre también rubio y de su misma estatura
detrás y con la maleta en la mano
y
las
que yo
imaginé
medias blancas
de hilo son blancas
pero de cuero y ella
es un poco más baja y
trata de caminar a la misma
velocidad y escucho claramente
los sollozos y él sigue con la vista
fija y cuando atraviesan la calle escucho
claramente que ella le dice
please.

Londres, 1973.

Sopa

accedí
naturalmente
y no quedó claro
si yo le traería o no
un plato de sopa o si ella
bajaría a servírselo a la cocina
y cuando volví a preguntárselo me
dijo que por qué no traía mi plato y
comíamos juntos en su pieza y cuando
se lo traje le dije que yo me había servido
mi sopa antes de que ella me pidiera que comiéramos juntos
y no era cierto.

Londres 73.
(De *El Cansador Intrabajable II*)

Sentado en la cuneta (Fragmento)

Depende para donde mire la punta del escudo chileno que
constituye la filigrana.
Y sin filigrana también claro, como todo en la vida.

Donde *don P* la tina de baño era siempre una laguna sobre la
que
cual nenúfares o envoltorios de caramelo
flotaban sobres y papelitos de los que se despegarían las
estampillas
que después había que poner a secar en un vidrio
en las ventanas del baño
en el lavatorio
en los flancos del lavatorio
en el espejo del botiquín
en el espejo retrovisor de la camioneta (Ford que
posteriormente tuvieron)
¡hasta en los espejitos para pintarse los labios de sus lindas
hijas!
En todas partes había sellos de boca secándose

Incluso en los ventanales del living donde estaba el
milenario
piano vertical que tocaban él y sobre todo su esposa la
señora
O era concertista y profesora del Conservatorio y su hijo
mayor un día llegó nada menos que con Pat Henry (el de los
"Diablos Azules") y otro día llegó con Miguel Zabaleta, de los
"Red Juniors", el que cantaba "Poesía en movimiento" (o en la
lengua de no Cervantes: "Poetry in Motion")
Pero volviendo a *don P*
la filatelia fue un leitmotiv de su vida
entre otras cosas fue el primer "allendista" que conocí
sus mellizas eran ahijadas de don Carlos Ibáñez del Campo
alias "El Paco Ibáñez"
y para esas elecciones todos andábamos en el barrio con una
escobita en la solapa
(el símbolo de su candidatura era una escobita)
Y para esa otra
puso un letrero luminoso de Salvador Allende en el frontis de
su casa y escribió en grandes letras blancas su nombre sobre
los ladrillos del muro de la entonces cancha de fútbol y
recuerdo haberlo visto escuchando un disco 45 de Fidel
Castro y llorando
Pero *don P*
era un inventor
inventó que podía hacer seda
y pobló su casa de gusanos de seda
uno abría un cajón de la cocina
—para buscar cuchillos o
servilletas—
y encontraba un gusano de seda y la correspondiente baba o
hilos finísimos de seda Uno habría un cajoncito de la
máquina de coser para encontrar un alfiler y se encontraba
con un nido de gusanos de seda y con su telaraña,
miríada de transparentes hilitos de seda
En fin,
todo y por todas partes
y cualquier cavidad
con gusanos de seda.

(De *Sentado en la Cuneta*)

Jamás lo olvidaré

dejaste que te comprara
sostenes calzones y una
escobilla para el pelo
además de invitarte a
almorzar al Naturista
y como si eso fuera poco
a la salida me pediste
una crema humedecedora
para estar suavecita
para el hijo de puta que
te correría mano ese mismo
día a las seis de la tarde!

Downtown

a veces siento tanto
lo que siento por ti
que me meto en uno de
esos pasajes por los que
no pasa nunca nadie y hay
puros zurcidores japoneses y
afiladores de tijeras y me pongo
a llorar mirando un ovillo de lana.

(Textos Inéditos)

REFERENCIAS CRÍTICAS

EL CANSADOR INTRABAJABLE:
"En lugar de apóstrofes a la vida o a la muerte, llenándolas de lugares comunes prestigiosos, Bertoni ofrece la oportunidad al lenguaje de decir lo que sucede todos los días, afuera o adentro, en medio de la calle o en el ímpetu de un grito primario, en el juego macabro de esos diálogos entre el amor y la nada, entre el viajero y su sombra".

ALFONSO CALDERÓN. Revista *Apsi,* Santiago, 9/II/1987.

"Su poesía, hecha de fragmentos de un diario incesante —*work in progress*— de un implosivo, explosivo y acumulativo proceso de maduración, calla porque se mueve, casual y libremente, en el mundo de las relatividades ('...del revoltijo y la mentira'), negándose a la falsedad de la trascendencia y de ciertos saberes fraudulentos".

ENRIQUE LIHN. *La Época,* Santiago, VI/1987.

"Para este *yo* frecuente, tanto lo más trivial, cotidiano e insignificante, como reflexiones y preguntas que si bien son personales tratan sobre dudas repetidas sin cesar por el ser humano en muy diversos momentos, tienen la misma importancia e igual ascendiente que sus amores, preferencias artísticas, menciones a nombres de conocidos —personalmente, por lecturas, por otros medios—, homenajes.(...)

Los textos de Bertoni no resultan lejanos tampoco ni a la música ni a la foto, a las que también se dedica: como *tomas* pueden verse sus poemas, generalmente narrativos. Entre los descriptivos, menos usuales, se nota un deleite en el detallar meticuloso. No obstante, hay en casi todos ellos una *tensión* y una cadencia que trae a la memoria al músico y evoca el parentesco entre la escritura poética y el cuerpo, tan presente en estos escritos en toda su materialidad y con todos sus sentidos, sus olores, sabores y flujos, propios y ajenos".

SOLEDAD BIANCHI. *La Época,* Santiago, 22/VII/1990.

SENTADO EN LA CUNETA:
"(...) El poeta no tiene otra cosa en el alma que la turbulencia erótica e insaciable de la adolescencia, y es sumamente divertido ver a este Henry Miller santiaguino, vertiginosamente celebratorio de lo concreto, de su barrio y de esos amores fugaces que sólo en la literatura son para toda la vida".

ANTONIO SKÁRMETA. Revista *Caras,* Santiago, 14/V/1991.

Juan Cameron

VALPARAÍSO, 1947

LAS MANOS ENLAZADAS (1971)
UNA VIEJA JOVEN MUERTE (1972)
PERRO DE CIRCO (1979)
APUNTES (1981)
ESCRITO EN VALPARAÍSO (1982)
& (1984)
CÁMARA OSCURA (1985)
VIDEO CLIP (1989)
COMO UN AVE MIGRATORIA EN LA JAULA DE FÉNIX (1992)

ARTE POÉTICA

CACHORRO

Perdonad el pelaje descastado
este brillo es de tanto restregarme
de la baba   la rabia   la patada
Perdonad el mordisco por la espalda
es mi ternura agreste   solapada
pero ternura al fin   (la única mía)
En verdad salí cachorro
                    en la calle me hice perro.

(De *Perro de Circo*)

SELECCIÓN

Los despechados

Porque ya no nos aman con el furor de antaño
no nos abren el alma   están abandonadas
por toda la república se les hielan las piernas
las malignas   las náufragas   las palurdas
                                        las ciegas

Porque ya no nos aman con el furor de antaño
ensuciamos las ropas militando en el vino
nos vamos arrugando como gato en acecho
de una Alicia cualquiera

Porque ya no nos aman porque ya no nos aman
el mundo se despuebla   se descapitaliza
Las muchachas se duermen marchitando la noche
sin saber que el sol nuestro es más largo en invierno

Porque ya no nos aman el mundo se despuebla
porque ya no nos aman con el furor de antaño.

(De *Apuntes*)

Fe de ratas

Donde dice amor no debe decir absolutamente nada
basta con las manchas olvidadas por tu lecho
Donde dice libertad léase justicia
léase calor   muslo   ángel de la guarda
líbrame de las balas locas
Donde dice orden léase hijos de la grandísima
pero léase en la clandestinidad
léase debajo de un crepúsculo
porque el tipógrafo
es un tipo con santos en la corte.

EFEMÉRIDES

Por las alturas de este Pancho
por tu voz que a Salinas glorifica
por tu pie de galán trote de chancho
Lucho Gatica

Por tu plaza señera a la vitrola
por las horas precoces a la cita
por mi infancia bañada en Coca-Cola
Lucho Gatica

Gardel de nuestra lárica memoria
figura connotada al viejo Astica
semiólogo de Hertz en nuestra historia
Lucho Gatica

Yo te canto te nombro & te proclamo
sujeto de este texto & de sus partes
poeta de las líneas que más amo
precursor de Roland Barthes

por las altas alturas de este Pancho
por los años que di a una estereotipa
te compongo estas rimas Luis Gatica
nacionales heroicas & precisas
¡Trote de Chancho!

(De &)

* * *

TODO MOMENTO ES IGUAL A SU MOMENTO
mas el instante que te arrancó del mundo
partió el mundo
como una guillotina o un gatillo
& entonces no fue igual
sino a mi vaguedad que presionaba
por tenerte
detenerte o denotarte como un ícono

inconcluso de luz
    quebrado
        lento
porque todo registro fue ese quiebre
que fragmentaba el tiempo entre mis dedos
que fragmentaba el mundo

Alguno fue el verdugo
otro el instrumento   su mecánica
dispuesta al movimiento que detiene
la sonrisa en un rictus
Mas alguna palanca
una precisa fuerza motivada
por oscuras razones en la cámara
cruzó esa línea
el límite desierto de lo negro
el paso que no cesa
entre la realidad y su trazado

Todo momento es igual a su momento
sin crónica   fugaz   con su mordisco
aleve   discontinuo
Salvo el instante que te arrancó del mundo.

(De *Cámara Oscura*)

DISCURSO DEL TESTIGO

1.
Al comenzar la batalla las nubes pasaban en bandadas
El frío marcó en mi piel la jornada nefasta
La flecha que certera cruzó el aire como una señal del destino vibra en mi pecho
Una rama sin hojas sobre el viento
El cielo es una roja acuarela   La oscuridad dibuja el horizonte
Ningún cuerpo alrededor
Sólo montículos que fueron cuerpos en el primer plano de la imagen
El ground back de tomas desechadas se amontona en mi recuerdo
Señales sin lectura ni ensamblaje

Mis amigos recogen los cadáveres
ahuyentan los cuervos
murmuran
que sobreviviré
Lo sé desde un comienzo.
(...)

4.
Las últimas hojas del otoño y los primeros copos
en los extremos se encuentran
Así en los extremos del planeta
las líneas de una mano o la memoria
de la mano o un país al otro extremo del mundo

Tal vez los labios en la copa tal vez
una mirada y otra mirada de un extremo a otro de la noche
tal vez algún sonido o gesto algún instante
burle esa frontera

Las últimas hojas del otoño y los primeros copos no
se tocan sino en el suelo inmóvil
de la imagen.

Fotografía encontrada en Stockholm

Sonríes en una fotografía en Córdoba o Venecia
El siglo 16 brilla en tu rostro y como en una Julieta italiana
descubro tu mirada

Los balcones en la vía salen a tu paso
Para ellos desfilas
tu señorial nariz y tu cintura
se sabe que en Maguncia el empedrado es sólo un tropos para
fijar tus ojos

Allí navega el siglo se detiene
este último otoño
mas las deseosas velas de tu blusa
hacia el zarpar palpitan con la primera brisa.

VIDEO CLIP

Desaforados fuimos gracias a Dios y a Kafka bajo la dictadura
En los discursos del necio poníamos la radio
le hacíamos
cantar jazz y cumbias
Risa envasada a sus ladridos fue nuestra militancia

Y porque nos jodió los mejores años le jodimos su perorata
(un auto cada siete habitantes   una casa por tres familias
Caperucita el 89)
La risa interrumpe este video
El vino fue mejor la tarde cuando
Argentina campeonó por vez primera
en una vieja TV que aún cloquea en blanco y negro
Desaforados fuimos gracias a Melville y Lowry y Woody Allen
y díganme si aquello no fue útil
si nuestros muertos no viven en la risa bajo la santa tierra
    de la memoria
que a los ojos salpica al alzarlos en brindis
sin derramar una palabra.

(De *Video Clip*)

REFERENCIAS CRÍTICAS

VIDEO CLIP:
"Bien logrado, con técnicas fotográficas las cuales Cameron, poeta con todas sus letras, utiliza muy bien, el libro es un excelente aporte (...) El lenguaje del vate, transparente, agresivo, metafísico, rememorativo, intranquiliza-tranquiliza lo conocido-reconocido en la piel de los sueños y de la realidad en blanco y negro".

REINALDO SANDOVAL DURÁN. *La Tribuna,* Los Ángeles, 6/XI/1989.

"Aquí la ironía, el experimento verbal, la cruza de voces diversas, y las infinitas variaciones sobre Eros, que tipificaron la escritura de los setenta, logran, por momentos, carta de original ciudadanía en este habitante del puerto de la poesía.

La pertenencia lingüística y cotidiana de un poeta a su territorio y su lenguaje, quedan de manifiesto cuando éste se ve compelido a vivir en el extranjero. Su oído se aguza, su nostalgia invade subrepticiamente los temas más ajenos a tal derroche, y el poeta vuelve a su patria en la lengua desafiante de la memoria. Juan Cameron juega, con estas potenciales alas para revolotear sobre la infancia, el paisaje recordado o la mujer por siempre (des)amada".

MARCELO NOVOA. *La Estrella,* Valparaíso, 2/XI/1990.

"El sino del desarraigo es visto por Cameron como un juego sucio de los poderes, pero también, el placer triste del apostador que lo arriesga todo al misterio de vivir.(...) Pero la característica ironía de los setentas no le ha abandonado, porque ya lo sabían los mayores, la risa también puede ser un arma y Cameron se ríe de su puerto de nostalgias, del mito azulino de la poesía porteña, eso sí, desde lejos.(...) Al mismo tiempo, le asaltan los bufones de la nostalgia que no logran hacerle llorar".

MARCELO NOVOA. *El Mercurio,* Valparaíso, 25/VIII/1993.

José Ángel Cuevas

SANTIAGO, 1944

EFECTOS PERSONALES Y DOMINIOS PÚBLICOS (1979)
INTRODUCCIÓN A SANTIAGO (1982)
CONTRAVIDAS (1983)
CANCIONES ROCK PARA CHILENOS (1987)
CÁNTICOS AMOROSOS Y PATRIÓTICOS (1988)
ADIÓS MUCHEDUMBRES (1989)
TREINTA POEMAS DEL EX POETA JOSÉ ÁNGEL CUEVAS (1992)
PROYECTO DE PAÍS (1994)

ARTE POÉTICA

EL CONOCIMIENTO DE SÍ MISMO

Soy un poeta espontáneo, a veces del habla, casi siempre.

Converso conmigo mismo, cargo mi arsenal de imágenes, memoria, trozos de película que disparo sobre la página en blanco, creo que por la fuerza del rock, habido sobre mi persona años ha.

Soy feliz en la velocidad.

Mi mundo está formado por ciertos no-lugares, como sueños de casas desteñidas y calles sepia, pero también edificios enfermos y a la deriva en el mar. Otra ciudad DONDE VERDADERAMENTE SOY.

Una ciudad llena de muchedumbre que vocifera dentro de la batahola, o duerme.

Alguna vez quise meter un País entero dentro del poema. Ahora me conformo con dejarle caer algunos peñascos, sillas rotas, una que otra ventana.

Aunque sé que la epistemología poética tiene más, mucho más que darle vueltas desde la Biblia, hasta los vanguardistas del siglo XX, yo acepto todo, porque las alternativas son infinitas, salvo lo verdaderamente muerto.

Sé que soy un poeta escéptico, que mis hablantes son seres erráticos, chilenos golpeados, zarandeados y muertos. No es mi culpa, por el momento.

No es que no crea en nada, porque creo en los árboles detenidos sobre esta ventana, estas nubes (o como se llamen) que van pasando sobre mi cabeza o dentro, ahora mismo, el sol encima de toda esta basura. Ciertos momentos pequeños de Eternidad que me son brindados.

En verdad soy un escritor desparramado, desordenado, anarquista, (en contra del falso poder, retórica y pillería en la conducta literaria) pero también es cierto que de repente le doy medio a medio del blanco. Además tengo cariño verdadero por casi todos mis congéneres (personas, animales y cosas).

Es que para haber vivido los últimos veinte años en este país, había que tener "nervios de acero" (por fin terminó la larga escena que parecía interminable).

Ahora que volvemos a empezar, hay que refundar nuevas ciudades, lugares, pueblos interiores. Limpiar calles, sacar grasa, huesos secos, raspar, enderezar espaldas, borrar arrugas... la poesía trabaja... puede ser algún otro "escalofrío nuevo", desde esta latitud Sur 79° bajo las montañas nevadas.

(Especial para esta Antología)

SELECCIÓN

OTRO AMOR

Para qué quiero otro amor?
para ir carreteando por Gran Avenida sin un peso
y hablarle del Tiempo de la UP
revolverme en estos 15 años
sacando mugre
                del Tarro

        emborracharme y gritar en Tugurios
        empapelados con banderas chilenas
                                        polietileno
                                        poliuretano

pasar por la Alameda a las 3 de la mañana
cuando todos se hayan ido las muchedumbres
                                        cubiertas de smog
                                        y duerman.

Para qué quiero otro amor?
    para llevarla a comer pescado frito
    y sentarnos a mirar los pájaros sin
    un peso para hotel
    un peso para bailar apretados, hasta que amanezca.

(De *Canciones Rock para chilenos*.)

EL LARGO Y TORTUOSO CAMINO

Desde allí sentado
con el fonógrafo a mis pies, en medio de la foto
los miro.

Todos ríen, saltan, beben.

Veo amanecer
Las calles se retiran
Yo me voy por el año 73, cantando
entre la multitud

Me saco el sombrero y saludo a la población
que pasa camino de la muerte.

Alguien que pasea por la historia

El hombre sale a caminar ese cruento día de la historia.
Cae algo de llovizna
llueve
A todos sus amigos da por muertos
llama por teléfono a los muertos

Ve camiones cerrados autos que huyen
fuego brota de los cielos

(después comienza el corte masivo
de patillas bigotes
barbas
melenas de cualquier índole
forma y color)

Todo se cubre de humo
(La ciudad entera es atravesada por la pena).

Edificios enormes sumidos en el Mar del Fracaso

Ya entrada la noche,
vuelve el hombre
se acuesta sin comer.

Se pone a pensar en la vida que está comenzando
en la vida que le espera.

(De *Adiós Muchedumbres*)

Conversaciones sobre ciudades

Por qué hablar, decir que Nueva York es la más antigua
de las ciudades modernas
Esa hija de putas Hija de las Drogas Anti-espejo
del mundo
        los que se juntan a discursear sobre los más ricos
        de los magnates nacionales e internacionales
circula vapor por las cañerías de Nueva York
caen chorros de vapor en las películas de Nueva York
pero eso a quién le importa, sinceramente
A no significa en este caso B

Etchegaray se ríe de las canciones simples el rock del
prisionero político
el rock del Mundial, esas elementales canciones
en do/re/mi
pero no del Vino que sale de vuestros ojos morados
como una perrera postmoderna Etchegaray Ellos
se creen una Nueva York en persona
y sin sujeto
pero no está sino sujeto a la locura del día Viernes
que lo sacarán en un cañón
y lo llevarán a pasear
se escuchaban los tunazos de la Nueva York borracha
una balacera larga
                En fin, el suscrito está sentado en un montículo
del río y por él pasan trozos de discurso
muertes, llanto, información, sólo información

(De *Treinta poemas del Ex-Poeta ...*)

1.4

Ha corrido viento y polvo / un enorme
caos / desde
donde se habla,
ese estado autónomo de realidad
una espaciosa frontera /
bandera hay /
cóndor hay / huemules / canción /
Pero, nosotros vamos a cambiar esa vieja canción.

Si es que no se callan de una vez / y nadie
saca alguna bandera propia /
gallineros / guitarras
un grandísimo campo.

Lo cubrirá todo esas pandillas
SERÁ UN MUNDO MUY FEO ENTONCES
ya no será llamado popular ni
cruzarán lanchas los canales,
se irán lejos los caballos
y todo será una pura mancha.
La Fosa Común, le dirán.

LA PELÍCULA HA AVANZADO MUCHO

El ex-poeta quiere reinsertarse en su pasado /
el pobre se metió a hacer profecías /
que no se cumplieron /
en la primera semana trató de separar las aguas
de las tierras /
desprendió un país entero de sus ojos /
creyó ser el ángel de la luz
estuvo en el infierno /
caían pedazos de vidrio / tarros con agua /
le ponían ramitos de flores en su cama /
le pegaron tanto / que perdió la memoria

(De *Proyecto de País*)

COMPATRIOTAS

Seguir donde mismo / rodando
sobre el universo

en esta calle sucia y maloliente
no hay ilusiones

el desencantado busca reencantamiento
en el ruido del mar / los árboles lejanos
mujeres semidesnudas

No hay signos de que el Reino de Dios
se haga en la Tierra

ni de retomar el camino al socialismo

deberemos estar así no más
solos, tranquilos

pero no sujetos a esas locuras suicidas
ni ser arrastrados por el arrebato
de los barrios en armas
ni proclamas

Se ha puesto muy tranquila esta calle
tenemos muchos años para descansar

la clase obrera se disolvió / el campesinado
para sí, no existe más
los estudiantes se entregaron al principio
del placer

tenemos muchos años para estar tranquilos

después del alto precio,
casi una vida recibiendo bazofia
en fin,

mi familia ya está grande, de seguro
cada cual partirá por su lado,

quizás este hablante se vaya del país
a pensar
sobre unas montañas mirar el universo
rezar por todos los antiguos compatriotas
o ex-compatriotas.

(Texto Inédito)

REFERENCIAS CRÍTICAS

CANCIONES ROCK PARA CHILENOS:
"No hay rock que valga en la lucha que el poeta ve como un reclamo de ultratumba, en nombre de todos los que padecieron humillación, tortura y muerte; pero, en el fondo, hay el tanteo de un canto de amor que va a ir aventando las desesperanzas.(...) En cada verso, la elegía asoma y se pierde en un pasado cuyo hilo es necesario escoger como norma de la sutura (...)".

ALFONSO CALDERÓN. Revista *Apsi,* Santiago, 29/VI/1987.

ADIÓS MUCHEDUMBRES:
"(...) una escritura ajena a todo mito. Más bien épica, alegórica, onírica, real (de realismo maravilloso), trágica, apocalíptica y, sobre todo, conciencia en plenitud de un cambio de vida o contravida".

JAIME QUEZADA. *La Época,* Santiago, julio, 1989.

CÁNTICOS AMOROSOS Y PATRIÓTICOS:
"En sus *Cánticos* se alinean personas, elementos, acontecimientos, en un orden valórico que es el del ciudadano más abandonado por las fortunas del mundo. (...) Y ese hombre, atravesado por la historia, es el que mueve esta poesía densa, cargada de humanidad, hecha de reflexión y de ternura por la criatura humana(...)"

FERNANDO QUILODRÁN. *El Siglo,* Santiago, mayo, 1992.

"Nuestro autor presenta los hechos y no desde la óptica del Juicio Final o del Pueblo con mayúscula, sino desde el humilde mirador que es su propia persona. Así, el entrelazarse de la intimidad personal con los acontecimientos históricos proporciona, de cara a estos últimos, una perspectiva más real —y sobre todo más eficazmente poética— que el abordaje directo de la Historia, con mayúscula"(...)

IGNACIO VALENTE. *El Mercurio,* Santiago, 15/XI/1992.

TREINTA POEMAS DEL EX-POETA JOSÉ ÁNGEL CUEVAS:
"(...) en estos textos poéticos resuena una voz quebrada y estremecida por los abismos cotidianos de un ciudadano sometido a la cesantía, a la marginalidad y a la intemperie psíquica, en medio de un tiempo sin utopías".

LUIS E. CÁRCAMO. *La Época,* Santiago, 20/XII/1992.

Jaime Gómez Rogers (Jonás)

SANTIAGO, 1940

DESHOJÁNDOME (1962)
LA FUGA DE SEBASTIÁN (1966)
DIÁLOGO PARA DOS MOVIMIENTOS (1967)
EL CIRCO (1971)
ORACIÓN DEL NIÑO QUE CRECÍA (1973)
EL JARDÍN DE LAS PALABRAS (1976)
SIGNOS (1978)
TIERRA MADRE (1980)
EL CORAZÓN ENTERRADO (1985)
ADIÓS A LA CIUDAD (1989)
ENTONCES VINO EL MAR (1989)
CANTO DE AMOR (1991)
EL ÁNGEL DE LA ORILLA (1991)
RAÍCES TABINAS (1993)
ESPÍRITU DEL VALLE (1994)

ARTE POÉTICA

No supe si la poesía fue antes de mí y nació conmigo o si fue un encuentro fortuito de mi infancia o una rara enfermedad que se enredó en mi alma. Para mí ha sido un espejo y un camino. También un árbol donde bien podría estampar una señal para otros que vinieran. Ha llegado con el tiempo a ser un motivo de existencia y una extraordinaria misión cuyas causas más profundas se entrecruzan con el misterioso cauce de mi propia vida.

Era buscar una luz en la profundidad de mis sombras interrogantes. Una palabra que fuera humana como mi más oculto anhelo. Una justificación a mis pasos. Un sentido a mis huellas. Y, por sobre todo, el sentimiento de que, mediante la relación sincera con la poesía, podría hallar un espacio y un aire que me permitirían ser más humano. Más verdadero.

Por eso nació en mí la intención de buscar un lenguaje para decir acá estoy, por acá he pasado, estos fueron mis sueños.

La poesía quiebra mi soledad natural y me permite ser en otro, en cualquiera, la voz de un hombre sobre el planeta Tierra.

He buscado en las obras del hombre, en el hombre y en la naturaleza algunas claves que me sirvieran. Y me he amigado con la Naturaleza. Por su gracia soberana, por su implacable sabiduría, por su modo de mostrarse desnuda en su silencio. Y de los entes naturales que me han tocado de cerca, el mar. Ha sido el mar el que ha estado más ligado a mí, a mi poesía, como un enorme y fiel amigo y compañero.

Quizás me hablaron sus olas. Quizás podré decir algo de lo que ellas me dijeron. Pero me invitó a su espacio y a su canto, y acá en la orilla he desarrollado mi vida y mi poesía.

Soy un hombre del mar. Y mi poesía aspira a ser obra de aire, de sal y luz. Si la poesía me permite llegar a ser un hombre natural que habla, habré cumplido mi anhelo. Y dirán Jonás, el poeta.

(Especial para esta Antología)

SELECCIÓN

Defensa del Puma

Es así dijo el puma
que soy tal vez el último gran salvaje
que os queda.
Jamás hablé vuestra lengua ni usé vuestro ropaje.
Es verdad también que son fuertes mis garras
como los poderosos garfios donde colgáis
los animales.
Pero pensadlo. No es mío este lugar.
Ni tengo pueblo, ni ciudad, ni casa.
La tierra era ancha para mí, para todos.
Vosotros llegasteis y dijisteis éste es el puma.
Y no dijisteis fiero puma,
sino que fui puma desalmado.
Y me seguisteis por el monte con perros,
con carabinas y con palos,
porque cacé y comí dos o tres vacas
marcadas con vuestras ácidas señales.
Pero pensadlo. Yo soy tal vez el último
gran salvaje que os queda.
Y ¿Cuántos corderos, cuántos cerdos
y cabritos recientes
habéis arrastrado a vuestra mesa?
Cabezas degolladas exhibís en vuestras
pulcras vitrinas
y colgáis corazones en ganchos contra el cielo.
Está bien. Tú eres el hombre.
Eres quizás el Rey. Es una lástima.
Pero pensadlo.
Yo soy tal vez el último gran salvaje
que os queda.

(De *El Corazón Enterrado*)

Urgente

Urgente, urgente, necesito decir algo.
Es que los números a girar han comenzado
de atrás hacia adelante.
La Alameda, los árboles,
la estatua del General Baquedano en su caballo,
todo, todo se va volviendo extraño.
Suele cansarse el sol.
Veo escamas en el aire.
Y ese rumor que sube desde abajo de las piedras
—alguien debe escucharlo—
Esa voz que gotea como un agua,
que atraviesa las calles
y se hunde en la ciudad y sin embargo
la misma ciudad, el mismo andén,
el mismo sol que cae en el asfalto.
Pero esa voz que crece y se derrama
y cruza los puentes y penetra en el túnel
y entra en el mercado,
como sombra o sueño quiere decir algo.
Quiere decirnos algo con sus llagas.
El aire está lleno de eso.
Y es como la ira que sufre el corazón
o un dolor que golpea
en la casa del hombre.

(De *Adiós a la Ciudad*)

Estaba Dios ahí

I Estaba Dios ahí detrás del árbol
en sueño de yuyo transformado
meciendo pies y brazos bajo el sol.
No quise despertarlo.
La tierra entera parecía acunarlo
y el mar repetía su nombre.
Contemplé sus misteriosos colores
en la abismada quietud.
Y era todo el Universo alrededor temblando
abierto en la simpleza de la flor.

II Entre las cañas del jardín estaba Dios.
Un aire movía sus sueños en el aire
como esperando a alguien.
Todo era silencio alrededor.
Entre las raíces
los ojos del agua abriéndose y cerrándose.
Mil rostros me miraban.
Mil voces me hablaron con un lenguaje raro
al corazón.
Un puente sin eco se abrió entre cielo y tierra
a cruzar
solo
el silencio.

III Cuando a la miga baja
un trozo emplumado de eternidad,
Dios baja entre los pájaros.
Canto sagrado, transparencia de luz,
delgada menudez de pies descalzos.
Aparición fugaz.
O voz de cielo.

(De *Entonces vino el Mar*)

El Ángel de la orilla

Vamos mujer al mar, allá hay mar, hay aire de mar,
silencio, espacio, tiempo y una tierra
que sabe alegre cantar y llorar cuando ha llovido.
Deja tu lugar oscuro en la ciudad,
nadie dirá que te has ido. Vendrás conmigo, iremos
de la mano a buscar
el camino profundo donde dicen los sabios
que se regala el sol.
Así fue que salimos de improviso,
dejamos sin nosotros la ciudad, miramos atrás y vimos
que todo estaba igual, nada faltaba.
Echamos en un bolso nuestros sueños y vinimos al mar.
Nos recibieron el viento y las estrellas
y el canto del mar sobre la noche oscura.

Todo es amor, el mar que rueda, el pájaro que canta
y aquella luz antigua que renace adherida a tu piel.
Es bueno hablar de amor a la orilla del tiempo,
sentir el mar tendido como un gato de luz en la ventana,
tenerte cerca, amor, iluminando la casa.
Es bueno hablar de amor en el secreto de esta noche clara.
Sea el silencio el que hable. Sea el amor el que hable.
Somos tú y yo y el viento. Las estrellas y el viento.
Tu calor como un río, tus caminos callados
son flores abiertas en mi boca.
Sólo siento un jadeo de mares que se ordenan
y bajan a golpes por tu corazón enamorado.
Como un zorzal acudo a una fiesta en tus ramas
y me hundo en tu sal como el mar en la orilla. Abrázame,
amor mío, como la piedra al silencio en el fondo del agua.
Entreabres los ojos. Y yo entro a tus ojos.
Tu cuerpo tiembla como tiemblan los árboles cuando se
avecina
la tormenta. Ebria gira la tierra alrededor.
Todo lo antiguo cae. Es el amor.
Es el ángel de la orilla que pasa.

(De *El Ángel de la Orilla*)

Una mujer desnuda como una mariposa

Una mujer como una mariposa herida sobre la arena.
O es la tierra que llora por sus muertos.
Una mujer que arrastra su sombra azul entre las piedras.
O es la tierra buscando entre las grietas
la azul piedad del agua.
Es la tierra que baja su frente atormentada
al abismo del mar.
Una mujer desnuda como una mariposa
con un collar de espuma en la garganta. El mar lava la frente
de la mujer desnuda y canta.
O es la tierra que llora su desgracia.
Es la tierra tendida entre los huiros como un ángel.
Hurgaron en su corazón y en sus entrañas por hallar
tesoro y ansia. Sueño y sangre encontraron.
Y brota ahora negra y blanca en el costado.

Un ángel sin ojos y sin alas.
Abierto en dos el corazón por una espada.
Abierta ahora frente al mar llorando.
La una por sus bosques. La otra por sus aguas.
O es sólo una mujer como una mariposa maltratada
a la orilla del mar.
El mar lava sus llagas. El mar lame su sangre.
Sin un reproche el mar le recibe las lágrimas.
Abrieron sus piernas bajo el sol.
El sol testigo inútil en lo alto
como una medalla de metal gastado.
Y el cielo es un papel azul. Y el aire.
Le taparon la boca con un saco para que no gritara.
Le amarraron las manos con candados.
Silenciosa estaba la tierra como una piedra bajo el agua.
Con perros, con cables, con linternas entraron.
Vinieron con trenes y estandartes
la abrieron con lanzas y con palos.
Indefensa, desnuda estaba la tierra como un árbol.
Con sus esteros y sus grietas, sucia de arena,
de alquitrán manchada.
Una mujer sin nombre y despojada llorando en el mar.
¿O es la tierra invocando a sus pájaros? ¿a sus lagos
transparentes, a sus indómitas quebradas?
Es la tierra con la vejez en su mirada.
O una mujer que hunde su sombra acongojada
en lo hondo del mar.

(Texto Inédito)

REFERENCIAS CRÍTICAS

"Poesía verdadera, sin las simulaciones de nuestro tiempo y con las raíces bien puestas en la tierra y en su corazón..."

PABLO NERUDA. *Carta a Jonás,* 19/VIII/1973.

"Jaime Gómez es sin duda uno de los buenos poetas chilenos de las últimas promociones. Posee voz definida y acento personal".

MATÍAS RAFIDE. *La Prensa,* Curicó, 20/III/1979.

"Jonás no se sacia en pequeñas fuentes. Sediento de hondores y alturas, teniendo la 'convicción de los pájaros', baja la vista para penetrar la tierra que huellan sus pasos y descubrirla en su orden tremenda".

ANDRÉS SABELLA. *El Mercurio,* Antofagasta, 24/V/1982.

EL ÁNGEL DE LA ORILLA:
"Es la metáfora alada del amor. Hay sabiduría antigua, olorosa, cósmica, en estos versos que hablan de los sentidos, pero que buscan a través de ellos, el camino hacia las honduras de la espiritualidad. En la tradición de los poetas marinos, de aquellos que buscan el silencio en las pulsaciones del océano, como Saint John Perse o Paul Valéry, Jonás dona los frutos de su corazón".

CARLOS JORQUERA ÁLVAREZ. *Las Últimas Noticias,* Santiago, 30/XI/1993.

"El poeta está anudado con el mar (...) Una poesía clara, nítida, transparente, sencilla, que busca expresar la maravilla de una vida donada a la apertura, al amor y a la humildad del ser".

CARLOS JORQUERA ÁLVAREZ. *Las Últimas Noticias,* Santiago, 16/I/1994.

Óscar Hahn

IQUIQUE, 1938

ESTA ROSA NEGRA (1961)
AGUA FINAL (1967)
ARTE DE MORIR (1977)
MAL DE AMOR (1981)
IMÁGENES NUCLEARES (1983)
FLOR DE ENAMORADOS (1987)
POEMAS SELECTOS (1989)
ESTRELLAS FIJAS EN UN CIELO BLANCO (1989)
TRATADO DE SORTILEGIOS (1992)
VERSOS ROBADOS (1995)

ARTE POÉTICA

¿POR QUÉ ESCRIBE USTED?

Porque el fantasma porque ayer porque hoy:
porque mañana porque sí porque no
Porque el principio porque la bestia porque el fin:
porque la bomba porque el medio porque el jardín

Porque góngora porque la tierra porque el sol:
porque san juan porque la luna porque rimbaud
Porque el claro porque la sangre porque el papel:
porque la carne porque la tinta porque la piel

Porque la noche porque me odio porque la luz:
porque el infierno porque el cielo porque tú
Porque casi porque nada porque la sed:
porque el amor porque el grito porque no sé

Porque la muerte porque apenas porque más:
porque algún día porque todos porque quizás.

(De *Estrellas Fijas en un Cielo Blanco*)

SELECCIÓN

RESTRICCIÓN DE LOS DESPLAZAMIENTOS NOCTURNOS

O el animal super-chico cuyo cuerpo crece o decrece
de izquierda a derecha:

o el cazador moviéndose hacia la bestezuela
de derecha a izquierda:

o la línea que se borra o se marca en el pizarrón
de izquierda a derecha:

o el borrador deslizándose hacia el punto blanco
de derecha a izquierda:

o el cazador o el borrador como únicos sobrevivientes
en esta hoja:
o esta hoja que arrugo o que boto en el papelero:

o ese algo que avanza hacia mí por el cuarto sin ruido

de abajo arriba: de arriba abajo:
de izquierda a derecha o de derecha a izquierda:

y me arruga y me tira en el papelero.

TRACTATUS DE SORTILEGIIS

En el jardín había unas magnolias curiosísimas, oye,
unas rosas re-raras, oh,
y había un tremendo olor a incesto, a violetas macho,
y un semen volando de picaflor en picaflor.
Entonces entraron las niñas en el jardín,
llenas de lluvia, de cucarachas blancas,
y la mayonesa se cortó en la cocina

y sus muñecas empezaron a menstruar.
Te pillamos in fraganti limpiándote el polen
de la enagua, el néctar de los senos, ves tú?
Alguien viene en puntas de pie, un rumor de pájaros
pisoteados, un esqueleto naciendo entre organzas,
alguien se acercaba en medio de burlas y fresas
y sus cabellos ondearon en el charco
llenos de canas verdes.
Dime, muerta de risa, a dónde llevas
ese panal de abejas libidinosas.
Y los claveles comenzaron a madurar brilloso
y las gardenias a eyacular coquetamente, muérete,
con sus durezas y blanduras y patas
y sangre amarilla, aj!
No se pare, no se siente, no hable
con la boca llena
de sangre:
que la sangre sueña con dalias
y las dalias empiezan a sangrar
y las palomas abortan cuervos
y claveles encinta
y unas magnolias curiosísimas, oye,
unas rosas re-raras, oh.

Fragmentos de Heráclito al estrellarse contra el cielo

Heráclito vivía en un río de Éfeso
encerrado en la placenta del sueño
lejos de los dormidos de la ribera

Heráclito tenía la barba luenga
y la lengua larga para lamerte mejor

No nos bañamos dos veces en el mismo río
No entramos dos veces en el mismo cuerpo
No nos mojamos dos veces en la misma muerte

A bordo de un tonel sube el Oscuro
en dirección a los rápidos rápidos

a contracorriente de Parménides
y desemboca en la Biblioteca de Londres
con la barba más negra y ancestros de aire

Heráclito vivía en un río de Éfeso
pero no se bañaba dos veces en el mismo río
Se bañaba en la catarata de un ojo
Se bañaba en su acuoso cuerpo
y rielaba fluía y ondulaba
Parménides vivía en un bloque de hielo
y se bañaba siempre en el mismo bloque

El que se purifica manchándose con sangre
el que se limpia el barro con barro
en este punto trata de retornar contradiciéndose
y reingresa en las llamas acuáticas
en las aguas flamígeras que flamean

A grupas de la luz monta el Oscuro
en dirección al gran Fuego celeste
a la velocidad del sentimiento
de los que se aman a primera vista
y se destroza en astillas de hielo
contra los muros del espacio finito
embarrado de estiércol y fango estelar

Si Heráclito no tuviera hidropesía
las clínicas se llenarían de agua
las camas blancas de arroyos enfermos
si Heráclito no tuviera hidropesía

Y en el Corral de las Constelaciones
los animales luminosos disputan
los desperdicios de su cuerpo encallado
La Osa chupa la miel de sus vértebras
el Pez desgarra sus carnes con algas
y el Can entierra en el cielo sus huesos

Heráclito vivía en el éter del Cosmos
y era una tempestad de aerolitos
en dirección a los Mares terrestres

Heráclito tenía el alma seca
y el vino triste y un aire soñoliento

(De Arte de Morir)

A la una mi fortuna a las dos tu reloj

Estuve toda la noche parado frente a tu puerta
esperando que salieran tus sueños

A la una salió una galería de espejos
a las dos salió una alcoba llena de agua
a las tres salió un hotel en llamas
a las cuatro salimos tú y yo haciendo el amor
a las cinco salió un hombre con una pistola
a las seis se oyó un disparo y despertaste

A las siete saliste apurada de tu casa
a las ocho nos encontramos en el Hotel Valdivia
a las nueve nos multiplicamos en los espejos
a las diez nos tendimos en la cama de agua
a las once hicimos el amor hasta el exterminio

Ahora son las doce del día
y tengo entre mis brazos al cuerpo de todos mis delitos

(De *Mal de Amor*)

La expulsión del Paraíso

Tu lecho es el jardín de las delicias
encarnas en tu cuerpo a las tres gracias
con tus flores y frutas me acaricias
y de mi ser más íntimo me vacias

Después cuando mis ramas quedan lacias
en otros ritos del placer me inicias:
con tus lenguas de fuego me suplicias
y somos el jardín de las desgracias

Rodamos por oscuros precipicios
y oficiamos diabólicos oficios
en dormitorios de incendiadas camas

Y cuando huimos de esos maleficios
nos espera en la puerta de los vicios
un ser alado con un lirio en llamas

(De *Estrellas Fijas en un Cielo Blanco*)

Higiene bucal

Tomo una escobilla de dientes
y la mojo con agua bendita

La escobilla comienza a arder
como trapo empapado en gasolina

Las cerdas arden y arden
junto a la llave de agua profana

Tomo la escobilla en llamas
y me lavo los dientes uno a uno

Si a la escobilla se le ocurre apagarse
todos nos apagaremos de súbito

Rezo porque se quede encendida
y libere de pecados mi verbo

Podré sonreírle al Altísimo
con la boca llena de cenizas

(De *Versos Robados*)

REFERENCIAS CRÍTICAS

"Como en los misterios medievales, el personaje alegórico de la muerte protagoniza los versos de Óscar Hahn, en los que el terror y el igualitarismo de la muerte reciben el ingrediente de una relación promiscua con aquélla, ligándose el terror a la reconocida connotación erótica del miedo a la muerte".

ENRIQUE LIHN. Revista *Vuelta* Nº 15, II/1978, México.

"La hibridez es uno de los rasgos que caracterizan la poesía de Óscar Hahn y la vuelven problemática. Cómo decidir el predominio de uno u otro género, código, modelo cultural o conceptual, y cómo encontrar su conciliación en un espacio textual denso, cambiante y móvil, es ya un problema. Por eso el enigma sobre la coherencia interna es un desafío y una condición importante de la seducción de unos textos que nos incitan a la reflexión y al conocimiento más allá de una simple y confiada percepción de las imágenes, y del indudable goce estético que el poeta no oculta en el sutil y minucioso manejo de su material. Porque la coexistencia de diversos códigos y registros contribuyen a la tensión del discurso, y al engendramiento de un contenido conflictivo que desestabiliza y multiplica las dimensiones de nuestro espacio de percepción sensorial y cognoscitivo. De hecho, esta poesía evita sistemáticamente respetar esos límites en un impulso liberador y exploratorio, que nunca pierde de vista su intencionalidad específicamente estética.(...) Porque los textos de Óscar Hahn no disuelven sino construyen una constelación, una sistemática organización significante, a pesar de la inserción casual de los poemas en uno u otro volumen.(...) Y así *Flor de Enamorados* concreta un espacio significante multidimensional en el que la privación de amor, la tristeza, el temor, la combatividad y la desesperanza son las facetas intercambiables de un estado del mundo del cual el amor es nada más que la imagen de la 'ventura desdichada', a la que el poeta accede al final del libro después de un largo recorrido en el conflicto, las paradojas y la contradicción.(...)".

CARMEN FOXLEY, ANA MARÍA CUNEO. *Seis Poetas de los Sesenta,* Ed. Universitaria, Santiago, 1991.

Gonzalo Millán

SANTIAGO, 1947

RELACIÓN PERSONAL (1968)
LA CIUDAD (1979)
VIDA (1984)
SEUDÓNIMOS DE LA MUERTE (1984)
VIRUS (1987)
5 POEMAS ERÓTICOS (1990)
STRANGE HOUSES (1991)

ARTE POÉTICA

Es posible que cuando esta poética aparezca publicada en el libro para la cual fue escrita, ya no sea válida. Como cualquier otro producto manufacturado tiene una obsolescencia planificada, en este caso incierta. Como cualquier bien perecible, una fecha de vencimiento que ahora ignoro.

En los últimos años se ha acrecentado mi recelo ante la lengua y he ido adoptando una desconfianza casi budista respecto al verbo. Las verdades son tácitas, implícitas y directas, y evaden casi siempre los intentos de retenerlas y expresarlas por medios conceptuales y alfabéticos.

También ha aumentado con el tiempo mi menosprecio por las vanidosas evidencias del egocentrismo en la literatura, la supuesta novedad, la presunta originalidad, el énfasis en el estilo como una "propiedad" exclusiva de un individuo excepcional. Mis esfuerzos actuales están dirigidos a que el mundo en lo posible se nombre a sí mismo.

Hoy día podría subscribir las dos citas que siguen:

Ícono: "El que hoy las letras no nos 'hablen' con la vieja sabiduría, el que se hayan convertido en modestos y frígidos signos asemánticos, que adquieren significación sólo cuando están enlazadas entre sí para formar palabras, no impide que su primera naturaleza fuera significativa de alguna cosa: de datos cosmológicos, o fisiológicos, de fenómenos meteorológicos o sociológicos".

GILLO DORFLES, en *Imágenes Interpuestas.*

Escritura: "...se me ocurrió que la escritura puede tener una especie de ambición egotista y totalitaria: no sólo registrar e interpretar el mundo sino reducirlo, o ampliarlo, a reflejo de ella misma. Para ello, la escritura se presentaría como la materia de sus propias imágenes y metáforas".

JOSÉ DE LA COLINA. "El narcisismo de la escritura".
Revista *Vuelta,* Nº 63, II/1982, México.

SELECCIÓN

NOTICIA CLÍNICA

Hora por hora, todos los días
en anaranjados y espumosos orines
echo fuera los podridos huevecillos
y al gusano que masqué de tu manzana:
Dama coriácea de corazón, sobada
y pringosa carta de naipe
de una baraja de segunda mano.

TU QUEBRADO VIDRIO ROJO

Tu sangre se seca en mi vientre
como una mancha de óxido
y entre tus piernas partidas
se pega el dolor del lacre.
La almohada moja mi mejilla
con tus lágrimas,
y seguimos aguardando mudos,
entre encajes y sedas arrugadas,
el silencio del muerto
o el grito del recién nacido.

(De *Relación Personal*)

18

Se distrae mirando por la ventana.
La ventana cae a la calle.
La calle está desierta.
El agua cae a raudales.
Aquella casa es más grande que ésta.
Esta casa es más pequeña que aquélla.
Frente a la ventana está la iglesia.

En la iglesia hay una boda.
Es imprudente tocar campanas durante una tormenta.
La lluvia le caló todo el vestido.
El novio se caló hasta los huesos.
Fue un enlace feliz.

(De *La Ciudad*)

Refrigerador

Tras la vidriera
abre la puerta
y exhibe el interior
repleto de comestibles
de goma y frutas de cera
y la cierra;
abre su puerta
exhibe el interior
repleto de comestibles
de goma y frutas de cera
y la cierra,
y algunos se van,
pero nunca faltan
los que atraídos se detienen
a ver como el refrigerador
abre la puerta
y exhibe el interior
repleto de comestibles
de goma y frutas de cera
y la cierra;
abre su puerta,
exhibe el interior
repleto de comestibles
de goma y frutas de cera
y la cierra...

Niño momificado

Encontrarán siglos después,
cuando sólo queden los envases
de una sociedad
que se consumió a sí misma,
sus restos
de pequeño faraón
dentro de un refrigerador descompuesto,
enterrado
bajo unas pirámides de basura.

Automóvil

El automóvil es celeste, metálico y cromado
con un motor, rejillas, estanque y hélices,
lubricados con aceite vegetal y grasas,
que ruge, tiritan, se vacía y giran
por medio de pedales, botones y llaves.
Dentro van por tubos, líquidos minerales
que una chispa prende con ruido y humo quema.
Tiene luz generada por baterías con ácido,
cables multicolores finos y faroles,
intermitente y roja para las señales,
amarilla para las noches y la niebla.
Las puertas se abren, cierran, suaves,
y para introducir o dejar el aire
los vidrios se bajan o suben.
Los asientos acomodables se reclinan,
rellenos de resortes, esponjas y espuma,
recubiertos por el plástico y la goma.
Las cuatro ruedas de caucho ruedan
y con un volante se tuercen o enfilan.
El acelerador se aplasta sin freno corre;
las llantas resbalan, chillan y se queman,
se abolla la lata y quiebra, retuerce,
los esmaltes y cristales se destruyen,
y el hombre puede salvar ileso o muere.

(De *Vida*)

El ausente

La escritura es originalmente
el lenguaje del ausente.
S. Freud

Se desvanecen las huellas
de unas plantas sobre la balanza
que ha retornado a cero.

Flota un olor a tostadas.
La cocina se enfría.
Aún crujen las sillas de mimbre.

El agua gotea,
pero quisiera correr
como cuando se abrió la llave.

El jabón desea el agua fría
y la piel de unas manos
que ya se ensucian.

La toalla aguarda tendida
secar otra vez un rostro
cuya imagen recuerda el espejo.

Su tela es verde y brillante
como el césped bajo el sol afuera.
El peine retiene unos cabellos.

La casa recién abandonada
tiene la mañana y la tarde,
todo el día todavía por delante.

La cama deshecha espera
con el libro la llegada
de la noche y su durmiente.

El tiempo fluye
lisa y silenciosamente
en la ausencia como un aceite.

(De *Virus*)

El Mandarín de Sibaris

Con dos palillos chinos
cojo tus pezones, dóciles
y los estiro lo preciso,
como frambuesitas rosas,
para apresarlas
                        con mis labios.

Mitao-Fu

Comiendo juntos Mitao-fu en la cama
almibarados, secos, duraznos chinos
después de anudar el preservativo,
—un ultra ribbed sensitol
lubricated condom—, pesado
como una láctea bolsita de chuño
y envolverlo en papel higiénico:
una fácil felicidad inadjudicable,
mientras anochece afuera, truena
y acontecen otras muchas cosas
que ahora mismo no vienen al caso.

(De *5 Poemas Eróticos*)

REFERENCIAS CRÍTICAS

LA CIUDAD:

"Gonzalo Millán es, junto con Juan Luis Martínez, el más intelectual de la generación nacida en los 40. Sus preocupaciones fenomenológicas giran en torno a una poesía de cosas 'nombradas', un procedimiento que él llama 'objetivismo'. Los poemas de *La Ciudad*, publicados en Canadá, donde Millán vivió exiliado, ejemplifican esta propuesta. Muchas de las líneas de los textos, bastante largos, consisten únicamente en un artículo definido, un sustantivo y un verbo, y hay una buena cantidad de repeticiones y juegos de palabras. La segunda parte del libro, en particular, si bien aún rigurosamente adherida a la técnica objetivista, encara en forma muy definida la situación política".

THORPE RUNNING. *Nudos,* Año XI Nº 16, Bs. As., Argentina XI/1990.

"Más que emociones o impresiones relativamente profundas e intensas, lo que cabe esperar de un poema de Millán es cierta forma de felicidad brevísima, consistente en percibir la importancia de las cosas que nos pasan, sobre todo las que les pueden pasar en momentos nada excepcionales a las personas comunes y corrientes. Es una poesía de acontecimientos mínimos, no importa si reales o imaginados pero importantes en sí mismos. (...) La cuestión es leerla sin grandes expectativas, tal como se la ve: apenas unas cuantas líneas de clara prosa en cuyos huecos y sobreentendidos la inteligencia y la sensibilidad del lector pueden armar una pequeña historia, nada extraordinaria pero que algo tiene de modestamente milagroso. El efecto de Millán tiene que ver con los de la pintura menos notoriamente surrealista de Magritte y del mejor hiperrealismo: todo es extraño porque todo es extremadamente nítido, discernible, objetivo, hasta familiar. (...) Tal vez pueda hablarse de un pesimismo esperanzado o de un intento de reconstruir alguna imagen del mundo, a partir de la conciencia de que la imagen abarcadora y envolvente ya no es posible, pero sí que brillen un poco algunos fragmentos que la mirada del poeta se ocupa de rescatar y que su inteligencia ordena, a disposición de la inteligencia y la sensibilidad del lector. El catalizador, curiosamente, no está en la credulidad sino en el recelo. En vez de iluminación o videncia, la poesía se ha vuelto una actitud de sospecha, capaz de encontrar lo impensado en un mundo sin aventuras ni maravilla".

DANIEL FREIDEMBERG. *Diario de Poesía,* Bs. As., Argentina, 1991.

Hernán Miranda

QUILLOTA, 1941

ARTE DE VATICINAR (1970)
LA MONEDA Y OTROS POEMAS (1976)
VERSOS PARA QUIEN CONMIGO VA (1986)
TRABAJOS EN LA VÍA (1987)
DE ESTE ANODINO TIEMPO DIURNO (1990)
SONETOS (1993)
DÉCIMAS DE NUESTRA TIERRA (1993)

ARTE POÉTICA

Pienso que mi poesía actúa por reducción. Se diría que tiende a concentrar esas percepciones que al paso de los días se van concentrando, decantando, en ciertos espacios de la conciencia.

El poema se genera a partir de ciertas imágenes que afloran entre el sueño y la vigilia, a partir de ciertas palabras que se hacen presentes y quedan vibrando con una fuerza a veces obsesiva, a veces dolorosa. Puede ocurrir de tanto en tanto que esas concreciones sean rescatadas en el papel, que de su extrema reducción se expandan y adquieran la forma necesaria.

De tal forma, desde la síntesis esas claves irán desarrollándose hasta dar forma a un texto que bien podría llegar a ocupar el espacio, la entidad de un poema. También puede ocurrir que ese impulso no logre encontrar el molde necesario y que no llegue a plasmarse. De allí resultaría, tal vez, que es más importante el ejercicio de la poesía-vida que el ejercicio de la poesía-obra. La creación literaria así se reduce a un centenar o, cuando más, dos centenares de textos diseminados en distintos opúsculos. Gran parte de la obra o no-obra es ejercicio personal, gratuito, ejercicio del mero desplazarse a golpes de timón buscando darle sentido a esta pasión, a esta aventura sin regreso en que estamos embarcados, mal que nos pese.

(Especial para esta Antología)

SELECCIÓN

"A NADIE DARÉ UNA DROGA MORTAL..."

Aquí estoy solo con mis pócimas, mis escalpelos,
mis uñas rotas, mis salpicaduras.
Aquí con mi intranquila conciencia.
Aquí con mi mundo perturbado.

Aquí, con mi cadáver desnudo sobre el mármol
y el tiempo que aquí debería ser abolido.
Somos los mismos. Los que tuvimos un día
la capacidad de asombrarse.

Cartílagos sólo hay, sólo huesos.
Debo suturar desgarros que yo no produje.
Debo hacer coincidir las piezas de un cráneo.
Soy demasiado humano para vivir en paz.

Pero quién se sonreirá por ti algún día.
Pero quién repetirá después las cosas que tú dijiste.
Pero quién cometerá tus mismos errores.
Pero quién asumirá tu desencanto.

Morirse pero contemplar tu propio funeral.
Pero huir y ser testigo de tu fuga.
Pero perderse y participar en tu propia búsqueda.
Pero se trata de estar aquí y en otras partes.

Pero yo soy un cirujano fiel a su juramento
y seguiré cortando tendones, removiendo las vísceras
sin lograr ver en ellas el futuro
y a nadie daré una droga mortal.

Doralisa se lanzó bajo el tren de las 14

Yo sé que tú eres la misma de hace 20 años, Doralisa,
y que nada ha cambiado para ti, para nosotros,
que habías de eternizar tu juventud y mi niñez
en ese día y esa hora —las 14.

Esparcida sobre lucientes rieles te recuerdo, Doralisa,
derramada entre dedales de oro en flor
(Fue en primavera ¿no es cierto, Doralisa?)
Y qué blanco tu cuerpo, qué blanca, Doralisa,
y tu cabellera negra enrollándose
y desenrollándose al viento entre las yerbas.
Y tu cuerpo Doralisa,
desperdigado sin orden ni sentido
como si hubieras querido hacer de ti misma un enigma
que nadie pudiera descifrar debidamente.

Ah Doralisa, Doralisa,
eres para mí un recuerdo despedazado
que debo empezar a armar pacientemente
—un ojo junto a otro ojo,
una pierna y la otra juntamente
y tus senos y tus manos y tu cabellera sobre todo
y tus pies desnudos sobre la tierra.
Y yo te armo, Doralisa, compongo tu figura
y me llegas intacta a la memoria.
Y enseguida te desarmo, te deposito en tierra,
te disperso,
porque tú eres un recuerdo que vive en mí, Doralisa,
y que no me pertenece.

Insectario

Yo me enamoré una vez de una muchacha maravillosa
y los dos preferíamos los vanos de las puertas,
los rincones más oscuros de los cines,
de las plazas públicas.
Huíamos de la luz como los fantasmas que éramos en realidad
y esperábamos la noche

y apagábamos todas las luces para hacernos el amor.
Yo gustaba de recorrer todo su cuerpo
centímetro a centímetro
como un escarabajo por las habitaciones en tinieblas.
Y ella tenaz y laboriosa como ninguna
tejía y destejía en silencio su tela sobre mis labios.
Un día nos equivocaríamos de grieta
o la luz del día nos ahuyentó en opuestas direcciones
y nos perdimos de vista entre la multitud.

De ese tiempo,
mi sensación de llevar antenas en la frente
y los ojos facetados.

De ese tiempo,
mis pestañas sensibles a la luz del sol
y mi forma de andar
de insecto extraviado entre los hombres.

(De *Arte de Vaticinar*)

POEMA

Con viejas cartas encontradas al azar
Con fotografías infrarrojas tomadas desde el aire
Distinguirán campos de cultivo sepultados por la vegetación
Leves contornos de edificios y plazas públicas.

Y llegarán un día viejecillos de pantalones cortos
De ojos afiebrados.
Llegarán con sus picotas, con sus cuerdas húmedas
A abrir zanjas, a buscarte.

Hurguetearán dentro de habitaciones recién desenterradas
Pasarán por el harnero oscuras arenas.
Harán indagaciones todo el día por el lugar.
Y alguien ha de contar leyendas acerca de un hombre
Parado en una esquina
Con los ojos fijos en una ventana cerrada
Y tiritando de frío al amanecer.

(De *Versos Para Quien Conmigo Va*)

Reflexiones

Este es un hombre que no alcanzará la velocidad de la luz
ni llegará a comandar un submarino.
Es
el que siempre rebotó y rebotará en los espejos.
Hablo de éste que no volverá a nacer
y se aleja más y más pero no puede olvidar
el momento del vamos en un vientre materno.
Este que a usted se acerca, amiga imagen
decidido a traspasar el vidrio.

El espejo vuela una y otra vez en mil pedazos
en una escena mental que bien podría hacerse efectiva
pero sólo en el cine o el video llega a realizarse.
¿Es que el espejo es un altar de nuestra realidad?

La vida se va prolongando por las superficies bruñidas
y los espacios húmedos, resbaladizos.

(De *Trabajos en la Vía*)

El Tiempo es un Severo Fiscal Agazapado Entre las Ruinas

Algún día uno retornará al lugar
donde cometió su crimen
o al sitio en que su infancia ha transcurrido

Se cruza entonces temblando el umbral
que separa a cada cual de su propio pasado
Y uno va mirando azorado en una u otra dirección
Una poderosa fuerza lo va impeliendo
siempre adelante

Uno teme que alguien se asome por una ventana
Que alguna anciana escoba en mano
lo señale excitada con el dedo
y clame a gritos pidiendo atrapar al forajido

Todo mortal está condenado a retornar un día
allí donde el tiempo es un severo fiscal
agazapado entre las ruinas.

(De *Este Anodino Tiempo Diurno*)

* * *

Recuerdo un lugar donde había silencio
y luego rumores de voces
La lluvia golpeaba fuerte sobre el techo
En la oscuridad una mujer pasó taconeando
La luz sutil de una bicicleta trazó una línea
que por un momento
se mantuvo inmóvil antes de empezar a disolverse

Un segundo antes
nada de eso había ocurrido
Nada había ocurrido antes de la misma forma

Alguien tiene que andar por ahí
gritándole a los demás en su cara
que nada de nada había ocurrido antes
que nada ha ocurrido nunca antes de la misma
y única, uniquísima y unigénita misma forma.

(Texto Inédito)

REFERENCIAS CRÍTICAS

ARTE DE VATICINAR:
"Estamos frente a una poesía (...) que inaugura una sensibilidad singular. Esta sensibilidad surge en la confluencia del lenguaje con la experiencia en vías de aprehender. El punto de partida es una imagen primera, motriz, fecundante, que se convierte en una incitación, una provocación, una tentación ineludible que sólo se supera en el proceso de la escritura... Cualquier alteración en el horizonte visual, olfativo, musical, táctil, religioso, ético, mítico, podrá constituirse en un factor de cambio que hará surgir el medio adecuado para el proceso del poema".

HERNÁN LAVÍN CERDA. *Las Noticias de Última Hora,* Santiago, 9/I/1971.

"En Hernán Miranda (...) ni las cosas ni el yo poético están dados. Es el acto y el lenguaje quien los establece y descubre. Y este descubrimiento no es terrible ni desengañado, ni siquiera maravilloso. Es simplemente el acto natural de ser".

NELSON OSORIO. *El Siglo,* Santiago, 25/IV/1971.

VERSOS PARA QUIEN CONMIGO VA:
"(...) Tiene por cierto una intención de crítica social frente al orden establecido, pero también una manera más oblicua —y no exenta de humor— para llevarla a cabo".

IGNACIO VALENTE. *El Mercurio,* Santiago, 7/IX/1986.

DE ESTE ANODINO TIEMPO DIURNO:
"(...) Se recurre a distintos órdenes de la realidad que a su vez encajan bien entre sí: el amor, la violencia, la naturaleza, el conflicto bélico, la geografía, etc., con un sentido de la composición poética que no muchos de nuestros vates poseen".

IGNACIO VALENTE. *El Mercurio,* Santiago, 6/I/1991.

Naín Nómez

TALCA, 1944

HISTORIAS DEL REINO VIGILADO (1981)
ESCRITO PARA UN LUGAR DE REUNIÓN (1983)
PAÍSES COMO PUENTES LEVADIZOS (1986)
BURNING BRIDGES (1987)
EL FUEGO VA BORRANDO (1989)

ARTE POÉTICA

Las poéticas y los movimientos son siempre efímeros, casi nunca traslucen afinidades colectivas y generalmente expresan rupturas juveniles. Si uno mira lo que han sido las propuestas artísticas nacionales en los últimos 100 años, encuentra mucho de pretensión y poco de práctica, incluyendo surrealismos atrasados y larismos heterogéneos.

Pertenecí a un marginal grupo poético de los sesenta, *La Escuela de Santiago*, que creció a la sombra del Instituto Pedagógico, y con riesgoso impudor juvenil intentó repudiar un *establishment* que en esos días se llamaba Neruda, Parra y Poesía de los Lares. Grupo que publicó sus propios manifiestos y poemas en una antología de la revista *Orfeo* y cuya preceptiva intentaba rescatar los muros de la ciudad, su atmósfera asfixiante y alienada, su dinamismo tecnológico y su marginalidad. Críticos de lo inmediato, los miembros de la Escuela se alimentaban de la gran poesía urbana que había crecido a la sombra de Pound, Eliot, Saint John Perse, Beckett, Lautréamont, Gombrowicz, los poetas *beatnicks* de Estados Unidos y el surrealismo, aunque tampoco despreciaban a Huidobro, de Rokha, Rojas y Lihn. Estaban en contra de lo lárico y lo provinciano, de la nostalgia del paraíso perdido; abogaban más bien por una poesía que enfatizaba el lenguaje fragmentado y las situaciones no integrales y reivindicaban las vanguardias bajo una nueva dimensión. Para los integrantes de este grupo, los géneros habían caducado hacía rato y lo poético era más bien un problema de énfasis. (...)

Creo que mi poesía actual surge de muchas prácticas que la han ido transformando en el tiempo y en el espacio hasta convertirse en un mosaico de miradas que incluye la experiencia de haber convivido en Canadá con su literatura; un distanciamiento de horizontes y atmósferas dado por la mirada crítica hacia las culturas que conformamos como sujetos (chileno, latinoamericano, norteamericano); un reajuste con la experiencia poética de otras lenguas, especialmente el inglés; una recuperación de lo propio desde ámbitos no iluminados o hacia lugares no percibidos. Desde estas búsquedas surgen permanentemente temáticas, situaciones, imágenes que se proyectan hacia la historia personal y colectiva, hacia los símbolos del Exilio, la búsqueda de lo Propio, la recuperación de una temporalidad que se resuelve en espacios o atmósferas, el señuelo de una felicidad que es siempre desencuentro.

(Especial para esta Antología)

SELECCIÓN

Especialistas en literatura y balística

Empezaron por apretarle la cola a las palabras
no para hacerlas rugir sino para que chillaran hasta el
paroxismo
las dejaron convertidas en un guiñapo
más tarde les zurcieron la espalda para que siguieran
existiendo
finalmente las encerraron en pequeños compartimientos estancos
para que se quedaran inmóviles
luego las agruparon según su debilidad o su hobby favorito
las pervirtieron y les dieron padres que creyeron auténticos
las ensalzaron las degradaron las remitieron a
sus propios juicios y opiniones
les dieron de comer con sus propias células
las tornaron exactas
las llenaron de primos hermanos fabulosos
les inventaron un lugar en la historia
les buscaron antropólogos sociólogos y sicólogos
las incorporaron a la ciencia para que crecieran
seguras y dentro del sistema
apoyaron su aparato con otras palabras que se
fueron ensalzando a sí mismas como en una pirámide
se sintieron padres hijos nietos y tatarabuelos de las palabras
las manipularon las violaron las convirtieron en objeto
las dejaron de nombrar para que dejaran de moverse
las reprimieron hasta que sólo ellos se sintieron
autorizados a decirlas
formaron sus propios edificios de palabras
las adoraron y yacieron con ellas
les dieron hijos que se juntaron en frases descomunales
formando familias de manuscritos que crecieron
en edificios ruinosos
y al final cuando reprodujeron sus propias leyes
a un idioma ya casi intraducible
cada uno acaparó sus propias palabras dentro de sí

cada uno se sentó a comer sus palabras
cada uno lloró por sus palabras que ya nadie entendía
cada uno se vistió con ellas cuidadosamente y salió a rezar
    el evangelio

Desde entonces todo transcurre en el silencio.

(De *Historias del Reino Vigilado*)

MEMORIA INFIEL

Lo que llamamos amor o muerte, libertad o destino
¿no se llama catástrofe, no se llama hecatombe?
OCTAVIO PAZ

Yo voy sacando las hojas para que el musgo se deshiele
y los muslos se agolpen en mi boca como abejas rancias;
una escala de siluetas alrededor de mis manos hinchándose
de cielo, fango, cierzo; amontonando llaves con una saña
curvada alrededor de las lenguas del sol, óptica que se nubla,
ojos que despavoridos se asen a una garganta como si el rayo
nos partiera los huesos agarrados a un acto que se hace mundo
en pedazos, orillas, centros, I can't find you el mismo
oleaje, pero la rutina precipitándose en claves fixer des vertiges
acumular los gestos estirar las bocas sintiendo el jugo diferente,
la incitación más fuerte y los dientes columpiándose en todas
las madrigueras con otras cifras que había que inventar
alargándose o insistiendo o simplemente dejando que todo
se nombrara de nuevo
labio por labio mundo por tierra.

Dices que te molesta mi ternura y te sacas las escamas
y los manojos de clepsidras de un solo manotazo
resecando tu fuego en las pupilas; dices que sí a todo,
oscuramente torcida hacia adentro, usada, maltrecha
y oliendo a sangre en el límite del asombro,
sabath de miracles con tu figura de anguila
como un trigal calcinado en el granizo, encendida
en el lecho vertiginoso, desgajado tu vientre del tiempo,
poniéndote a beber en los agujeros de mi cuerpo,
recurriendo a las argucias de los murciélagos y las arañas,

que tejen redes con repliegues ávidos en las sombras
más benignas. ¿En dónde estamos? te pregunto,
mientras mi angustia pulida por el espanto se agiganta
entre las estrías de sangre que me queman la espalda y el sexo
y tú ya no contestas porque tu ferocidad culmina en un éxtasis
que acaba por poblar el instante centelleante
y las iluminaciones recubren la piel y se meten por los
    párpados
como cientos de dagas y moluscos
saliendo y entrando del uno y del otro,
girando en un centro fijo y desapareciendo en la precariedad
de ese equilibrio que comienza ya a derrumbarse
en un horizonte cuyos límites ¿meses? ¿siglos? se mortalizan
cuando me dices conteniendo la risa cuánto me odias
por este minúsculo placer y luego cierras los ojos
y envuelves tus pezones de cera entre las garras
echando a volar con un silbido tenue vago quejumbroso
¿un graznido un llamado? y me quedo hablando en sueños
con los miembros consumidos en las aguas muertas del amor.

Me repliego sobre mí mismo. El amor: esa palabra
latiguda y lamosa, crispada y antigua; llave de hermafroditas
y dialéctica de la antipragmática. Te lo juro
que la he visto saltar de tu patio al mío.
Knife and river cutting the angel in all possessions.
El narrador: ese animal fabuloso y torpe de nuestras vidas
why stop now? descubre la luz que pasa entre los huecos,
la mueve con los dedos y la proyecta al futuro
hasta que desaparece en otros horizontes.

VISITAS DE MI MADRE I

La primera vez viniste en primavera
vivíamos en la casa de tres pisos
con manuel y la carmen
francisco no había nacido todavía
y los italianos cosechaban las uvas
de los patios traseros
dejando acidarse el aire con ese fermento
repugnante de los vinos de ontario

tú te maravillabas de la suavidad esponjosa
de los quesos de holanda
del calor que te aplastaba al porche
y al zumbido de abejas enfiestadas con las flores
tejías incansable esas chalecas coloridas
que a sebastián le fastidiaba ponerse
(tan gringo él que prefería un cortavientos liviano)
y rumoreabas con el viento tu lenguaje de palabras inmóviles
y gestos hieráticos
mientras en la zona oscura nuestra conciencia
volvía una y otra vez al horroroso país
de donde no quisimos salir nunca.

(De *Países como Puentes Levadizos*)

¿Y PABLO DE ROKHA?[1]

Vino a su propia casa
y los suyos no lo recibieron
GONZALO ROJAS

¿Y qué nos dicen del Macho Anciano?
¿Quién se acordó del que prefirió suicidarse
hace ya 25 años, a ver el holocausto?
Desmesura del salto bajo el soplido acuoso de septiembre,
vagido germinante hacia la génesis: "el umbral invisible
e inminente, en donde nos partieron la cabeza,
el abismo, el abismo, el abismo",
dicho con el tan suyo lenguaje el 27.

Es verdad que no hay fotos de su mito. Llegó tarde al banquete
y los roles estaban repartidos, es verdad
que Neruda y Huidobro se lo merecen todo,
pero nadie recordó el nacimiento milenario de los océanos,
la arteria de fuego de los volcanes, los perros mojados
del invierno aullando sigilosos, ascuas
de la utopía en la memoria.

Ahora 20, 25 años después, el oropel sin brillo de septiembre,
los homenajes, la rabia contenida, el recuerdo

y el olvido irreparables, ardiendo ferozmente ("echando
llamas"),
la escritura sangrante en la sien,
abriendo el instante sagrado, haciendo círculos
como la yema del dedo en la fuente.

(Texto Inédito)

[1] Homenaje en los 25 años de la muerte de Pablo de Rokha, ocurrida el 10 de septiembre de 1968.

REFERENCIAS CRÍTICAS

PAÍSES COMO PUENTES LEVADIZOS:
"(...) El común denominador de estos poemas es su hallarse montados sobre el filo que separa los planos dialécticamente contrastantes de la memoria y el olvido".

GRÍNOR ROJO. *Crítica del exilio. Ensayos sobre literatura latinoamericana actual,* Editorial Pehuén, Santiago, 1989.

EL FUEGO VA BORRANDO:
"El conjunto de los textos elegidos traza un sentido de viaje por el tiempo, las ciudades, los géneros literarios, las formas literarias y el propio yo del poeta, conformando un hilado mítico, el depósito de una memoria que se desea infiel. ¿Por qué? Porque rescata del trazado de su arquitectura sólo las huellas que permiten traspasar el mito de los primeros textos hacia un antimito, en el que la gesta con el conflicto heroico que a toda gesta acompaña, encuentre un sentido nuevo, redentor en el hallazgo de lo cotidiano, posibilitado por el encuentro o desencuentro con la o las mujer(es).

(...) La poesía de esa fecha (los sesenta) emerge desde los sueños para elaborar a partir de ellos figuras barrocas que cargan el texto con un maquillaje fastuoso, fabuloso, dándole un decurso descriptivo, épico. Una suma de máscaras contribuye a crear un cuerpo literario que entronca a lo fabuloso con lo cotidiano y más aún, con la experiencia urbana. Podría denominarse a este procedimiento, una épica del lenguaje. Desde un mundo simbólico desgarrado, se produce un exilio, con todas las tensiones y conflictos que esta situación genera.(...) Por eso, la antología de Nómez es una travesía del discurso por los códigos de su composición: formas, materiales distantes y distintos se unen aquí atraídos por ese desplazamiento del deseo que todo viaje implica. El fuego que aquí no sólo ilumina para hacer crecer, como en el mito de Prometeo, la condición del hombre, sino que también para borrar de la superficie del texto, extensión de la memoria, las huellas ocupadas. Para poder hablar desde un punto de vista superado, desde un mapa mental dejado atrás, pero reconquistado como superficie activa en la tarea contemporánea que a todo escritor le es encomendada: descifrar las claves de lectura del mundo que le ha tocado vivir, de significar esa experiencia, desde el lenguaje, a partir del lenguaje".

EUGENIA BRITO. *La Época,* Santiago, 31/XII/89.

Floridor Pérez

YATES, 1937

Para Saber y Cantar (1965)
Cielografía de Chile (1973)
Cartas de Prisionero (1984)
Chilenas i Chilenos (1986)
Memorias de un Condenado A Amarte (1993)

ARTE POÉTICA

POST DATA

Nací entre el río Puelo y el volcán Yates; aprendí a caminar en Puerto Montt, a leer en Calbuco, a amar en Panguipulli; estudié en Valdivia, me titulé en Victoria, trabajé en Los Ángeles, fui relegado a Combarbalá y no tuve más remedio que radicarme en Santiago.

Y si no hice cosa importante en parte alguna, cada rincón patrio fue decisivo en mí: el mar del sur me trasbordó del seno materno al seno de Reloncaví; en el valle central sembré trigo-centeno y coseché el amor de Natacha; por la cordillera andina descendí hasta el Plan del Empleo Mínimo. Viajando en buses rurales y trenes de ramal alcancé tarde a mi generación, esa que surge entre el Mundial del '62 y el Premio Nobel de Pablo Neruda.

Dicen que debí haberme ido en 1973, pero consideré que ya habían sido suficientes 15 años de exilio en la escuela rural de Mortandad, lejos de todas partes.

Admiro y respeto a los poetas mayores. Estimo y estimulo a los menores. No tengo sueños de grandeza ni pesadillas de inferioridad y me gusta definir mi poesía con palabras de un economista de la vieja "nueva ola": un caso de desarrollo frustrado...

(Post Data de *Cartas de Prisionero*)

SELECCIÓN

Carta de Natacha, 1

"Amor
    me vas a perdonar
no haberte contestado antes"

No. No la voy a perdonar.

"Amor, no te imaginas
cuánto he sufrido
con esta separación".

Sí. Sí me imagino.

La Victoria

Me pusieron contra la pared, manos arriba.
Me registraron meticulosamente.

Sólo hallaron retratos con tus ojos
y una antología con mis versos.

Noches sobre la piedra.
Días tras la alambrada.

No saben —nos decían— qué les espera.
Pero yo lo sabía.

Tras días piedra meses muro
tú me esperabas a la puerta del cuartel

¡y ésa fue mi victoria!

(De *Cartas de Prisionero*)

NATACHA

Le han dicho

Con ese hombre
no tendrán dónde
caerse muertos

Le he dicho

tendremos
todo el mundo
donde pararnos vivos.

P.D.

Cierto que tardé mucho en encontrarte
¡Pero eran cuatro millones doscientas
cuarenta y ocho mil quinientos treinta
las chilenas, cuando salí a buscarte!

MÁS SABE EL DIABLO POR QUEMAO QUE POR TENTAO

Perdón si no me quedo con la boca abierta
para comerte mejor siquiera con los ojos
ni me doy de cabeza contra un poste
por volver a mirarte cuando pasas
vitrineando el maniquí entre posibles clientes
que se encalillarían con el mayor agrado.

Perdón si no me embruja
el mágico tam-tam de tus tacones
y te dejo pasar
como una oferta de temporada.

Perdón si permanezco inmune frente al
        C O N S U L T O R I O
esperando a la flaca de pie plano
que apenas se le pasen sus achaques
me llevará en un tur al paraíso

y encenderá con sus manos fuego para mí el próximo
invierno
y meterá sus manos al fuego por mí el próximo infierno
mientras que tú, ricura,
estarás muy ocupada
pintándote las uñas de tus pies perfectos
y mejor no sigamos más arriba
no sea que me tientes, diabla,
que me piques, araña de potito rosado.

P.D. para la Cenicienta

Se casaron
fueron muy felices
tuvieron muchos hijos
y colorín
                    colorado
se divorciaron
      pasó
por un zapatito roto
y después
                  se casó con otro.

A Cierta Caprichosa Dama que Luego de Festejar Durmió con Él Vestida

Bocado que en bandeja me servía
y gozoso probé de sus olores
la color de la carne y sus sabores
ascóndeme hoy en vil mantelería.

Cuchillo y tenedor no bastaría
a trinchar de sus cierres protectores
broches, botones, prenda y prendedores
ojos y ojales que al placer abría.

Sellado el cinturón a pierna y codo
sin negarse, aceptar ni dar excusa,
ciegos los labios y la sangre muda,

¿a qué ocultarse ahora de tal modo
esculpiendo de mármoles tu blusa
si el ojo que te vio, te ve desnuda?

ORÁCULO

Dormirás soñarás nunca
en mi lecho despertarás

A UNA COQUETA

Agua que no has de correr
no me des sed

METAMORFOSIS EN LA ZAPATERÍA

Yo soy la última víctima
de los sueños de Kafka:

insecto gigante aferrado al mostrador
debía calzar innumerables patas.

Ahora tranquen la puerta.

A los acreedores que pregunten por mí
díganles que no está
que el señor Samsa salió.

Que la madre sacuda las telarañas
y me barra con ternura.

(De *Memorias de un Condenado ~~a~~ Amarte*)

Adolescencia, discurso de clausura

Cazador mal herido, furtivo y maltrecho vine a verte
y en la semioscuridad de la jaula eras todo aleteo
pero qué iba a volar mi pesadumbre:
antes reptando la soledad de la calleja
me arrastré 18 años en dirección de esa ventana
iluminada por la lámpara de lágrimas
de una joven pálida.

Como si nada hubiera pasado. Como si nada
pudiera pasar salvo este encuentro a medias inesperado
en lo submarino de una noche de invierno
náufrago tú, yo desterrado
tratando de salvarnos
en un abrazo de enternecidos sobrevivientes.

Era el primer encuentro del padre y del hijo
y el espíritu no supo qué partido tomar
pues la angustia paseaba como Pedro por tu casa
el día en que cargué sobre mis hombros tu presencia
no como el jornalero, mas como el dromedario
para siempre.

(Texto Inédito)

REFERENCIAS CRÍTICAS

"Floridor Pérez trabaja, en ocasiones, la técnica del *collage* al poner en contacto y establecer un intercambio entre el arte y la realidad cotidiana que aparecería citada. La yuxtaposición de estos elementos diversos establece una relación dialéctica debido a que, separados de su contexto, se transforman en obras de arte por la nueva significación que adquieren al interior de una obra literaria, pero —al mismo tiempo— introducen una (supuesta) realidad (pre-textual) dentro de la literatura".

SOLEDAD BIANCHI. *Poesía Chilena,* Ed. Documentas, Santiago, 1990.

CARTAS DE PRISIONERO:

"La penetración en el mundo literario ficticio de hechos que provienen de la vida concreta es una de las constantes textuales que se configura como característica de la obra del autor. Los actos de habla ficticios y reales, la relación entre literatura y acontecer de la vida real establecen una relación dialéctica que en muchas ocasiones se torna conflictiva.

Un segundo rasgo que se reitera, relacionado con lo anterior, es la presencia de la intertextualidad.(...)

Un tercer rasgo es la superposición de sentidos perfectamente acotados y rastreables en el contexto de un poema y en el del libro total".

CARMEN FOXLEY, ANA MARÍA CUNEO. *Seis Poetas de los Sesenta,* Ed. Universitaria, Santiago 1991.

MEMORIAS DE UN CONDENADO A AMARTE:

"Las memorias de Floridor Pérez, sus traducciones, signos, gráficos, fotografías, anunciaciones, encarnaciones, retratos, imitaciones, cartas, sueños, diarios, peldaños, miradas, recuerdos, trípticos, oráculos, acuarelas, postales, ecos; sus alondras que son tencas, los cervatillos gemelos de la amada, o los uno y dos que son trinidad, responden al unísono a la idea de duplicación y transformación de lo mismo que es lo otro, o del otro que es el mismo.(...)

Identidad y diferencia, continuidad y discontinuidad, analogía e ironía, escritura de la semejanza curada de males por lo popular y la antipoesía, espejo afectado por la ley del cambio, la sustitución y la ambivalencia, la poesía de Floridor Pérez, el suave goliardo enamorado, pero también el diablo y astuto poeta que sabe sus trucos, es generosa, sorprendente y unitaria".

MARÍA NIEVES ALONSO. Prólogo de *Memorias de un Condenado a Amarte,* Ed. Reencuentro, Santiago, 1993.

Jaime Quezada

LOS ÁNGELES, 1942

POEMAS DE LAS COSAS OLVIDADAS (1965)
LAS PALABRAS DEL FABULADOR (1968)
ASTROLABIO (1976)
HUERFANÍAS (1985)

ARTE POÉTICA

Huerfanías, mi cuarto libro de poemas, se publica en Santiago de Chile, en noviembre de 1985. Entre este libro y el anterior —*Astrolabio,* 1976— transcurre exactamente un período de nueve años. Diríamos redondamente una década. Y entre la publicación de *Astrolabio* y *Las Palabras del Fabulador* (1968), el otro libro anterior mío, han transcurrido ocho años. Digo estas fechas porque tienen para mí una importancia de relación con mi oficio de poeta, con la manera de trabajar, ordenar, mirar un libro, y, en consecuencia, con este parco interés publicante. Soy, pues, un poeta de los que Gonzalo Rojas llamaría larvario: esto es un trabajar lentamente etapa tras etapa. De ahí que, y lo he dicho en otros momentos y es válido también ahora, un poema está en mí mucho tiempo elaborándose y reelaborándose. Trabajo bastante. Seré honesto: corrijo mucho. Sólo quedo tranquilo, y de una tranquilidad que no es tal, cuando he llegado a la palabra en su potencia misma, desprovista de todo adorno: la palabra hueso. Y en su tuétano —no tétano. Por lo mismo, hay una parquedad y una concisión —no concesión— en mi verso.

No tengo atarantamiento en mi tarea creativa. Ni un afán de entregar a la revista más próxima (qué revista) el más próximo poema. Entonces pasan años y mi nombre no aparece por ninguna parte. Y entonces creen que he dejado de escribir. Y entonces yo también creo que he dejado de escribir.

Huerfanías no escapa a estas características formales o informales, de tratamiento personal, muy en mí respecto de una obra. Y vino a publicarse después de un largo silencio mío, míos. Silencio en la pluralidad de muchos. No es por casualidad ni por capricho (de los muchos caprichos que uno tiene) de autor y/o editor, que los poemas tengan en este libro sus amplios espacios en blanco. La página soporte del texto mismo y parte de él a su vez. Espacios en blanco que cumplen en la página su objetivo directo y simbólico. Tal vez es la mudez — no confundir con tartamudez— de este tiempo era-ira. Tal vez el dolor que no tiene espacio. Tal vez el espacio necesario para completarlo de significaciones algún día. ¿Qué día?

SELECCIÓN

La tentación

Nos habíamos perdido
En el sendero del bosque
Y ella proponía: desnudémonos
El lobo pensará que ya somos cadáveres.

La herencia

La madre engaña a su hijo con un cuento
Y el plato de sopa queda limpio
El hijo crece
Se hace hombre
Se casa
Y tiene un hijo
Y el hijo engaña a su madre con un cuento
Y el plato se ensucia con el llanto.

(De *Las Palabras del Fabulador*)

Solitario

Alguien toca los vidrios de la ventana
Yo estoy desnudo escribiendo una carta
A un amigo muerto hace un montón de años
Me asomo a la ventana y no hay nadie
Sólo un gato camina por el muro vecino
Debe ser el viento digo
Vuelvo a sentarme a la máquina
Alguien ha borrado lo que yo había escrito
Se nota claramente que lo han borrado
Quién diablos ha hecho esto
Abro el closet
Busco debajo de la cama
Muevo la mesa

Debo estar viendo visiones
Hace tres días que no como
Empiezo de nuevo a escribir la carta
Le cuento lo difícil que está la vida
Que sería bueno pensar en un viaje
Ahora mueven la puerta
Alguien da golpes con la aldaba
Pregunto que quién es
Nadie responde
Mi cuerpo se pone carne de gallina
Disimulo tener valor y abro la puerta
Adelante digo bondadosamente
No entra nadie
Debo estar loco
Estoy perdiendo el juicio
Me hace falta una mujer
Haré pedazos esta carta
Retiro el papel de la máquina
Apago la luz
Dudo si masturbarme o rezar
En ese momento me acuerdo de una película en la T.V.
Enciendo el televisor
Mañana escribiré la carta.

(De *Astrolabio*)

DESAMPARO

Mi corazón golpea la puerta de mi claustro
Cerrada bajo siete sellos
Bajo siete plagas
Bajo siete tentaciones:
libra a mí d'esta prisión do yago
Y palidez de ayuno tengo en cuerpo entero
Y sobre mí fijaré mis ojos
Y yo soy mi pecado mi pantera mi bestia fiera
Y no puedo dormirme
Aunque repita de memoria salmos pasados de moda
Que mañana sin embargo serán cantados con música de jazz
en arameo y mayaquiché y antiguo verso
Con música electrónica de 120 decibeles

Y en toda lengua: canción rock canción quechua
Y hoja por hoja y labio por labio
Serán cantados sin engaño en los retretes
En los urinarios públicos
En el gran baño turco de la ciudad en tinieblas
Y mi corazón y mi claustro pasarán
Y el cielo y la tierra y mi caballo de infancia
Y alabado será mi nombre
Que tuvo culpa de amor y no de guerra
Pecado de paraíso terrenal y no de mal ladrón

Tengo miedo tengo miedo Padre
Y sobreviviré a las ruinas del templo
Tan sólo para ser *aquel alguien*
Que escribe en sus muros la palabra *Desamparo.*

Tabla de Astronomía

En el verano de 1910 el cometa Halley
apareció en los cielos de Chile
Ese mismo año murió el presidente Pedro Montt
En 1758 hubo una lluvia de aerolitos
Y piedras de fuego quemaron los muchos bosques
del verde territorio
También una sequía en 1834
Y una plaga de ratas y ratones asoló campos y graneros
al igual que en el verano de 1986
Sólo que ahora incluyendo cárceles secretas
cuarteles estadios de fútbol conventos y ciudades
(Y la muerte del presidente)

En el año de 2062 el cometa Halley
aparecerá otra vez en los cielos de Chile
Para entonces yo Jaime Quezada
sobreviviente chozno de tanta historia
Estaré a la sombra de una nube atómica
Rascándome con una teja en medio de la ceniza
O muy sentado en una mecedora silla de neutrones
A la sombra de un nuevo manzano en flor
Recordando la infancia de mi padre
Cuando se hacía retratar bajando de un caballo en 1910.

El amor se burla del fin del mundo

Ahora que la joven Edith Piaf canta
              una vieja canción de amor
Pienso en un viaje
       que realizaré en un siglo venidero
Cuando toda la tierra sea de seguro esa canción
Y nadie ya me recuerde ni siquiera me busque

El día de ese siglo
       los claustros a la par que los burdeles
       las metrópolis al igual que las aldeas
Serán consumidas por esa canción de amor
Y yo andaré a la manera del pecado original
Burlándome del fin del mundo
Porque sólo el amor (en una canción de Edith Piaf)
              puede burlarse del fin del mundo.

(De *Huerfanías*)

Elegía lírica a mí mismo

Sueño sentado en el living de mi casa
Un día cualquiera como hoy de Chile
Hago que me pasen un video sobre las torturas
El video dura horas días semanas meses años
Pero no veo nada
A no ser un caballo que se revuelca en el picadero de la ciudad
Hago que me repitan el video
Años meses semanas días horas
Y tampoco veo nada
Hasta el caballo ha desaparecido
Sólo la pantalla roja roja
Una puesta de sol me digo
¡Oh tardes de Bucalemu!
Me traen un vaso de agua
Después otro
En el segundo coloco una rosa marchita
Y me bebo el primero
Salgo un rato a la terraza
Nunca había mirado el cielo

Una bandada de cuervos pasa volando
Pido luego que me dejen solo
Cierro puertas y ventanas
Me quito el uniforme
Y lo guardo cuidadosamente en el cajón del closet
Me quedo desnudo con la gorra y las botas puestas
Busco papel y lápiz
Escribo una carta a mi nieto
(Me dan ganas de cantarle una canción de cuna)
Escucho como lluvia de piedras en el techo
Me tapo con fuerza los oídos
Pero igual más intensa la lluvia de piedras en el techo
Me paso revista frente al espejo
Busco una parte de mi cuerpo donde pegarme un tiro
No tengo corazón
Me tiemblan las manos y las piernas
Estoy pálido
Saco la rosa del vaso y me bebo el agua
El vómito se me sube a la garganta
Me orino como un oso viejo
¡Pobre Yo! me lamento
Yo el iluminado
Yo el centro de la patria
Yo el hombre ilustre de la nueva república
Al fin sale el disparo
Caigo bocabajo en la alfombra
Alcanzo a gritar pero no viene nadie
Nadie me recoge
Entonces me veo en la pantalla del televisor
Cubierto con una bandera
Manchada de sangre.

(Texto Inédito)

REFERENCIAS CRÍTICAS

HUERFANÍAS:

"(...)El hablante, sobre todo en su libro *Huerfanías,* asume una voz de Cristo sufriente, identificado con las angustias del hombre real en la presente circunstancia histórica, en la cual la única esperanza parece ser la unión con Dios. Surge una voz apocalíptica que anuncia la destrucción del mundo. Los códigos de la poesía de denuncia, de la poesía mística y literatura apocalíptica, conforman un conjunto de enorme fuerza poética, en la que el lector se siente conmovido por la desolación existencial del hablante, su anhelo de unión mística y la desesperanza del futuro.

Quezada ha llegado a la madurez poética. Tanto desde el punto de vista de los códigos poéticos, la intertextualidad bíblica y apocalíptica, como el referente surgido en el contorno del hablante".

JUAN VILLEGAS. *El Espíritu del Valle* Nº 2-3. Ediciones Cordillera de Otawa, Canadá-Santiago de Chile, 1987.

"La poesía de Quezada ha surgido en el marco de la tradición establecida (la poesía de los lares y la antipoesía), incorporando de ella los elementos que responden a su particular visión de mundo. Ha cantado a las cosas cotidianas, a la infancia, la familia, la naturaleza, la soledad. Pero ha ido destruyendo a través de su misma obra esa imagen inicial, desmitificando el espacio mágico de la infancia, mirando el paisaje con ojos de botánico y de ecólogo, asumiendo una visión religiosa, contemplativa, profética y denunciatoria del pecado institucionalizado en el mundo, del peligro de destrucción total de la humanidad, de la contingencia histórica chilena. El carácter apocalíptico de su poesía le confiere un matiz diferencial definido en el panorama de la lírica actual. Al mismo tiempo, el marcado carácter autorreflexivo lo vincula con otras tendencias de la contemporaneidad".

IVÁN CARRASCO MUÑOZ. Revista *Estudios Filológicos,* Nº 25, Universidad Austral de Chile, Valdivia, 1990.

Waldo Rojas

CONCEPCIÓN, 1944

AGUA REMOVIDA (1964)
PÁJARO EN TIERRA (1966)
PRÍNCIPE DE NAIPES (1966)
DOS POETAS DE LA ALCIN (1967)
CIELORRASO (1971)
EL PUENTE OCULTO Y OTROS POEMAS (1976)
EL PUENTE OCULTO (1981)
CHIFFRÉ À LA VILLA D'HADRIEN (1984)
ALMENARA (1985)
PRINCE DU JEU DE CARTES (1985)
DERIVA FLORENTINA (1989)
FUENTE ITÁLICA (1991)
POESÍA CONTINUA, ANTOLOGÍA (1995)

ARTE POÉTICA

Fragmentos de una reflexión sobre la poesía

Mi poesía aspira o tiende a asumir en sus formas, todas las consecuencias de la escritura; esto es, del hecho concreto de trazar unos signos, en un cierto orden, sobre el papel, destinados a la operación más o menos simétrica de un desciframiento y la transcripción por la mirada lectora. En principio, adhiero a la comprobación reconocida, y nada indiferente en sus consecuencias para el ejercicio concreto de la literatura, según la cual los signos de la escritura, en cierta manera concuerdan mejor, en su disposición, con la estructura del espacio de la lengua, esto es —según la distinción ya clásica entre *lengua* y *habla* propuesta por F. de Saussure—, con esa parte social del lenguaje, exterior al individuo. Enseguida, hay el hecho de que cierto tipo de efectos expresivos, ciertos modos de significar, que me son caros, cuentan con el acto de hojear —y ojear— el volumen impreso, ese espacio de conjeturales improntas. Mi poesía cuenta con el hecho de que la literatura se cumple en función del libro. (...) Respecto de los usos infinitamente variados que los hombres pueden hacer del lenguaje, el libro instaura un orden distintivo entre lo que se dice, lo que se canta y lo que se lee.

Una vez producido el primer destello que enciende el proceso de la imagen, la experiencia y las palabras que la denominan ya han perdido ante la palabra del poema todo poder de clausura, todo derecho de llaves, toda virtud probatoria. Las razones de un poema son infinitas. No podrían, pues, ser confiadas a la lógica desaprensiva de una peripecia accidental: la de una circunstancia exterior cualquiera, llámese sueño o hazaña memorable, puesta de sol o sufrimiento ajeno, desesperanza o lucha esperanzada. El linaje poético se aviene mal con una cualquiera genealogía circunstancial. Las circunstancias del poema nacen con él mismo, o bien el poema fenece como tal en aquellas que le son imperiosamente externas. El sujeto autor —esa falsa idea clara— no es sino una de esas circunstancias del poema; el poeta es, según la conocida fórmula, el que incurre en un cierto hacer y haciendo, se hace; genitor del poema, él es su creatura.(...)

Revista de Literatura Nº 42, Chile, 1993.

SELECCIÓN

MOSCAS

Vivíamos la tarde de un domingo abrumador.
Era Verano en el hemisferio que pisábamos, según el orden
de los astros.
Enredados en el ocio paseábamos de silla en silla a
tropezones.
Era Verano por la tarde y el resto del cuadro lo ponían
las moscas.

Había un Universo disperso por la pieza:
botellas vacías,
hojas de algún diario, un plumero impotente entregado al
polvo,
y bostezando hasta quejarse ardía el aire por los cuatro
costados.

"No hay peor poema que el que no se escribe", me dije
callado
gritándome al oído,
y lo único real, consistente en sí mismo, eran las moscas.
Muchas moscas, torpes moscas cayéndonos encima en arribos
sucesivos y despegues.

Ardía el aire por los cuatro costados y nos sobraba un par
de brazos,
estaban de más las piernas y todo el cuerpo era lujo inútil,
artículo suntuario adquirido a la fuerza
en virtud de la artimaña de un hábil vendedor.

Saltimbanquis del aire, trapecistas, migajas de un gran
demonio pulverizado,
esas tiernas sucias moscas, diminutos ídolos del asco
universal.

No habíamos sobrevivido a nuestra fábula feroz:
un joven matrimonio derretido sobre el suelo, melaza pura
a merced de un día de Verano, a merced de la estrategia
de las moscas.

Y era domingo como cien veces más fue domingo en los
veranos
desde aquel día,
y desde cada día en que el sol encendía el aire
y un zumbido tañía en los vidrios y crecía una inquietud
por todas partes.
Algo que desde afuera penetraba, un cierto líquido agresivo,
un licor cáustico que diluía la carne o la memoria,
algo que le pasaba al tiempo no nos tenía conformes.

¿Quién detiene el cauce de las cosas y los hechos
en este punto, como un puente que se desploma,
mientras pasa el día mutilado arrastrando los miembros
trabajosamente?

No hay peor poema que el que no se escribe, me dije
entretanto
la poesía rescataba a sus heridos de los dientes para adentro;
de los ojos para afuera lo único real eran las moscas.

(De *Príncipe de Naipes*)

Visitar a los enfermos

La abrumadora mayoría de sus sensaciones está diciendo lo
suyo.
Y a su turno, lo suyo es ese cuerpo rígido como un icono
del que fluyen y confluyen, gota a gota, aire y sangre,
sangre y aire.
Lo suyo es el desorden de las horas, la fecha que vivimos y
no vive,
tensa noche de un perro guardián.
Cerraron la casa de los naranjos y los limoneros.
Frescas musgosidades revienen los dinteles.
¿Veremos al Cuerpo erguirse entre los suyos, abominar
del guiso de la noche, aterrorizar con insultos al cochero?
Las palabras que me guardo serán lo que sucede:
pregunta el pobre cuerpo en cada mueca, y a cada temblor
de las frazadas
aferra y suelta como un profeta el báculo tribal.
"La mano, dame la mano..." es lo que calla y adivino,
y lo que coge es el veredicto de un brazo que se niega.

Un florero abigarrado hiende el blancor reinante.
Se desentiende del ambiente un rezumarse de
rosas.
Silencio, piden voces.
Nadie hable, por favor. Parece que rezara.

Y piensa el Cuerpo:

Habrá quedado sola la Casa de los Limoneros.
Ya oigo crujir las gruesas puertas, saltar
españoletas y aldabones a la premura del hierro.
Silenciarán al perro a golpes de cadena,
se llevarán sólo monedas en desuso,
un botín de recuerdos de familia.

Aire enrarecido se respira a la hora en que el batir de la puerta
ha acallado los rumores.
Negro de humo y aceite mezclados a la brisa del trébol
invernal.
Se hacen blandos los muros como almohadas,
y empavonado de lechosidad
se aquieta el vidrio grumoso de la puerta del cancel.
El Cuerpo es aún alguien a quien algo sucede, aunque sólo
en lontananza
de sus fuerzas.
No podría negarse a los signos salvadores.

El Enfermo está abrazándose a las estatuas heladas.

(De *Cielorraso*)

* * *

La Naturaleza imita al Arte
Pero, ¿quién es el maestro del espejo?

REEDUCACIÓN SENTIMENTAL

No odias ni amas,
pero quisieras lamer
la mano que ya no te castiga
impunemente

(De *El Puente Oculto*)

Rosa gris

Detrás de los pinedos y más extensa que ellos,
encubierta y batiente, creció para tu asombro
a todo lo amplio de la larga noche recia
la cercanía del Mar
en acto bautismal para los ojos, para el sobrecogimiento
de todos los sentidos.
Para aquel instante tuyo que no creció contigo.
Tras el recinto de tu sueño esperó a tu edad más
impaciente
                    la vasta edad del Agua,
tu primera certeza inamovible.
Eran las aguas sorprendidas en pleno estado de palabra.
El cuerpo de todos los hallazgos
y su voz ya próxima tendida hacia tu encuentro:
          contra la mañana tumultuosa se iba irguiendo
la galana apostura, el don jamás desposeído
de la gran rosa gris.

(De *Almenara*)

Piazza Navona *

No buscas Roma en Roma, aunque Roma te encamina
paso a paso
hasta la Plaza de los Ríos Cardinales,
recompensa emboscada en el claro del ocre.

El Orbe en la Ciudad, y en la ciudad la Fuente,
eterna a sus horas perdidas de antemano
a la espera de consignas convenidas
por la agonía de las horas.

Sólo a nombre de ríos terrenales sus divinidades
encalladas en la piedra dividen y no reinan.
Esfinges tácitas de un secreto a voces,
persisten en trances de arrebato, absortas
con humano desaliento en el juego de durar.

Así es a nombre de sí misma que despliega el agua

el nombre de una saciedad sin restañar
—la prosodia de un arrullo, un resabio acallado en
un murmullo—
mientras los amaneceres recobran en la fuente severa
el precio que suma al desborde de los días
el ademán esquivo de su estancia cegada de destellos.

Palabra en germen infructuoso,
el surtir de la Fuente es ahora un afluente de
irrigaciones estancas:

sedimentos de fijeza en la fluencia, fluidez
infundida a la quietud,
hiladura de arena que deja escurrir entre tus dedos
su dispendio.

Todo cuanto permanece es porque ha sido proferido.

Improbable que bebas de estas aguas, improbable
que de viva voz el acto de tu sed desdiga
se apegue en cuerpo y alma a tu palabra;
un sueño arrancado de su cauce las retuvo en
su remanso y nos retiene,

causa pura embancada en la zozobra de agosto.

(Texto Inédito)

* En el barrio romano situado entre el Corso Vittorio Emanuele, el Corso Umberto I y el Tíber, cerca del Panteón, enclavada al interior de un óvalo de construcciones, se halla la *Piazza Navona* o *Circo Agonale.* Ocupa el emplazamiento del antiguo estadio de Domiciano, cuya forma elíptica aún conserva y quizás también el nombre alterado: agone, "arena de lidia", n'agona, navona.

Tres fuentes decoran la plaza. En la del medio, llamada la "Fuente de los Ríos", debida a Bernini y sus discípulos, están representados los cuatro rincones del mundo por un conjunto escultórico de gran dimensión, compuesto de un peñón rocoso central en cuyos ángulos se alzan cuatro estatuas colosales al pie de otras tantas vertientes, simbolizando los ríos Danubio (Europa), Ganges (Asia), Nilo (África), Río de la Plata (América).

En esta plaza tenían lugar antaño, fiestas, juegos populares y otras celebraciones. Entre los siglos XVII y XIX, todos los sábados del mes de agosto, la plaza era inundada, para regocijo de la población.

Poema no incluido en la primera edición de *Fuente Itálica* (1991), está dedicado a Horacio Flores-Sánchez.

REFERENCIAS CRÍTICAS

"Dentro del panorama riquísimo y continuamente renovado de la poesía chilena, la obra de Waldo Rojas posee un sello inconfundible. Nacido en 1944 en Concepción, comenzó temprano la escritura versificada. Pero con igual prontitud reveló un rigor autocrítico que lo condujo a renegar de sus primeros intentos aún inciertos. Ya con *Agua Removida* (1964) su nombre se impone entre aquellos de su generación, la cual se manifiesta de súbito tan aguerrida como ansiosa de recuperar en su integralidad la experiencia de la poesía chilena del siglo XX. Son los años en que domina el ejemplo de la antipoesía de Nicanor Parra, con su formidable impulso hacia la expresión coloquial, en tanto que Neruda entrega la última cosecha meditativa de su densa estación otoñal.

En Rojas el rasgo que más llama la atención desde sus inicios es la riqueza de la textura lingüística, sostenido por una relación intensa con el mundo de la cultura, no sólo literaria. En *Príncipe de Naipes*, publicado en 1966 (y reeditado en 1985 en edición bilingüe español-francés), se hace clara la construcción de un mundo poético autosuficiente que rehúsa todo descriptivismo. Este proyecto se define ulteriormente en *Cielorraso* (1971). A pesar de su juventud, Rojas es ya un poeta plenamente maduro en el momento de la ruptura traumática de 1973. (...)

Es una poesía lúcidamente consciente de su carácter 'autorreflexivo', para emplear las palabras del poeta. *El Puente Oculto* (1981), que recoge su producción de 1966 a 1980, permite captar en toda su coherencia esta opción. En su interior se prosigue y se intensifica la búsqueda verbal que en *Almenara* (1985), desde el título mismo lleva a recuperar palabras arcaicas, delectándose en su propiedad evocadora.

Esta operación se advierte en toda su plenitud en el reciente libro *Fuente Itálica* (1991) (...)

En esta asunción de la condición precisa de hacer poesía reside el signo inconfundible de Waldo Rojas".

ANTONIO MELIS, "Waldo Rojas: una poesía del paisaje cultural", texto de presentación de la traducción italiana de *Deriva Florentina,* Italia, 1993.

Federico Schopf

SANTIAGO, 1940

DESPLAZAMIENTOS (1966)
ESCENAS DE PEEP-SHOW (1985)

ARTE POÉTICA

I: 1985

La poesía es contradicción y destrucción del discurso ideológico (y de la imaginación ideológicamente determinada). La poesía descompone cierta desarticulación con la realidad. Expresa conocimiento y desconocimiento. Es un intento de retener ciertas experiencias. El paso del tiempo necesariamente la deteriora. Su eficacia comunicativa depende de su texto y su contexto.

(Contraportada *Escenas de Peep-Show,* Ed. Manieristas, Santiago, 1985)

II: 1995

Mi sensación es que, en los días que corren, la mano del que escribe se levanta abrumada por el peso de lo que no quisiera decir, buscando en los intersticios de descompresión los momentos que le permiten articular una escritura. Aparecen en la pantalla imágenes que se superponen a la imagen que erráticamente busca, la recubren, dejan a veces aparecer su sombra o un fragmento de su sombra, la transitoria plenitud de su presencia o, lo que sería más aún, su más intensa ausencia.

Creo que el efecto de poesía surge del encuentro entre el sujeto y una exterioridad que se abre —en forma de huellas o jeroglíficos— a su trabajo significante. La poesía no es mímesis de imágenes, sentimientos, contenidos previos. No es la transmisión —técnicamente eficaz— de un mensaje anterior y ya elaborado. Lo que comunica, lo que intenta comunicar es resultado de su indagación, de su trabajo significante. Es una escritura agregada, suplementaria que —imprevisiblemente— disloca las relaciones establecidas. Introduce la perplejidad, el asombro. Instala la plenitud en la (in)estabilidad, en la fugacidad —firme y pasajera a la vez— de su fundamento. Penetra en zonas de turbulencia —de angustia, de felicidad—, muestra los hoyos negros y su vertiginosa fuerza de atracción alrededor de nuestras representaciones y seguridades.

(Especial para esta Antología)

SELECCIÓN

Desplazamientos

1

Cansado de ser la bailarina del cosmos
que siempre lleva puesto el horizonte
alrededor de los ojos como una falda que se mueve
con uno mismo, de ser el borde del silencio
al que no puedo asomarme, límite en que mi rostro
conserva su figura de adolescente perpetuo del universo,
cansado de mi ignorancia y de inútiles búsquedas interiores,
me hice viajero de la luz.

2

Rápidamente traspasé la zona de los satélites
donde los hombres se hastían de ver el mismo paisaje a
    horas regulares
sin advertir que una ciudad es lo mismo que la nervadura
    de una hoja
o mejor no es lo mismo sino otra imagen imposible de
    distinguir
sin presente ni pasado ni futuro sino simplemente
objetiva, exacta y difusa, una pura superficie
detrás de la cual hay otra superficie detrás de la cual
hay otra superficie donde acaso miren los ojos de una
    mosca capaz de concentrar en sí
las estalactitas de varios universos y detrás aún
un hombre que mira sonriendo y frotándose las manos
cuidadosamente peinado hacia atrás.

(De *Desplazamientos*)

El poeta continúa en el Peep-Show

Allí frente a tus ojos danza la dama
separada por los cristales y los negocios de la mafia
Es la mujer por la que tanto has esperado
Una belleza que no es para ti
Allí frente a tus ojos a tus manos
la vagina a la altura de tu lengua
inalcanzable como tantas cosas en tu vida
La espuma en el vaso de cerveza
que lentamente beberás.

Las flores del mal

Las damas que se agitan en la carretera
estremecidas por el paso de los automóviles
hojas de un árbol plástico sujeto apenas
por pies que dan pequeños pasos quisquillosos
dejando ver amplios muslos y orificios
no son flores ni frutos de ninguna especie
artificial o natural. Son espejismos
en que las tetas y las piernas cuelgan
enrojecidas por el gas que las rodea e interfiere la visión:
son bocas rojas en que brilla el fuego de la carne
son pozos sépticos o container a la vera del camino
y se consumen en la noche oscura
a la velocidad de la demanda.

Meditación sobre Roma

Entre las ruinas de la antigua Roma
mientras el carruaje del sol se abría paso
en medio de los gases
lateral a la escena de los héroes y poetas
            que sostienen la patria la nostalgia
            la verdad la mentira en el exilio
de ellos de los otros y de mí mismo
entre la angustia y la serenidad
me deslizaba
algo bronceado por el sol de invierno

y también más viejo
como la sangre por las venas o
como la hierba
de la luz a la sombra
y en su contrasentido

No es la melancolía ni la duda
ni la desesperanza ni la perversión
ni los lamentos ni el orgullo
es el azar y una disposición del espíritu
en que las palabras apenas sirven
para decir aquello que se ve
y no aquello de que se habla.

No he sido amado de los dioses
ni de todas las diosas que quisiera
y que apenas se cubren con sus ropas
embellecidas por su fin tan próximo.

Los sarcófagos parecen bañeras
con el retrato de los muertos
en el lado exterior de sus navíos de mármol o alabastro
junto a sus deudos y a los dignatarios que han ido
a despedirlos
para su largo viaje
o reemplazados por escenas mitológicas de encuentros felices
de amantes o de dioses con los hombres
en el tiempo sin tiempo en que la esencia no es el accidente
de las almas que mueren con los cuerpos —nuestro caso—
sin moverse un milímetro
de sus tumbas vacías
en tanto el cuerpo del Ángel Azul
y el de todas las damas que aquí se pasean
como si fueran inocentes
entrará en su polvera más pequeña.

Todas las tardes Pasolini
con gran felicidad de nuestra parte
se pierde en las calles de Roma
siguiendo cantos que se alejan a medida que los sigue
en estos ríos que cambian de curso
según las estaciones

degradando y enalteciendo murallas y rostros
idénticos y diferentes a sí mismos.

No sé de qué te quejas en la vida
tú
que has vivido en el teatro Marcello.

Me inclino sobre una fuente vacía
y reconozco mi rostro en el polvo
que mi propia respiración dispersa.

Iluminadas por la luna
se estremecen las bridas en las manos de los dióscuros
y las hierbas en las ruinas del Coliseo
la dentadura de Roma en la noche.
Antiguas sombras de deslizan
(y observan de reojo a las mujeres
que ofrecen sus servicios a la luz
de fogatas encendidas por ellas mismas)
entre las tumbas de sus antepasados
relámpago el negro orificio de sus bocas
embellecidas por el terror y el deseo
al paso de los automóviles.

Poco antes de oscurecer
en la cerradura del parque de un convento
no lejos de una plaza del siglo XVIII
se abre el ojo de la verdad
—o lo que se tiene por tal—
entre dos filas de cipreses
en dirección perpetua de la basílica de San Pedro.

Roma es el más grande peep-show del mundo.

La cúpula de San Pedro es un cohete
a punto de partir
con el antipapa calcinado al volante.

La mitad de una esfera
cargada de fuerzas centrífugas
como Saturno.

Una explosión atómica
detenida en su expansión.

Una copa invertida
que se llenará de cenizas.

Las llamas del crepúsculo la alumbran como reflectores
de una película más lenta
que nuestra percepción.

Hay tanta luz que se hace noche.

El camino que sube y baja no es el mismo.

El sol se oxida en el espacio.

(De *Escenas de Peep-Show*)

Aprendiendo de los ángeles

El viento me acaricia el rostro
y me trae el perfume de muchachas que no existen
Una de ellas camina
                                        como hace cincuenta años

...

Examine sus pantorrillas y sus medias
                                        de seda con costura al medio
El roce de la falda con el aire
el portero que no la mira
Su paso despreocupado
en medio de la muchedumbre
                                        que hace mucho
abandonó estas calles

...

La sonrisa que me dirige cada cierto tiempo
volviendo un rostro en algo diferente
me incita a seguirla
hasta llegar al sitio en que me espera
reflejada en el vértigo
de un edificio de cristal oscuro:
allí desaparece

(Textos Inéditos)

REFERENCIAS CRÍTICAS

ESCENAS DE PEEP-SHOW:

"(...) dividido formalmente en cinco secciones de evocadora plasticidad, devela mucho de lo que en el hombre produce horror, de lo que el hombre contemporáneo pone entre paréntesis por su incapacidad para asumir. Todo ello con un discurso corrosivo en su ilusión de transparente objetividad, nostálgico en su lirismo del deterioro o estética de Narciso que reconoce su rostro en una fuente vacía.

Las diversas 'escenas' del libro evocan un mundo (do) minado por el dolor, la máquina y el interdicto. La escritura se niega a reiterar el gesto de diferir lo monstruoso y ocultar lo perverso. Expulsa máscaras y disfraces para dar paso a la mutilación, la violencia, el deterioro, con palabras que 'apenas sirven/ para decir aquello que se ve/ y no aquello de que se habla'".

MARÍA NIEVES ALONSO. *El Sur,* Concepción, 1/III/1987.

"El poeta de la gran ciudad de hoy, el de la ciudad postmoderna —aunque quizás sería más justo hablar del poeta declamando de pie sobre las ruinas de la modernidad—, no es un *flâneur;* es un imitador del Peeping Tom. No produce *Les Fleurs du Mal,* sino unas 'Escenas de peep-show'. Esto, y lo que esto significa, me lo sugiere la lectura del poema que da título al segundo libro de Federico Schopf (...) Con deliberación en la que no dejo de advertir el cosmopolitismo algo voluntarioso del exilio chileno, Schopf tijeretea el mapa baudelaireano desechando lo más y guardando lo menos. Eso que tijeretea no es ninguna ciudad de las nuestras, obviamente, sino una de las del capitalismo avanzado, de las llamadas postindustriales, desde el punto de vista económico, y postmodernas, desde el punto de vista cultural. Tampoco es la ciudad postmoderna como un todo lo que a él le interesa, sino un barrio, la calle 42 de Nueva York o cualquiera de las demás *combat zones* en las siempre idénticas metrópolis del primer mundo; e incluso, dentro de ese barrio, le interesa una calle, y dentro de esa calle, una tienda, y dentro de esa tienda, un pequeño cubículo: un espacio a oscuras, de unos dos metros cuadrados, con una silla y un estrecho mirador frente a los ojos. La imagen que así nos propone es de nutrida prosapia en el viejo museo de las formas modernistas; esa imagen nos remite al *voyeur,* al mirón de Barbusse, Hitchcock, Picasso y Robbe-Grillet".

GRÍNOR ROJO. *El Espíritu del Valle,* Santiago, 2/III/1987.

Manuel Silva Acevedo

SANTIAGO, 1942

PERTURBACIONES (1967)
LOBOS Y OVEJAS (1976)
MESTER DE BASTARDÍA (1977)
MONTE DE VENUS (1979)
TERRORES DIURNOS (1982)
PALOS DE CIEGO (1986)
DESANDAR LO ANDADO (1988)
WOLFE UND SCHAFE (1989)
CANTO RODADO (1995)

ARTE POÉTICA

MI POÉTICA

quiere ser a la vez *poética y noética*, un camino a la conciencia desde el intrincado laberinto de la vida psíquica, cuya única salida se encuentra en otra realidad por encima de la realidad humana. Camino de mutación, de muertes y resurrecciones en pos de la luz mediante la cruz, donde la dimensión vertical toca la horizontal y la eternidad irrumpe en la historia personal y colectiva.

pero también poética del padecimiento, de la errancia en tinieblas, del descenso a los infiernos hasta alcanzar la más honda profundidad del abismo, —del Leviatán en el fondo de nosotros mismos—, para que así, algún día, la poesía —cual hijo pródigo— vuelva a ser lo que siempre debió ser: oración, canto y alabanza del Verbo.

Poesía, en fin, para vencer a la muerte con Cristo Jesús: el Camino, la Verdad y la Vida.

(Especial para esta Antología)

SELECCIÓN

Hay un lobo en mi entraña
que pugna por nacer
Mi corazón de oveja, lerda criatura
se desangra por él

* * *

Por qué si soy oveja
deploro mi ovina mansedumbre
Por qué maldigo mi pacífica cabeza
vuelta hacia el sol
Por qué deseo ahogarme
en la sangre de mis brutas hermanas
apacentadas

* * *

Yo, la oveja soñadora,
pacía entre las nubes
Pero un día la loba me tragó
Y yo, la estúpida cordera,
conocí entonces la noche
la verdadera noche
Y allí en la tiniebla
de su entraña de loba
me sentí lobo malo de repente

* * *

Déjenme a mí, la loba
Déjenme a mí, la fiera solitaria
Déjenme a mí, la bestia asoladora
Déjenme la cordera
Déjenmela a la puritana
Yo soy su sacramento
A mí me espera

* * *

Pasa el rebaño en fila funeraria
y atraviesa el pueblo con su fuente
Pasa el rebaño y pasa en seguimiento
de la oveja mayor, la más borrega
Pasa el rebaño en procesión sombría
y tras la huella los lobos cancerberos
van dejando un reguero de saliva
un rastro de sangre y poluciones
Pasa el rebaño y pasa por el puente
Pasan los vagabundos y los trenes
Pasa la loba amarga con sus tetas
Pasa el rebaño y pasa lentamente
Pasa la loba vieja, la más vieja
Pasa la oveja negra a guarecerse
Pasa la noche eterna, nunca aclara
Pasa el rebaño y bala hasta perderse

(De *Lobos y Ovejas*)

A LA MANERA DE APOLLINAIRE

Así te quiero
paridora como coneja
criminal como víbora
tiránica como abeja
inescrupulosa como hiena
voraz como la rata de afilados dientes
pequeña como el piojo de la harina
inpertinente como los cuervos de las fábulas
sabia como la más necia de las criaturas
obvia como el cielo
rapaz como la garra de la búha
ardiente como la loba en celo
sigilosa como las bacterias
venenosa como ciertos hongos
impaciente como las cigarras
rápida como la lengua del basilisco
triste como la lluvia
humilde como la cabeza entre las manos

fugaz como las estrellas fugaces
permanente como el silencio
alba como las estrellas multitudinarias
frágil como una moneda
desnuda como las estatuas y más que las estatuas
abierta como las flores abierta hasta el delirio
colmada como colmena en el verano
profusa como las primeras letras
confiada como las golondrinas en los cables eléctricos
desconfiada como los sepultureros
sagaz como las nutrias
dramática como las manos del mudo
sonora como la música en la cabeza del sordo
adorable como la costa para el náufrago
increíble como las puertas abiertas de una cárcel
celestial como las llamas crepitantes
infernal como la quemadura de la nieve
cruel como yo
te quiero con locura de sabio
empecinado en sus cálculos inútiles
mi signo mi dibujo mi libro recién impreso
pequeña ola de río
quilla rompiendo mis espumas
te quiero

(De *Monte de Venus*)

Privado de recursos

Así no más en este erial de polvo,
a la mano siniestra de las cosas nombradas
y vueltas a olvidar por accidente.
Privado de recursos,
presto a volar aunque sin alas,
en cruz la ira y el espanto,
golpeado por esta y otra palma,
el belfo agónico,
la garganta ahogada en vinagre.

Quién se aparece

Voy a arrojar el cáliz contra el suelo.
Voy a regar la tierra con vinagre.
Voy a escupir el pan aunque me duela.
Esta misa la voy a cantar desgañitándome.
Aquí en estos versos soy el Amo.
Me arranco la careta a ver qué queda,
a ver quién se para detrás de mi figura,
a ver quién se aparece en el espejo.

Qué dolor estos caminos
solitarios,
estos pastos hollados
por la nada,
estos jazmines que huelen
a cadáveres.

Sin sonido

Yo, Señor, cernido de tu claroscuro,
precipitado a tu Abismo,
extraviado en tu laberinto,
mordido por tu libertad,
izado a tus alturas,
sumergido en tus cuencas,
rendido de cansancio,
mutilado demonio de barbas en llamas,
ardido por tu amor de punta a rabo,
pendiente de tu hilo,
enredado en tus hebras,
hastiado de mis días,
clamando por Ti,
sollozando por Ti,
solo bajo tu sombra,
acorralado en Ti nada más que en Ti,
puesto en tus manos,
oprimido en tu puño,
hijo sin gracia,
fruto mal temperado,

imploro tu perdón,
la muerte victoriosa,
el descanso del Verbo sin sonido.

(De *Desandar lo Andado*)

Señal de ceniza

III
En los muros desolados de un departamento
de taxidermia
la foto solitaria de la hija
y la carcoma consumiendo los vestigios
de un árbol familiar hecho astillas

VII
De Dios atadas las manos
pero de nada más
y el cielo como telón de fondo

Oración

Con las manos cruzadas
sobre los cobertores de la cama
pronuncio mi oración de la noche
y en el desliz del silencio
percibo el susurro del ángel

Muerte

El viaje de regreso por fin
a la antigua morada
de la que salimos precipitadamente
muy de mañana

(De *Canto Rodado*)

REFERENCIAS CRÍTICAS

TERRORES DIURNOS:

"¿Quién habla y de qué en estos *Terrores Diurnos*?

Diferentes instancias de la persona, fragmentados aspectos del sujeto. Alguien o algo —una operación del lenguaje— que exclama y/o interroga. O, mejor dicho, que pone lo que escribe bajo la especie exclamativa o interrogativa. Los signos de la interrogación o de la exclamación pueden ser suprimidos, en algunos casos, pero no sus rastros acentuales en los pronombres interrogativos ('qué soberana luz enciende y extingue').

Un lenguaje que 'filosofa' en *Quién Más*, poniéndose en la tradición de Milton, Blake y Baudelaire: del lado del diablo (portador, en esa tradición, del 'progreso' como espíritu de negación): 'Quién más sabihondo/ el dios irresponsable o el ángel de la soberbia/ y quién más justo/ aquél en cuyo reino impera la desidia/ o ese otro cuyos ojos arden de lucidez'".

ENRIQUE LIHN. Prólogo a *Terrores Diurnos,* Santiago, V/1982.

LOBOS Y OVEJAS:

"(...) una fábula de animales, fragmentariamente escrita en 1972, recoge, en el contexto del tópico del mundo al revés, la historia de una oveja negra que sufre del sentimiento de despreciación o menosprecio de su propia naturaleza, y de la experiencia dolorosa de la escisión interna que no encuentra conciliación. La oveja renegada, la oveja descastada aspira a ser la loba que internamente es. Sueña con integrar su naturaleza contradictoria, y conjetura la posibilidad de cambiar de piel, de activar su fiereza y sacar a luz el lado oscuro de su ser. Una violenta escena sadomasoquista entre lobo y oveja patentiza la transgresión transformadora abriéndose con ello para la oveja-loba un horizonte de liberación interior y de amor, de misericordia y de fortaleza en la actitud de rebeldía contra la servidumbre a la que el hombre la tiene sometida. El hombre parece ejercer una extraña tuición sobre ella, destinada a velar por su sumisión, mansedumbre y rutinaria existencia y la de todo el rebaño. La Oveja-loba, en tanto, es observada por alguien, 'yo lo estaba viendo', quien desde su personal punto de vista puede dar testimonio de tan extraños, desquiciantes y, en cierta medida, monstruosos sucesos. Esta perspectiva alterna con la de la propia oveja exaltada, quien desmiente al pastor y anuncia proféticamente la nueva situación que podrá ocupar en el futuro, un lugar conflictivo y peligroso al que avanza con decisión".

CARMEN FOXLEY, ANA MARÍA CUNEO, *Seis Poetas de los Sesenta,* Ed. Universitaria, Santiago, 1991.

Cecilia Vicuña

SANTIAGO, 1948

SABOR A MÍ (1973)
SIETE POEMAS (1977)
LUXUMEI O EL TRASPIÉ DE LA DOCTRINA (1983)
PRECARIO/PRECARIOUS (1983)
PALABRARMÁS (1984)
SAMARA (1987)
LA WIK'UÑA (1990)
PALABRIR (1994)

ARTE POÉTICA

Escribí hace tiempo: Acercarse a la poesía es una forma de preguntar, lanzar el anzuelo al fondo del mar.

La poesía es un encuentro.

En cada poema el o la poeta se lanza al abismo y no sabe si va a encontrar en él lo que Octavio Paz llamó una "hermandad en el vacío".

Cada uno de mis libros, a partir de 1983 contiene una poética:

Lo *Precario* es una poética del espacio, una serie de gestos en las calles y el mundo natural.

Palabrir y Palabrarmás son una poética del lenguaje, creada a partir de la tensión interior del palabrar.

La Wik'uña es una poética del lenguaje como tejido, metáfora ancestral. El poema es el animal y cada línea es una fibra de dos hebras en torsión.

Imagino a estas obras en el contexto de una poética mestiza, las veo como fragmentos de un pensar andino en acción. Pero, ¿puede un poeta declarar que su obra pertenece a tal o cual cultura? ¿o le corresponde a la cultura misma asumir o negar una creación?

(Especial para esta Antología)

SELECCIÓN

El Traspié de la Doctrina

Mi amor por ti,
¿a qué se parece?
¿A la compasión,
la conmoción,
el hechizo, la maternidad
o el control?
Verte en las calles
me acelera la respiración,
eres la encarnación
de mis ideas
naciste de mi cabeza
eres mi desvarío
que anda suelto
y con pantalones
en la avenida
Pedro de Valdivia.
Eres un concepto hecho carne
tu madre se hace la ilusión
de ser tu madre
no eres más que la gracia
rotunda de la espiritualidad
la forma frágil y descabellada
de una belleza interior
hecha exterior
por un traspié de la doctrina
o una equivocación de Dios.

Retrato físico

Tengo el cráneo en forma de avellana
y unas nalgas festivas a la orilla
de unos muslos cosquillosos de melón.
Tengo rodillas de heliotropo

y tobillos de piedra pómez
cuello de abedul africano
porque aparte de los dientes
no tengo nada blanco
ni la esclerótida de color indefinible.
Tengo veinte dedos
y no estoy muy segura
de poder conservarlos,
siempre están a punto de caerse
aunque los quiero mucho.
Después me termino y lo demás
lo guardo a la orilla del mar.
No soy muy desvergonzada
a decir verdad
siempre que hay un hoyo
me caigo dentro
porque no soy precavida
ni sospechosa.

(De *Luxumei o el Traspié de la Doctrina*)

FRAGMENTO

El gozo es la oración.

La ofrenda es el deseo. El cuerpo es metáfora nada más.

(De *Precario / Precarious*)

FRAGMENTO

La imagen tiene muslos
en su fractal
caderas y llagas
por donde entrar

Ella es madre y ventolera
su cuerpo fino
acomete y espera

Busca y atiende
la puerta
con silbante solicitud
la urge amándola
y al golpe terso
del portal
entra rodando
a su lugar

Nadie vería el mismo palacio
una vez cruzado el portal
nadie observaría las mismas flores
más que por un don
de ubicuidad

La coincidencia es un alcance
milagroso del azar
el cruce de dos vectores
poco cuidadosos quizás.

(De *Palabrarmás*)

FRAGMENTO

"Brillan las estrellas", decimos hoy, pero en un tiempo anterior el brillo y la estrella eran una unidad.

Sidu, estrella y *sweid,* brillar y desear.

El deseo es el brillo
y la palabra "dios" es brillar.

El brillo mismo deseando brillar
o la unión de la estrella
y el desear.

(De *Palabrir*)

SUSURRO ARGENTINO

Para César Paternoso

Claves a gritos
Metáforas a granel
Podio y desgarro
Corte y mediolado
De Discépolo a Girondo
Un cristal redondo
        El Aleph

y un trino tano,
                indio cobrando
                patrón pagando.

(De *Samara*)

FRAGMENTO

Phuyumama licenciaykimanta
Madre de las nubes, licencia pido
para pasar.
ORACIÓN DE LA PUNA.

¡Neblinilla fibrosa!
Neblinilla cienpiés

Fragando frugando
su fertilidad

¡Cuiden sus llamas!
¡Cuiden su lisor!

¡Qué hermoso
qué hermoso!

Dijo y despertó

Así lo traía
de vuelta en visor

Así lo subía
brillando en su haz

¡Fueguito sagrado!

¡Ofrendilla de mies!

(De *La Wik'uña*)

VOY AL ENCUENTRO

Los sexos se iluminan
con el fulgor del deseo.

Me vuelvo fosforescente
y le enseño el camino a la luna.

¿Ella causa la menstruación?
o los ovarios la hacen volver
cada 28 días?

(Texto Inédito)

REFERENCIAS CRÍTICAS

LA WIK'UÑA:
"Cecilia Vicuña hace *oír* esos poemas breves, escuetos, lacónicos. Ellos exigen una lectura oral, complemento obligado, en este caso y en el de mucha poesía, de nuestra frecuente y acostumbrada lectura *silenciosa*. Y oral puede conjugarse como orar, en muchos de estos poemas considerados como ofrendas.

La Wik'uña para escucharla, tal como el vocablo indígena transmitido por el nativo de nuestros pueblos americanos originales, cuando el aborigen bebía las palabras desde la boca hermana, palabras que rompían el silencio de la naturaleza circundante y sólo se conservaban en el oído atento, por la falta de escritura.

Aquí, en La Wik'uña, la palabra del verso corto, del decir voluntariamente abreviado en ese serio reflejo del habla extranjera del indígena cuando un precario e impuesto castellano no se pronuncia, a veces, sin verbos; en otras, sin artículos, pleno de neologismos, de derivados, y aliteraciones a la manera de hilvanes fónicos urdidos entre la multitud de voces que duplican rumores, verdaderos *khipus* sonoros donde un nudo importante es la rima".

SOLEDAD BIANCHI. *La Época,* Santiago 2/XII/1990.

LUXUMEI O EL TRASPIÉ DE LA DOCTRINA:
"El volumen introduce en la poesía chilena una serie de temas o motivos que no suelen aparecer en la poesía chilena producida en el país. El motivo central del volumen, que es tocado en diversas conformaciones y dimensiones, es el erotismo y el amor lesbiano. La hablante, identificada ella misma como mujer, explícita y abiertamente, conforma una historia de amor hacia otra mujer. (...) Las angustias, las timideces, las preocupaciones, la espera del pequeño indicio, la frustración, el elogio de la amada, la magnificación o endiosamiento de la misma, se plasman en los diversos poemas. El extenso poema 'Amada amiga' es una excelente síntesis de esta poesía amorosa".

JUAN VILLEGAS. *El Discurso Lírico de la Mujer en Chile: 1975-1990.* Mosquito Editores, Santiago, 1993.

Generación del 80

Alejandra Basualto

RANCAGUA, 1944

LOS ECOS DEL SOL (1970)
EL AGUA QUE ME CERCA (1983)
LAS MALAMADAS (1993)
ALTOVALSOL (1996)

ARTE POÉTICA

La poesía llegó conmigo junto a la magia y el desarraigo. Y digo poesía, por darle nombre a eso que brota a veces, desde alguna región dentro de mí, en forma de escritura, y que reemplaza a la mayoría de mis órganos táctiles y agudiza mi percepción para reconocer las Señales del Tránsito.

La magia y el desarraigo forman parte de mi proceso creativo, como el corazón y los pulmones tienen que ver con el cerebro. La interacción de los tres aúna lo que soy, lo que fui y lo que seré.

Desde que puedo recordar, estos tres elementos me acompañan mezclados espontáneamente. Las primeras imágenes que guardo son de aparecidos, animitas milagreras y supersticiones campesinas, junto a visitaciones sobrenaturales, fantasías místicas, estados de levitación, y mucho soñar despierta en un medio desprovisto, pedregoso y amenazante, excepto por un territorio exclusivo que conquisté para ocultarme y guardar todo aquello que me abrigara, nutriera y alumbrara. Aún conservo lo siguiente:

los cuentos que me inventaba mi madre a la hora de la siesta, para llenar mi urgencia de historias, anterior a mi propia lectura;

la tierra y los ventarrones del Norte Chico, que marcaron mi espíritu con tinta indeleble y curtieron mi cuerpo a fuerza de intemperies;

los torrentes de versos aprendidos de memoria, con el propósito de fijar el aprendizaje de la lengua y su estructura, pero que además me llenaron los sentidos de ritmos y sonoridades, junto al asombro de los significados;

la permanente avidez por los libros, que ha profundizado raíces en este territorio mío, donde cada soledad frutece;

personas, afectos, circunstancias, afirmaciones y certezas que aparecen justo a la hora y en la estación precisa;

la magia y el desarraigo han continuado operando y dejándose ver en el transcurso de mi vida. A lo mejor, sin ellos, la poesía me hubiera abandonado.

(Especial para esta Antología)

SELECCIÓN

GUAYACÁN

Esos días se me van quedando a oscuras,
ocultos bajo el polvo, diseminados
por nueva servidumbre. Otra luna
esparce hoy las cenizas de su vieja mano.

La noche traía caballos repentinos
que me llamaban desde la ventana:
sus terribles ojos horadando los postigos
y su respiración sobre mi almohada.

Tras el muro un jinete sombrío
desvelaba los sueños de la medianoche
y en el viento sembraba los signos
que en la niñez las penumbras recogen.

A veces los piratas rondaban por la casa
y un olor a barcos subía las colinas
y yo sabía —y sé— que allá en la playa
todavía buscan la luz escondida.

Entonces despertaban los naranjos
y el perfume de diez mil estrellas
me temblaba en la palma de la mano,
cuajando en el lecho mi mitad de tierra.

Las madrugadas son ahora silenciosas,
los árboles dialogan en secreto;
pero a veces, debajo de las sombras,
vuelvo a encontrar aquel antiguo miedo.

Lluvia

Y tú dices: que llueva una semana
y yo pienso en el agua que me cerca.

La humosa algarabía de las gotas
es la hermana estación de nunca más,
es puerta agazapada en tu semilla
volando hacia el jardín de las manzanas,
es roce de unos dedos en el agua.
Y en el arca flotante, abajo, arriba,
ocultos en el viento
las bocas, el oído, la hondonada,
el amor entreabierto allá en la orilla.

El tiempo de salir ha comenzado
en un regreso dentro de nosotros.

Pájaros

El cielo está sangrando pájaros.

Muchos pájaros de un raro color,
desmadejados,
las alas yertas,
los picos deshechos.
Sólo soplos grises
cayendo desde lejos.

Pájaros de dónde.
Tal vez despojos de ciertos ángeles
caídos de la secreta casa.
Cientos de pájaros
con el grito roto en la garganta
y los ojos vueltos.
Todos serán sombras.
Para que los olvidemos.

(De *El Agua que me Cerca*)

* * *

Has hecho de mi corazón un buey oscuro
que muge con lengua rigurosa
y madruga su agonía entre los pastos

Ya no hay toro que embista soleado capote

Sólo
p
e
r
f
i
l

lame

h
e
r
i
d
a

PRÍNCIPE AZUL

no desmontes de tu brioso corcel
ni me tomes en tus brazos
ni roces mis labios
con tu boca delicada

porque
si te miro de frente
con mis ojos de bruja verde
y te beso como se debe
y me sueño todo el cuento
entre tus sábanas de holanda

mucho me temo
QUE DESAPAREZCAS

* * *

Porque tenía las manos tibias
me llené de corazones por habitar
y porque la sed me temblaba en la tiniebla
escalé su inocencia de navegante
y me inventé una lluvia
que me durmiera la garganta

* * *

Luciérnaga
encerrada en espejismos

me vieron
fragmentada

* * *

Era la noche adecuada
para la caída de los ángeles
tú contabas los espejos
y yo iba cerrando puertas
para quedarnos dentro

Éramos blancos y bendecidos

Sin ruido
las miradas dibujábamos
Yo fui riendo mi boca
tú cercenabas los cielos

la noche de alas
manchabas

* * *

Renazco
poeta y víbora

* * *

Yo soy la mujer que mira al cielo
y rompe en las campanas su argumento
Un íntimo deseo de estar triste
envuelve a toda hora
la inquieta lentitud de mi jornada
embriagada de nubes pasajeras
busco siempre la desnuda
traición

de donde venga

(De *Las Malamadas*)

IV

Es un loco un moribundo un trapecista
un poeta
una poeta
loca moribunda y siempre
caminando
por
la cuerda
floja
y devecencuando
juegos de palabras
juegos de abalorio
juegos de mano
juegos de villano
homo ludens
femina
feminae
juegos
para
no olvidar
juegos
para
no perder
la memoria colectiva
ni
la propia

(Texto Inédito)

REFERENCIAS CRÍTICAS

EL AGUA QUE ME CERCA:

"La poesía de Alejandra Basualto: Un Viaje de regreso. (...) La mirada que se desplaza va construyendo el mundo lírico de la obra. Este mundo es resultado de un dinámico ojo que registra la realidad externa, anécdota, mundos interiores... Ojo inestable, no siempre el mismo; y cuyo punto de vista es también variable. Con gran versatilidad se instala en lugares diversos adquiriendo una multiplicidad de características... La mirada, la posibilidad de ver, se despliega tautológicamente en otras formas lexicales a lo largo del libro, tales como: *párpados, ventanas, vitrinas, espejismos, percibir,* etc. y, polarmente, en *tinieblas, ceguera, desapariciones, sombra, oscuridad* (...)".

ANA MARÍA CUNEO. *Revista Chilena de Literatura* Nº 24, Santiago, 1984.

"Son espejismos, desde la presentación del libro, adelante... Pero éstos se van aclarando. Y con ello se entra de lleno a conocer el mundo de esta mujer que se incorporó a la literatura chilena con fuerza estética, un fluido manejo de imágenes, un ritmo coherente, no siempre fácil de hallar(...)".

FILEBO. *Las Últimas Noticias,* Santiago, 29/ I/1984.

"Dentro de esta misma línea (tono surrealista) es la excelente poesía de Alejandra Basualto, con un mayor énfasis en el mundo interior de la hablante. (...)".

JUAN VILLEGAS. *El Discurso Lírico de la Mujer en Chile: 1975-1990,* Mosquito Editores, Santiago, 1993.

(...) "La legítima queja femenina —ni exclusiva ni excluyente— de haber sido o estar siendo 'mal amadas' con todos sus matices es restringida en este libro, cuya característica de la fragmentación permite que se nos aparezca como una serie de pequeños pedazos de un espejo que, al reacondicionarse en virtud de la imagen poética, deja visible el mosaico donde las mujeres pueden encontrarse o perderse (...)".

TERESA CALDERÓN. *La Nación,* Santiago, 2/X/1993.

LAS MALAMADAS:

"(...) Que la noche aúlle entre miedos y fulgores no es casual en esta poesía escrita desde la conciencia plena de una sexualidad que es más que erotismo y noción abstracta de existencia. Que no es descarte sino plenitud".

ANA MARÍA LARRAÍN. *El Mercurio,* Santiago, 20/III/1994.

Carmen Gloria Berríos

SANTIAGO, 1954

LA MUJER DESHABITADA (1990)
ESA URGENCIA DE VIVIR (1992)
RAZONES PERSONALES (1994)

ARTE POÉTICA

ESCRIBO

1.- Porque me gusta
2.- Porque no puedo dejar de hacerlo
3.- Porque no tengo un jefe que me gruña
4.- Porque es mi metro cuadrado donde convivimos la página en blanco y yo
5.- Porque puedo hacer de fantasías realidades
6.- Porque puedo maquillar la realidad para que parezca fantasía
7.- Porque puedo cometer delitos sin temor a ser encarcelada
8.- Porque me gusta reírme de las gravedades (propias y ajenas se entiende)
9.- Porque mi poesía es absolutamente prescindible para el mundo
10.- Porque mi poesía es absolutamente imprescindible para mí
11.- Para no suicidarme
12.- Para todo el que quiera leerme
13.- Para los que no me leerán nunca sin saber lo que se están perdiendo
14.- Porque me gusta escuchar cuando alguien dice que se siente identificado-da con mis poemas
15.- Porque jugar con las palabras y transformarlas en imágenes poéticas que a su vez transmitan al lector sensaciones olores visiones angustia miedo gozo desolación y muerte (entre otras) no es cosa sencilla

Y como a mí no me gustan las cosas fáciles

ESCRIBO

(Especial para esta Antología)

SELECCIÓN

Por un vestido blanco

Tan santa
me domingo amanecida
de blanco
mis pezones
y la línea del calzón
dibujan
no tan santa vestidura
Prendida del ayuno
Genuflecta
dos alas me santiguan
contraigo en manto negro
y redimo en pase blanco
que levítame desnuda
por las calles populosas

Nada de cuentos

Yo elegí este cementerio
y el camino
las flores
los
deudos
incluso
a la que ha de morir

Ella

Tan llena de cuentos
y de cambios
que la transitan

de un parcial nublado con precipitaciones
a un despejado con máxima probable
de treintaicuatro grados a la sombra
A la sombra de qué
a la sombra de quién
Tan llena de cajas y cajitas
donde colecciona sus no partos
los "quiero pero no debo"
Tan almidonada y desvestida
clausurada y sexo abierto

Tan mujer para sus cosas

(De *La Mujer Deshabitada*)

* * *

Me transformo
en la guinda marrasquino de tu helado
en la crema chantilly de tus pasteles
en el cristal azucarado
de tu taza de café

yo me transformo

Y la dieta te lo impide

* * *

Con una boca grande y flexible
contener todos los desechos
y tres veces por semana darme el gusto
de entregarme a las mordidas de los perros
a las mágicas caricias
de los fieles cartoneros
para luego de tanta violación
quedar desparramada
y exhausta
por las blancas avenidas

* * *

Quiero descoser mi turbia boca
desatar mis piernas al vacío
y plantarme en la ventana de tu templo
Quiero gritar tres notas disonantes
y que el agudo estertor
quiebre tus espejos

Quiero llamar tu atención a toda costa

Aunque sea a la hora del almuerzo
entre todos tus manjares
descubras
que en el diario de ese día
mi nombre es el primero
en la lista de difuntos

Quiero llamar tu atención a toda costa

* * *

Hay que hacer
una ampliación
en esta casa
Ya no hay dónde
guardar
tanto silencio

(De *Esa Urgencia de Vivir*)

TRA(D)ICIONES

Eva
introduce apocalípticamente
un trozo de manzana
en la boca de Adán

La bruja
introduce letalmente

un trozo de manzana
en la boca de Blanca Nieves

Mi abuela
prepara afanosamente
un strudel de manzana

Me inquieta el destino de mi abuelo

Consejo

No sé qué dieta aconsejarte
pero te aviso
tu ego está con sobrepeso

Acerca de la trascendencia

La naranja no sufre
porque no puede ser manzana
no cuestiona su color
ni su piel llena de poros
No le importa de qué árbol cuelga
tampoco discute
con su compañera de rama
No opone resistencia
a la mano que la toma
y la desnuda
menos
a la boca que la muerde
y escupe sus semillas en un plato

Para redondear
la naranja es asumida
no le interesa trascender

Otro día les hablaré del plátano

(De *Razones Personales*)

Extorsión

Mi Ángel de la guarda
se viste en Armani
y desayuna champaña con caviar
Es el precio que le pago
para que no me acuse a Dios

Sabores

En general
me gustan todos los sabores
Pero
nada
nada
se compara
al dulce
sabor
de la venganza.

Simpleza

Con qué pasión
nos fecundamos.

Con qué indiferencia
lo abortaste.

(Textos Inéditos)

REFERENCIAS CRÍTICAS

ESA URGENCIA DE VIVIR:
"Se trata de breves piezas eróticas, donde la hablante se dirige casi siempre al hombre amado. Además de breves, son leves; su acierto es sutil(...)

Lo mejor de estos poemas es una ternura femenina y amante que busca las más extrañas formas de presencia erótica, de intimidad moral y corporal con el varón, sin desdeñar la nota de humor que le permite imaginarse a sí misma en los más insólitos y menos convencionales modos de presencia para lograr el fin amatorio.(...)

Casi todos ellos (los aciertos) se producen por la hábil inserción de los mecanismos de la cotidianidad que, al ser incorporados a la dialéctica erótica, se transfiguran en elementos amatorios, o bien,(...) expresan con propiedad las pequeñas frustraciones del amor, sus malentendidos, sus desencuentros(...)".

IGNACIO VALENTE. *El Mercurio,* 10/I/1993.

"Estamos frente a un solo texto que ha sido construido sobre la base de fragmentos que, no casualmente, coinciden con la fragmentación de los espacios externos e internos. (...) Carmen Gloria Berríos ha trabajado su texto sobre dos soportes importantes: por una parte, una sólida dosis de erotismo: revolcar de caderas, perversos pensamientos, lenguas furiosas y cuerpos en llamas. Por otra parte, la resolución de lenguaje, a través de superposiciones, con el decir de la calle —el habla de todos los días— que adquiere legítimas connotaciones poéticas(...)".

TERESA CALDERÓN. *La Nación,* Santiago, 7/VIII/1993.

LA MUJER DESHABITADA:
"(...) en cada una de sus partes da cuenta de una peculiar sensibilidad para retratar —desde su propia interioridad— el mundo femenino. En general, son poemas breves, no exentos de cierta ironía, una especie de latigazos en el aire de la mujer deshabitada(...)".

EDUARDO GUERRERO. *La Segunda,* 15/X/1993.

RAZONES PERSONALES:
"Vitalidad desesperada de estirpe romántica; una canción de letra ácida y ronca; voz lastimera desgarrada por el desengaño. Las referencias son al contexto del drama y a la música popular negra más que a la literatura. La domesticidad sórdida descrita por Berríos recuerda el 'realismo sucio' de los cuentos de Raymond Carver, y el extremismo del martirio femenino de las autovictimaciones de Diamela Eltit".

GONZALO MILLÁN, *Ercilla,* 22/IV/1994.

Eugenia Brito

SANTIAGO, 1950

VÍA PÚBLICA (1984)
FILIACIONES (1986)
EMPLAZAMIENTOS (1993)

ARTE POÉTICA

Mi trazado poético no tiene un programa fijo, unívoco. Obedezco sólo a la posibilidad de generar un mundo a través del texto. Y cuando digo texto me refiero a la compleja pero inestable unidad con que se diagrama un pensamiento, que se sensibiliza, se hace forma en el espacio de la página.

Dar forma a un pensamiento, otorgarle vida, movimiento, ritmo, energía es, creo, un modo de ver el mundo. Que es lo que caracteriza al arte: un cierto cambio, una modificación profunda en la percepción y por ello, en el mundo que se plasma por y desde el lenguaje.

(Especial para esta Antología)

SELECCIÓN

Parque central

Abandonada de ti
te llevo en mí
como la antigua Venus
su belleza en los brazos rotos
sabiendo que al final de mí
me esperas tú
para cortármelos.

Ronda

Ahora comprendo mi piel y mis huesos
el tañido funerario de todas mis canciones

el blanco color opaco de mi espejo
la oquedad de mis sienes.

Yo soy la madre   vengo desde la altura

He perdido a mi hijo
y soy su tumba.

Casas

Las tablas de las casas que habito
olvidan que
hay rincones de luz y rincones de sombra.
Como mi cuerpo   foco del delirio
rincón de luz.
Como tu cuerpo   foco de sudario
rincón de sombra

(Ambos rincones tienden a buscarse)

Entonces las horas son aún mejores que los sueños
Y nuestros cuerpos desfilan por las ventanas
Reinando sobre la realidad.

Secciones del tiempo son las casas
derivables del sueño
que aparecen posados sobre las ventanas
tan abiertas al sol como la vida.
Entonces parecemos vivir bajo ese rayo
que llega desde la ventana siempre abierta
pero ése es el sol
y ésta es la vida
un constante retoque del recuerdo.

(De *Vía Pública*)

* * *

Madre medusa
sus cabellos son rojos
y en cada uno de ellos reposa un pájaro
su voz es un graznido ininteligible
que me recita ¡ay! que me recita el habla
y aunque nunca su rostro completo en el mío veré
sé que la tengo
por su graznido indemne que me devuelve en sangre
sé que la tengo aunque me trance efectos
que su ranura es hábil y me estrecha los labios
sé que la tengo desbordada y sonora
partida en su escenografía de vigilante ciega
su cuerpo es un volcán que me ha trazado con su lava el mapa
no me reconcilio con mi desventura.

* * *

La oscuridad cerró todas las puertas.
Me despertaron híbrida:
no fui más que al borrarse los contornos.

Me tembló el sonoro final de los desbordes
transeúnte travesti marginal mi palabra

Crucé los lechos ficticios del lenguaje
hasta anclarme en tu nombre

Y vagué erradicada de tu propio deseo
nada más que residuo de emanada leyenda

Pero te vi huésped de mí y te vi también cautiva
para verte mejor te di mis pechos

Te entregué mis labios para que supieras
cuán ardiente es el beso

Te cedí mi encallada de barro y toda la memoria

Pero te separaste

Y yo hice mi propiedad de lo cautivo.

(De *Filiaciones*)

* * *

Alzo mi copa
y bebo
a plenitud
la desorganizada sed de mi venganza
A la salud de un hombre que nunca tuvo nombre

* * *

Planeé la separación:
me amé tantas veces con su cuerpo
que, cansada,
de ser su meretriz
debo decir que abrí la puerta
Y él
que adoraba el suicidio
encontraba en la espera su cuota de placer.

Hay gloria en el final después de todo
y la entrega es una forma solidaria del olvido

Es mucho más simple, más irritablemente cotidiano
conversar a diario en el infierno.
Sonreír a los fantasmas sin pavor:
todos vienen sin duda a comer a la mesa
a gozar del horroroso placer del abandono.

* * *

Ruinas nevadas formando un arco
pasan por ella volando los pájaros

dicen los que saben entender sus historias
que esas aves precoces y sin duda sabias
parlotean un signo que aprendieron
de un hombre
que bajaba,
nadando,
más abajo de un témpano.

Mas nadie reconoce el sonido del signo
De la historia es preferible archivar su recuerdo.

Yo amé el lenguaje de las ruinas
y el arco de los pájaros.

Creo comprender por qué vuelan
esos sitios nevados.

También la sangre alcanza ansiedades corpóreas
y el frío, tras el ardor, no es más que una
forma sutil de transparencia.

(De *Emplazamientos*)

* * *

Pudo ser Cleopatra y acumular los reinos en un gran imperio
ser llamada emperatriz, diosa del nilo
pudo ver sus senos devorados por la antigua serpiente,
ser más antigua que esa devoradora.

Estar antes que el árbol del placer:
la serpiente otorgaría por ella un beso
y jamás nunca le hubiese perdonado la vida a ninguna otra
Eva.

Pudo ver sus senos nacarados y la última lumbre Antonio
fuera
para esos dos labios
acallados

pudo haber sido otra vez amada por el césar
roma subordinada otra vez egipto
roma arrodillada y llorando frente al nilo
roma a los pies de la reina

No quiso

asistir a la fiesta de esas muertas
y regalar sus ojos con el placer del odio

Ni Cleopatra, ni Safo, ni Helena, la de troya,
ni amazona o bacante tampoco emperatriz

Amadas gasas corpóreas
sed para mí   el báculo y la sangre

he regido
las traicioneras aguas   y ya es tiempo
de levantar la cara

¿en dónde?

En el Sur no es hallada la belleza

Por su traicionera, su insidiosa forma,

la joven nació y fue latinoamericana.

(Texto Inédito)

REFERENCIAS CRÍTICAS

"La ambigüedad de los poemas de Eugenia Brito agita también un cuerpo. La imagen del cuerpo se levanta como un punto de referencia con sentidos múltiples: señal y lugar de un eros y de una sexualidad evidentemente femeninas; enclave simbólico; incompletud y mutilación. La ambigüedad de las manchas se ha resuelto en cuerpo. Pero ello es momentáneo e inestable. Tan pronto es cuerpo como nada. Tal vez si apenas el nombre de una operación única que se oculta en verbos diferentes: coser, pegar, unir. ¿Qué? Lados, zonas que no encajan. Adentros y afueras que cohabitan dificultosamente. Una vez más las imágenes proponen sentidos presentes en las palabras. (...) Poesía del fracaso de la unión, de la comunión, de la reunión del objeto con la mirada, del mundo con la conciencia de quien lo percibe".

PATRICIO RÍOS, *Cauce,* Nº 108.

"En este libro (*Emplazamientos*) asistimos, en casi doscientas páginas, a un obsesivo cruce de escritura, corporalidad e historia, colocado de manifiesto ya en sus líneas inaugurales: 'América duerme enteramente recostada en mi lengua'. A partir de ello Eugenia Brito sitúa su respiración creativa en la superficie del lenguaje. (...) El desgarro psíquico y corporal de una subjetividad ambiguamente femenina contorsiona el imaginario de estos textos. La hablante poética de *Emplazamientos* lleva al límite su identidad de género, tornándose errática. (...) Estos textos registran distintas tomas de un mundo íntimo lleno de pliegues y repliegues: los juegos de la mujer con su espejeante desnudez, las equívocas relaciones de un cuerpo con otro, la violencia turbia y a ratos demencial. Todo ello produce en la hablante poética un estado de angustia que la aprisiona(...)".

LUIS ERNESTO CÁRCAMO, *La Época,* 29/VIII/1993.

Teresa Calderón

LA SERENA, 1955

CAUSAS PERDIDAS (1984)
GÉNERO FEMENINO (1989)
IMÁGENES ROTAS (1995)

ARTE POÉTICA

Escribir es una manera de entrar en contacto con las profundidades; hacerse uno con el colectivo humano y disperso. La poesía se mueve en los espacios sombríos del alma y nace exclusivamente de la experiencia. Es allí donde instala su centro de operaciones, y su misión es hablar de lo intrínsecamente humano. Para lograrlo es preciso hacerse cargo del lenguaje. Es nuestro único mecanismo para ponernos en contacto desde el uno al otro. Desde una isla a otra isla, el poeta tiende puentes de palabras y son condiciones como la honestidad para dar cuenta del mundo personal, la precisión de la expresión poética y la intensidad del sentimiento o situación expresados, las claves para el logro definitivo de un texto poético. La impostura, el ir detrás de las modas literarias de una época son los mejores elementos para destruir al poeta y su poesía.

Escribir, para mí, es una manera de rescatarme de a pedazos de la muerte. En tanto algo mío permanezca, más allá de los hijos; algo como estos verdaderos retazos del espíritu, estos pedazos de ideas, afectos, emociones o sentimientos, estaré viva. Escribo para vencer el miedo que le tengo a la muerte, al vacío, a la nada. Escribo para sacarme las espinas de encima y aliviar la carga que se me instala en la espalda cada día. Escribo porque hacerlo me hace plena y feliz como muy pocas cosas en esta vida.

(Especial para esta Antología)

SELECCIÓN

Ciegos

Los ciegos tienen ojos hacia adentro.
Tienen suerte.

Bodas

Hasta que la muerte nos separe.
Y cómo brillaba en su mano
el puñal.

(De *Causas Perdidas*)

Celos que matan pero no tanto (Fragmento)

Ya había visto sus ojos en los tuyos
que no me miran que se mueren por verla.

* * *

Era un desliz definitivo.
Desde un bolsillo de secretos
un nombre de mujer
tu letra un número la prueba final
en la estructura mítica del héroe
—consultar Villegas, Juan—
desde el bolsillo
esa mujer ese cuerpo de tus delitos.

* * *

Mañana marcaré ese número.
Repetiré la operación
hasta dar con esa palomita.

Pienso decirle
menos cosas de las que pienso.
Pero a ti, te lo advierto
nos encontraremos los tres
y sean cuales fueren los resultados
te lo prometo
aquí va a haber un muerto
habrás un muerto en la familia, querido mío.

* * *

Todos mis sentidos alerta. Dije todos
menos el sentido del humor.

* * *

Cuídate de mí, maldito,
porque te amo.

* * *

Más vale que te cuides. Tú sabes
una caída en la ducha
ésas son caídas fatales, me entiendes
un remedio de más o equivocado, te fijas
un accidente casero cualquiera tiene en la vida:
arreglabas un enchufe
y ¡oh, sorpresa, Fiat Lux!, me comprendes
o el cuchillo de cocina guardado adentro de la cama
o el gas lento pero seguro, no olvidemos.
Por eso, cuídate mejor que te encuentre confesado
oleado, sacramentado y todo si te descubro
amadísimo héroe.

* * *

En esta guerra sangrienta
las matemáticas están claramente de tu parte
yo soy una y una no es ninguna.
Ante una ventaja así no cabría más
que deponer esas armas con las que no cuento

y saludarlos con mis mejores deseos:
que sean tremendamente infelices que se pudran.
Quiero que reciban periódicamente
a la cigüeña cargada de imbunches
que no falten al himeneo las reinas de la muerte
las parcas de infalibles tijeras
¡Oh, Mnémesis, diosa fantástica de la venganza!

MUJERES DEL MUNDO: UNÍOS

Arriba mujeres del mundo
la buena niña y la niña buena para el leseo
las hermanitas de los pobres y amiguitas de los ricos
la galla chora y la mosca muerta
la galla hueca y la medio pollo
la cabra lesa y la cabra chica metida a grande
canchera la cabra y la que volvió al redil
la que se echa una canita al aire
la que cayó en cana o al litro
y la caída del catre
las penélopes matas haris y juanas de arco
la que tiene las hechas y las sospechas
la que se mete a monja o en camisa de once varas.
La mina loca la mina rica pedazo de mina
la que no tenga ni perro que le ladre
y la que tenga un bacán que la acamele.
Arriba mujeres del mundo
la comadre que saca los choros del canasto
los pies del plato y las castañas con la mano del gato
las damas juanas y damiselas todas las damas
y las nunca tanto.
La liviana de cascos y la pesada de sangre
la tonta que se pasó de viva y la tonta morales
la que se hace la tonta si le conviene
la que no sabe nada de nada
y ésa que se las sabe por libro.
La madre del año arriba madre hay una sola
y las que se salieron de madre.
Arriba mujeres del mundo
la cabra que canta pidiendo limosna

la que como le cantan baila
y la que no cantó ni en la parrilla.
Arriba todas las que tengan vela en este entierro
la que pasa la lista y la que se pasa de lista
la aparecida y la desaparecida
la que se ríe en la fila y la que ríe último ríe mejor
la natasha la eliana la pía la paz la anamaría la lila
la angelina y la cristina
la que anda revolviendo el gallinero
la que pasa pellejerías y la que no arriesga el pellejo
la dejada por el tren o por la mano de Dios.
Que se alcen las mujeres con valor las pierdeteuna
y la que se las ha perdido todas
la percanta que se pasa para la punta
la que nadie lleva ni de apunte
y ésa que apuntan con los fusiles.

(De *Género Femenino*)

* * *

La vida:
el gran laboratorio de la muerte
plagado de tristes ratas.

* * *

¿Cielo?
¿Infierno?
¿A qué estado de nada
a qué mazmorras
irán a dar los espantados
los muertos de miedo
los que tienen perdida la fe
los atorados con el trago amargo
de sus propios pasos perdidos
los aterrados de la vida por delante
los jóvenes poetas aspirantes
al suicidio?

(De *Imágenes Rotas*)

POETAS

¿El poeta nace o se hace?
Desafío de la página en blanco
o de la mente en blanco del poeta
Cada poeta como un blanco
de la artillería de los otros poetas
Entre poetas no nos vendamos pailas de cobre.

Un poeta es un poeta
poeta de tiempo completo peso completo
poeta medio gallo pesado
Poeta virgen que le copia a todos
Pendenciero belicoso curagüilla bacán tollero
fullero hombre mujer de la calle la ciudad la academia
Poetas que no están ni ahí con nadie
porque nadie está ni ahí con ellos.

Un tipo que se las cree todas
que la poesía es una isla y hay que llegar como sea
a aletazo limpio aplica la eutanasia
En su opinión casi todos los poetas son malenas
no tienen nada que decir
El poeta es un dios cuando sueña
y un mendigo cuando piensa
cómo liquidarle la reputación a otro poeta.

Algo así como que un poeta es un poeta
y dos son multitud.

Confieso: Yo antes era un pecador
también escribía poesía
Pero el Señor se apiadó de mí
me iluminó y dejé de escribir.

(Texto inédito del libro *El Poeta, la Muerte y otras Maravillas*)

REFERENCIAS CRÍTICAS

Causas Perdidas

"En algunos casos, la hablante se refiere a sí misma y, a veces, irónicamente, describe las características que el discurso patriarcal ha asignado al modo de ser mujer. Dentro de esa línea poética Teresa Calderón ha logrado excelentes poemas (...) *Causas Perdidas* representa una modalidad original de discurso".

Juan Villegas. *El Discurso lírico de la mujer en Chile: 1975-1990.* Mosquito Editores, Santiago, 1993.

Género Femenino

"La presencia de un sujeto que denuncia, se rebela y pone en sospecha lo establecido, da muestras claras de un discurso feminista que se va abriendo paso dentro de otros discursos en la poesía de Teresa Calderón. Es un discurso que sin dejar huellas de sexo expresa, de una u otra manera, la necesidad de concebir un mundo unitario para hombres y mujeres, donde no haya divisiones bipolares, cuya concepción sea más bien como sujetos o personas, más que como hombres versus mujeres con roles preestablecidos sin posibilidad de cambio".

Kira Maldonado. *El discurso feminista en la poesía de Teresa Calderón.* Tesis de título, Valdivia, 1994.

"*Género Femenino* es un ejemplo más dentro de los numerosos intentos por legitimar una visión, ausente en la literatura general, que organiza el mundo desde la marginalidad femenina, para así subvertir el orden hegemónico".

Cora Requena. *Teresa Calderón: una lectura fundacional de(l) Género Femenino.* Tesis de grado. Santiago, 1993.

Imágenes Rotas

"Breve, intenso, tierno, sarcástico, impecable, implacable poema dramático, *Imágenes Rotas* recompone lúcidamente conciencia intelectual y vivencia humana(...) El tema pertenece a la mitología nacional".

Floridor Pérez. Prólogo a *Imágenes Rotas,* Editorial Red Internacional del Libro, Santiago, 1995.

Lila Calderón

LA SERENA, 1956

BALANCE DE BLANCO EN EL ÁNGEL
TRISTE DE DURERO (1993)
IN MEMORIAM (1995)

ARTE POÉTICA

EN EL CUARTO DE LA POESÍA todas las realidades se distinguen y se desenmascaran en una noche a ciegas a través de LAS PALABRAS.

LAS PALABRAS demuestran que la línea del Horizonte no es más que un dato para trazar la imagen siguiente EN LA PUERTA DE LA POESÍA.

EN LA PUERTA DE LA POESÍA hay un pez marcado y nadando. Ya no está claro si uno va o se devuelve, si vive o si vivió, si se es un ente original, una copia, una mutación agónica o un sujeto reciclado justificándose en LA MEMORIA COLECTIVA.

LA MEMORIA COLECTIVA está EN CRISIS.

EN CRISIS Oriente y Occidente y por aproximación los polos en una Tierra que rota y se traslada ordenada y achatadamente en SUS COSTADOS.

SUS COSTADOS dudosos entran a presión en el cuarto de la Poesía. En ese cuarto creciente mis verdaderos puntos cardinales son el cielo y el suelo, el pasado y el futuro. Una red en donde trazo las coordenadas desde donde y hacia donde confluyen los ecos y los ismos de todas las voces atrapadas EN EL TIEMPO.

EN EL TIEMPO de las palabras se agitan antiguas escrituras, reescrituras y barcas flotantes que trasladan espejismos, remitentes declarados y deidades geoglifas que sonríen antes de proyectarse en el ojo cubista que llama a aceptar EL RELEVO.

EL RELEVO es una cadena ingrávida que va de sombra a SOMBRA.

SOMBRA eres y en sombra te conviertes y en cada una te aludes y te citas porque la humanidad quiere encontrarse contigo en este cuarto A SOLAS.

A SOLAS y a ciegas aunque Oriente y Occidente y la línea del Horizonte vuelvan a la ronda EN EL CUARTO DE LA POESÍA.

(Especial para esta Antología)

SELECCIÓN

HISTORIA DE UNA SOMBRA

Se ha extraviado una sombra
en las espadas turbias de la muerte.
Los gitanos beben el vino de los sueños
y se aferran a una danza de baja luz.
Entran a la tierra oscura a degollar el alba.
Los carruseles espían con ojos seductores,
pero aquí ni las piedras ni las flores
llegarán al cielo
y la libertad sólo podrá fraguarse
con los rayos que Vulcano
perdió en la niebla de sus ojos.

PERO HABÍA TAMBIÉN OTRA SOMBRA

Su manto era la escarcha oceánica de Atlántida.
Para él quebré el reflejo de los icebergs
y juntos inventamos la frecuencia de la risa.

Habíamos muerto muchas veces
en estos seiscientos años,
pero él fecundaba el sol y tenía
las últimas palabras para volver a despertar.

Después
elevarás plegarias en cada volantín,
abrirás las ventanas de tu casa
y no estará esta Alameda gritándote que cruces.
Se perderán tus ojos
diseñando el argumento
con que hacer menos burdo
el trajinar de las dudas.

* * *

Tutankamon no tolera la desnudez, siempre lo dijo:
PRIVACIDAD EN LAS PIRÁMIDES
El carbono catorce es un abuso de poder contra la inercia.
Me conmuevo de vendas y sudarios.
En mil años más supongo, ni la esquina ni la catedral
ni las huellas
ni el círculo de plata dibujado en la frente.

* * *

Un hombre y una mujer se han
encontrado miles de veces
en la misma historia
y han inventado que inventan el mundo
con una pasión hindú de antes de cristo,
con una pasión china de la dinastía ming,
con una pasión greco-latina de hombre y mujer
mirándose en el mismo idioma.

Para que ninguna generación se confundiera

LA HISTORIA NO CAMBIA TANTO

Se siguen contando las mismas cosas
y se sigue peligrando del mismo modo
con las tres preguntas básicas.

Puede ser que mañana no te reconozca
que no seas o hayas sido
que no hayamos existido
juntos,
puede ocurrir
que no vengamos y que no vayamos
a juzgar por el comportamiento del planeta.
Pero esos son asuntos del futuro
imperfecto.

A veces vuelve el sol a fundir la imagen

Era hermoso. Tenía el pelo blanco y los días contados. Era un replicante. Una copia. Un juguete. Lo mataron sólo por eso. En su mano izquierda llevaba un clavo herrumbroso que me salvó la vida. De su mano izquierda voló una paloma no sé adónde. Los juguetes tienen poco tiempo de vida. Al igual que las palomas. No importa adónde vuelen.

* * *

Es probable que nos bañáramos en el río por
las tardes
y que hiciéramos grandes descubrimientos
al interior de la gruta en que nos domábamos.
No éramos dioses, no molestábamos a nadie
con el eco del animal perdido en la noche
(eco de los cazadores de la tierra salvaje)
atrapando el coro heroico, la epopeya del salmo
desde el otro lado de la calle
y   antes   antes   antes.

Es probable que nos bañáramos dos veces
en el mismo río.

Ella desaparece por la Izquierda en Pantalla

Ella
Desaparece por la izquierda
en pantalla
asegurándose
de no encontrar ningún espejo
en donde él pudiera reconocerla
alguna vez
en la tierra.

Su imagen va rodando con la luz
en el letrero
y sonríe
mientras anuncia
entre lluvia y vapor

coca-cola oriental.
Él sabe que va a morir y con él
toda la especie
y eso es muy feo
tan feo como decir
que ya estaba escrito
o que estamos flotando sobre los restos
de una ciudad
que ya no existe.

* * *

Es absurdo
dar el último soplo de pintura.

Desapareces.

Ese es el destino
reservado a los fantasmas.

Nunca sabemos cuándo
volveremos a vernos.

(De *Balance de Blanco en el Ángel Triste de Durero*)

* * *

Se dijeron alguna palabras tontas
y para romper tanto silencio
una que otra ironía concerniente al amor
el tiempo la muerte y otros tópicos
de rutina
pero había de por medio planes a largo plazo
y de gran importancia
respecto
de ciertas misiones vocaciones obsesiones o
ilusiones
y como es sabido por todos los dioses
la creación
es un vicio letal

(De *In Memoriam*)

EL HOMBRE SIN MEMORIA

Te miro en la estación que es una imagen
varada en el espacio
Y pienso
si aterrizara allí una nave como la mía
pero con más años luz
y menos focos
en la playa que queda cerca de tu casa
y yo te entregara esta foto tuya con alas
o mejor   si yo te devolviera la caracola
de cuando tenías memoria
y no te dijera nada
nada nada nada   o te dijera
que nos perdiéramos cada uno en un carro
de este   metro subterráneo
y siguiéramos juntando dudas y nadas
y negativos para revelar
mientras viajamos por la cámara oscura
buscando reproducirnos en el ojo del otro
porque hallamos nuevos signos
del aterrizaje de una nave
como la tuya
con todos los años luz y sin luna
en una playa cerca de mi casa
y tú me entregaras una foto mía
con el sonido del mar en el corazón
y yo viera el presente en una caracola
justo en el momento en que tú no ves nada
entonces entenderías   no es posible intentar un rescate
porque la estación del metro
es sólo un túnel   en el presente
en donde un hombre sin memoria
no deja huella alguna.

No deja huella   alguna.

(Texto inédito del libro *Por Suerte Había Otra Vida.*)

REFERENCIAS CRÍTICAS

DE BALANCE DE BLANCO EN EL ÁNGEL TRISTE DE DURERO:
"(...)En estas páginas se presiente lo no dicho, aquello que espera irrumpir para teñir el mundo de otras formas hasta ahora desconocidas, que nos permitan acceder a la unidad y suprimir la escisión.(...) La muerte abre y cierra el libro; es el límite dentro del cual eclosiona la eternidad. Por lo tanto, el lenguaje, para esta poeta, es el margen, el borde peligroso (...) Este Balance de blanco (paradoja) pone en la balanza la experiencia cultural, las lecturas, las sesiones de cine, pero también lo escondido de la experiencia personal, única, oscura, mía. De allí salta a la redoma poética esta criatura de palabras que nos habla del tiempo y de la muerte".

CARLOS JORQUERA ÁLVAREZ. *Las Últimas Noticias,* Santiago, 3/IV/1994.

"Circulan entre sus versos tonos de resignación y otros de protesta, porque vive poderosamente(...)".

ENRIQUE LAFOURCADE. *El Mercurio,* Santiago, 17/IV/1994.

"El libro refleja una sensibilidad que se despliega tal cual una cámara en un escenario derruido y añoso; en su seno, se cruzan el pasado y el futuro a partir de una especie de superproducción de imágenes (...) No es el cuerpo de las actuales escrituras, ni tampoco el pálpito lírico del alma: es el reino de la sombra el que atraviesa estos versos, su modo opaco y fugaz de ser y no ser. La realidad se vuelve temporal y quebradiza en este clima de siluetas que aparecen y desaparecen en escena".

LUIS ERNESTO CÁRCAMO. *La Época,* Santiago, 24/IV/994.

"Así, desfilan temas tales como la prehistoria, el cine de ciencia-ficción, los (des)encuentros amorosos, el metalenguaje propio de las vanguardias y la inconfundible geografía urbana de Santiago".

MARCELO NOVOA. *Simpson Siete,* S.E.CH. Volumen 6, Santiago, 1994.

IN MEMORIAM:
"El modelo de la Oración Fúnebre sirve para que una hablante lírica presente la agonía y pérdida del amor en un moderno escenario que es usado en su búsqueda infructuosa. Aquí los actores son incapaces de representar sus roles(...) Hay una interconexión con lo sagrado y con lo mágico en una hablante perceptiva y visionaria(...)".

MARÍA LUZ MORAGA. Postfacio a *In Memoriam,* Santiago, 1995.

Javier Campos

SANTIAGO, 1947

LAS ÚLTIMAS FOTOGRAFÍAS (1981)
LA CIUDAD EN LLAMAS (1986)
LAS CARTAS OLVIDADAS DEL ASTRONAUTA (1991)

ARTE POÉTICA

Había escrito ya una poética al estilo más tradicional para la antología que preparó Soledad Bianchi en 1983 (*Entre la lluvia y el arcoiris*). Allí dije algo que tanto en mis libros posteriores como en la crítica que se ha hecho de ellos se iría luego confirmando: "Nunca sabré por qué escribí el primer poema frente a una playa de Tomé mientras unos pescadores recogían las redes. Quizás la poesía vino por el desamparo, el desarraigo familiar o la búsqueda de una ternura en una comunidad familiar que no tuve". Hasta esa antología mencionada yo sólo había escrito un libro, *Las últimas fotografías* (1981) pero aquel motivo principal —desamparo y desarraigo—, que mencionaba como puramente biográfico para explicar mi primera poesía, iría luego a constituirse, en la segunda parte de mi producción, en una temática más compleja, principalmente después del golpe militar del 11 de septiembre de 1973. Es decir, **la experiencia del exilio** o la vida fuera del lar primario para viajar a los territorios bellos y desamparados del país "extranjero"; y luego, **el desexilio** o el regreso después de mucho tiempo a la Patria dejada. Son éstas las temáticas más relevantes sobre las que se han levantado mis tres libros publicados y que continúan generándose a través de otras formas en lo que actualmente escribo. Al parecer, no hay temas nuevos en los escritores sino temas recurrentes y obsesivos que se "reciclan" —para usar un término ecológico y bastante "postmoderno"— de acuerdo al contexto y a los tiempos que a cada artista le toca vivir.

Posterior a mis libros publicados, aparece otro contexto de fin de siglo en la cual reproceso otra vez algunos temas e imágenes obsesivos. Este contexto —y que ahora se constituye en la materia prima de esta última poesía mía— es la comunicación electrónica, los medios masivos altamente sofisticados, la multiculturalidad, la internacionalización de las economías mundiales, la hibridez de esa internacionalización dentro de contextos premodernos, el goce de lo visual junto al arrinconamiento cada vez más dramático de amplios sectores humanos condenados a la marginalidad, al desamparo, viviendo en las territorios invisibles de lo inhumano.

(Especial para esta Antología).

SELECCIÓN

* * *

Bailé con una mujer de fuego
En las colinas brumosas del valle de California
Me contó una historia
En la que yo tenía que ser el actor de sus sueños
En la pantalla gigante sólo aparecieron sombras ardientes
Por los paisajes grises nadie vio correr
A la actriz enloquecida de amor
Ni nadie se dio cuenta del galán vestido de blanco
Nadie tampoco pensó que ese film aún no existía
La realidad de esa película era un pozo oscuro
Pero los espectadores querían el beso final
En algún lugar de esa ciudad imaginada
Teníamos que encontrarnos
El director nos buscaba para detener esta absurda filmación
Bombardeó las imaginarias calles
Los cuartos de hotel los parques y las autopistas
Quedó una cámara de filmación dando vueltas en el cosmos
Yo y la actriz éramos astronautas perdidos
Abrazados en alguna parte de las galaxias

En la pantalla nunca aparecieron los protagonistas
Sólo el cartel mohoso sobre los edificios
Anunciando el estreno mundial que nunca llegó

Dos actores de una historia soñada
Dos estrellas perdidas de Hollywood.

* * *

Me enamoré de una mujer que conocí en un bar
Me guió por la casa construida con sus sueños
Me miró con sus ojos llenos de lava
Me presentó a sus padres que dormían en una piscina

Me besó en medio de su cama en llamas
Me acarició como si fuera un ángel
Se desnudó mientras sus ropas estallaban en grandes hogueras
Sólo me fue permitido tenderme junto a ella
Mi cuerpo fue nieve que caía

Mis besos

sólo témpanos en el sol de sus sábanas.

* * *

Quise ser el cartero anciano que sólo llevaba mensajes
para ti
Al otro lado de la frontera era todo desierto y vacío
Los caminos eran llanuras de la nieve
Y los deseos de mis sueños pastaban lejos del pastor ciego
Atravesé las montañas llenas de ríos con fuego
Los mensajes ardían en mis alforjas de espejos
Y salían los recados a mirar el paisaje miserable
El paisaje se llenó de todas esas cartas
Una ciudad se levantó con todas ellas
Fui el ciudadano solitario
El cartero que perdió la memoria

El nombre de esta ciudad nunca te fue revelado.

(De *La Ciudad en Llamas*)

* * *

Soy el astronauta de una nave en ruinas

Destruyeron todas mis posesiones
Dejaron caer flotas de misiles en el jardín de mi casa
Toneladas de ácido
Materias bactereológicas
Entraron a revisar mis cartas
Millones descendieron de las heladas montañas de las galaxias
Masacraron y escondieron en una computadora invisible
Todas las imágenes de mi infancia

Soy ahora el astronauta de una casa a oscuras
Que viaja por debajo de esta ciudad bombardeada

* * *

Soy el astronauta que busca algo
Para romper este traje ardiendo del exilio
Esta pantalla que aparece y desaparece por mis ojos
Habitada por mujeres que me hacen señas
Desde una ventana inexistente

Soy el astronauta
Que quisiera ser un espejo construido de agua fresca
Encontrar las cartas perdidas en el desván de la casa
Ver la imagen medio invisible de alguien
Que solo una vez voló dulce por nuestro corazón
Y nunca más regresó a cantar otra vez para nosotros

Soy el astronauta que siempre delira
Llamando a una puerta con llave
donde nada volverá a ser para siempre

Jamás

* * *

Soy el viajero inválido de un tren oxidado
Viajando perpetuamente por una ciudad irreal
Escribiendo estas imágenes del exterminio
Contemplando el paisaje amarillo
Los árboles quemados
Detrás de las ventanas de una casa equivocada

En una ciudad cubierta por las negras ruinas de la
nostalgia.

IV

Hace años que busco mi equipaje
Hace años que tú lo envuelves en papel de regalo
Y me lo envías de una casa a otra
En estas ciudades perdidas del Universo
Como un obsequio para que nunca

Nunca

Me vaya de ti.

VII

De otros destinatarios serán estas cartas con el tiempo
Escritas en casas y paisajes oníricos
Donde hubo personajes que intercambiaban ropas de colores
Se abrazaban a sí mismos
Dormían en los cuartos de otros que los soñaban
Creo que esos paisajes no han de perecer jamás
Porque de allí sale la necesaria mentira que hay en toda poesía

Fui pues el astronauta somnoliento, invisible y enamorado
Que desde la ventana de su nave dudó en la mitad de su vida
Si eran ésas las ciudades
Si fueron aquéllos los paisajes que hubiera querido contemplar.

(De *Las Cartas Olvidadas del Astronauta*)

El poeta joven

Hace muchos siglos yo también fui un poeta joven
Escribí sobre amores desesperados que por cierto tuve
Sobre la vida que pasé en lugares cálidos o cubiertos por la nieve
O los imaginé como todo poeta adolescente debe hacerlo
A lo mejor escribí una imagen poderosa

Pero nadie nunca la descubrió
Ni jamás fue leída que es lo peor para el joven poeta
Soñé que con algunos versos dejaba temblando a un poeta
 famoso
Luego me escribía pidiendo leer el resto de mis escritos
Visitar su casa o su país, beber su vino
Contemplar sus envidiables tesoros
(unos gastados zapatos de Rimbaud por ejemplo,
la camisa campesina del adolescente Esenin
o el revólver con el que se suicidó Maiakovski)
Otras veces imaginaba que era recibido por las multitudes
Como ahora son recibidos los artistas de los video-clips
 internacionales
Soy ahora el poeta anciano que no fue tocado por la luz de
 la fama
Fui en un tiempo muy remoto
El bello poeta, tierno e ingenuo
Ya nada importa si mis poemas permanecen sepultados
En algún estante polvoriento
De una computarizada biblioteca postmoderna
En la última galaxia de nuestro Universo infinito
Sólo sé que son indescifrables jeroglíficos
De una especie cada vez más extinguida
Ruinas arqueológicas hundidas bajo toneladas de piedra
O raramente visibles en las selvas del trópico
Donde exóticos pájaros de colores cantaron sobre ellas
Construyendo desprevenidamente encima del pasado milenario
Sus nidos pasajeros.

(Texto Inédito)

REFERENCIAS CRÍTICAS

LA CIUDAD EN LLAMAS:

"(...) No es el país dejado ni tampoco el que se piensa para el futuro, es el espacio actual del poeta donde se ve constreñido, obligado a residir y que, en ocasiones, posee los rasgos de una prisión de amor de la que no puede escaparse por ser el 'actor de un sueño' de su amada. Lugar ingrato: podría pensarse en cementerios de autos, estudios de cine y *drive-in* abandonados, grandes espacios solitarios donde alguna vez hubo voces, movimiento, vida. Aeropuertos nevados, inservibles; inmensos basurales, la imponente magnitud de una sociedad desarrollada: anti-lugar ameno que a pesar de habitarlo no siente propio debido a su agresividad, a sus variaciones, por ese andar de trenes que no se cruzan colaborando a la incomunicación y a la imposibilidad del encuentro, personificadas en todo su desamparo en el 'pastor ciego' y en el cartero amnésico.

(...) Cada uno de estos poemas equivale a una de sus miradas que en su movilidad agilizan este escenario donde con frecuencia incluso el tiempo parece detenido, sensación conseguida además por las continuas repeticiones.

(...) Con frecuencia, estas imágenes aparecen estructuradas con apoyo de otras representaciones que pueden haberse divisado en el cine, la televisión o la publicidad callejera: pantallas como espacios donde los sueños y los deseos no permanecen estáticos pues las desbordan para escaparse y confundirse con las visiones de todos los días.

Desde hoy, *Las Últimas Fotografías* y *La Ciudad en Llamas* representan momentos que se consideran superados, no en vano, en ésta, el pasado es el tiempo verbal dominante. Etapas, ambas, vividas por Javier Campos quien tal vez intentó exorcizar estas pesadillas mediante la escritura. Posiblemente en la actualidad, más libre, con menos temores, podrá soñar imágenes y poemas distintos al saberse ya afincado en ese espacio otro".

SOLEDAD BIANCHI. "Un Sonámbulo por los Paisajes de sus Sueños", Prólogo a *La Ciudad en Llamas,* Ed. Lar, Concepción, 1986.

Carlos Cociña

CONCEPCIÓN, 1950

AGUAS SERVIDAS (1981)
TRES CANCIONES (1992)

ARTE POÉTICA

Posiblemente, no hay explicación plausible al hecho de la escritura llamada literaria. Muchos estudios pueden interpretar textos e, incluso, ver los usos verbales, tipográficos y espaciales o de sonidos para plantear hipótesis de cómo se genera sentido. Sin embargo, el acto escritural mismo responde a mecanismos tan diversos como las circunstancias sociológicas y sicológicas del individuo en proceso de escritura. Este hecho lo explicita el escribiente en el mismo texto, y el término de intercambio obedece a impulsos, racionalizados o no, que en este caso tienen un posible origen en la necesidad de crear silencios cuya comunicación ocurre en el tiempo, entendido éste como relativo, pero al unísono en la materialidad del cuerpo que se puede expandir y contraer sin más margen que la propia vida.

(Especial para esta Antología)

SELECCIÓN

2. EL SEGUNDO FRAGMENTO
(emisión escrita primera)
"Estructura de la mirada"
(Fragmento)

el ojo instintivo
que en los lomos
se abre por entre los matorrales,

el ojo fijo en la presa,
y la rapiña,
el alimento.

Soy ojo de la mosca,
cúpula brillante que distingue inmóvil:
algo se mueve...

desde el animal
soy ojo en la materia
y me gasto
y me trizo la pupila.
Ojo que desgrana la gravedad
y la fuerza,
trizado entre la paja y la viga,
ojo a la luz cegado,
que gira la pupila
hasta descubrir la marca
en ese otro rostro.

Y si la masa anega al ojo,
entre las sustancias,
el párpado mojado
es la cavidad que accede
a lo que fueran los objetos.

Descripción de Acto Penitencial

En un cubo de madera, de vidrio, de plástico, de aluminio,
de espejo, de láser,
con capacidad para más de un par de manos.
Reflejo los ojos,
y no son mis ojos
que miran el cubo,
y coloco mis manos,
y hay otras manos que empiezan a desarmar las formas
geométricas,
para poner el matiz de la mirada,
o el roce de la piel sucia de dedos que se han ocupado.

No son sólo mis manos, son otras miradas las que abren,
las que inundan este reducto,
este cubo donde las manos van marcando sus pulgares,
y las huellas no son las mismas,
y las miradas se abren ante la sorpresa de otros rostros,
otra piel que no amedrenta y tiene aristas particulares,
y tiene las marcas de las manos que se juntan y las miradas
que pueden mirar otras manos, otras frentes, otros rostros,
las otras pieles que ocupan el espacio, el cubo que en la
materia,
escoge la piel para mirar y rozar y tocar y juntar y ver
la piel que tiene otras aristas y no es brillante y no es lisa.
La piel de las manos y los ojos que ya no son los únicos ojos.

3 C

Nadie tiene derecho a morir antes de tiempo; todo el
cuerpo se revela
ante el acto que cercena reacciones, desde el origen
establecidas
a nivel genético por la savia del fornicio y la revelación de
milenios
de órdenes transcritas en la más inverosímil coordinación de
los detalles
posibles de la existencia.
El violentamiento de las expectativas, que a nivel de estructuras
moleculares

está descrito, atenta contra la más elemental humanidad genética,
y la descripción de estos movimientos sólo es con las palabras
que revelan el posible transcurso que llevarán los líquidos
particulares de un cuerpo en el momento en que el reflejo
de luz es absorbido
en las alteraciones de conos y bastoncitos.
Nadie tiene derecho a quebrantar la reelaboración de las células y
las nuevas epidermis que van emergiendo desde el mismo
tiempo en que
se produjo la combinación genética, ni negar la posibilidad
de la eyaculación
en la mujer que conocerá mañana.
Nadie tiene derecho a morir antes de tiempo, porque el
espacio del cuerpo
se proyecta hacia el próximo momento, y tiene el espacio
su espacio
en cada rostro y cuerpo conocidos y es un espacio ya dado
y posible
en el cuerpo de los hijos, del hermano, de la mujer y cada
uno de los
que van haciendo espacio a ese cuerpo que no puede
violentarse hasta
el momento en que sea preciso quebrantarse porque el aire
es expulsado
por el mismo cuerpo que se disuelve en sí mismo.

(De *Aguas Servidas*)

* * *

Se acerca el tren;
sus luces van sobre las lomas.
No son los carros del tren,
es un gran gallinero extendido sobre los árboles
del cerro.
Ese tren va a las tierras cardinales.
En sus ventanas iluminadas se refleja
el gran transatlántico,
entre los valles de maíz, encendido
entre los insectos que vibran en vuelo.

* * *

Nací en una ciudad que da la espalda al mar y
que nunca ha visto la cordillera.
Su valle es una planicie de lomas erosionadas
y de industrias.
Mi ciudad sólo cabe en la palma de los ojos.

* * *

Los jóvenes del parque piensan en la muerte
y llueve a cántaros en abril.
El río refleja los vidrios y las oleadas
de vehículos iluminan las esquinas a trozos,
mientras corre la electricidad.
La montaña no es sino la calle mojada que
se llena en las estrellas
y las ropas colgadas son plantaciones de maíz
que se mueven en el sonido de los jóvenes
que miran
lo que nunca está por volver.

* * *

Manzanas verdes en la tarde, al interior
de la ciudad.
Te prefiero en blanco y negro y sombrero
frente al mar,
lloviendo el bosque en medio de la ciudad.
Un salto al interior de las moléculas de
aguas internas,
donde miles de años recorren los extramuros
de la urbe.

* * *

El sol al mediodía está sobre el mar.
Un equinoccio perfecto
en la ciudad. El neón muestra rojo al sol y
el mar se contrae
en el sonido de las calles.

* * *

En el parque este chincol se detiene y escucha
al gusano.
De un salto, con estruendo, remueve la tierra;
el pájaro atenta el oído y piensa en el nido
ajeno.
Los vidrios aumentan el tamaño de cada cosa
que se mueve
y la ciudad imagina sus huevos.

* * *

Tengo que irme a lo más superficial
de la geografía de los sentidos.
Recorrer con las manos la ciudad
donde tu cuerpo es sólo
un referente.
Y sólo eres la única medida de lo que queda
por hacer.
Un poste en la ciudad sirve para afirmar
los ojos a tu mirada,
llena del esplendor de los vidrios.

* * *

En las ciudades casi perdidas de indicios
tenemos que encontrar los dioses que viven
miles de años,
vigilando que se construyan sobre sueños,
las moléculas
de lo que vendrá.

(De *Tres Canciones*)

REFERENCIAS CRÍTICAS

"Los fragmentos de *Tres Canciones*, si bien no parten de una *efusión lírica* particular del poeta remiten a un juego de lo propio y lo otro, catalogando hermosamente una manera de reconstrucciones, inversiones, desviaciones, perversiones, cambios de giro, paráfrasis, e incluso, irrisiones de procedimientos poéticos, que, en su trama literaria, nos llevan a transitar por el enigma de estas *Tres Canciones,* como un río, donde nunca nos bañaremos otra vez.

El procedimiento con el que se estructura el texto es el de la inversión y confusión de la metáfora que dice que lo que parece no es lo que aparece: *Se acerca el tren: sus luces van sobre las lomas*. Primera certeza, tal vez el primer verso de un texto de tradición lárica; pero, a continuación viene la aparición de la apariencia; *No son los carros del tren, es un gran gallinero extendido sobre los árboles del cerro*. El quiebre remite a la estética creacionista, en un claro homenaje, impactantemente logrado: es decir, quiebra la primera certeza en aquellos hechos que, según Octavio Paz, *no los hay tampoco en imaginaria, son una realidad meramente verbal*. Algo que no se puede ver con los ojos ni pensar con la mente, pero en cambio, podemos decirlo".

TOMÁS HARRIS. *La Época,* Santiago, 6/ XII/1992.

TRES CANCIONES:

"(...) Hay una suerte de desdoblamiento de la personalidad. Un decir soy y no soy a la vez, o estoy y no estoy en la misma parte. Por cierto, es algo más que la paradoja fácil. El poeta busca un estar profundo y una realidad cabal que dista de la intrascendente salida o llegada más o menos turística.

(...) Hay también un acertado ir y venir de la ciudad a la gran naturaleza —montañas, esteros, sales marinas. No es poesía de intimidad ni de ternura, sino —ya lo insinuábamos— de grandes visiones con fundamento en la inteligencia y, si se quiere, en la inteligencia del corazón".

HUGO MONTES BRUNET. *Las Últimas Noticias,* Santiago, 24/ IX/ 1993.

AGUAS SERVIDAS:

"(...) La voz de estos poemas intenta despegar desde lo informe de la experiencia fisiológica, desde 'la estructura de la mirada' y 'la estructura del ojo', hacia una descripción de lo que se ve, primero, hasta el hundimiento en el lenguaje-cuerpo, después. Una antipoesía que prepara el camino a una épica que centra su discurso en una conciencia enfrentada a la muerte como entidad política. (...) Es la vida que se mira a sí misma".

CARLOS JORQUERA ÁLVAREZ. *Las Últimas Noticias,* Santiago, 10/IV/1994.

Gonzalo Contreras

SANTIAGO, 1958

EL FRÍO E IMPERSONAL MUNDO DE LA POESÍA (1994)

ARTE POÉTICA

También muy temprano en mi vida fue demasiado tarde
y a pesar de este oficio inoficioso y de su soñada idea del amor
el legado de la sentencia queda:

Fundamentalmente nada existió
Tras bambalinas las jazzísticas distorsiones del espejo
la oculta disfasia del corazón
el juego de emociones y sus candilejas
y para consuelo de pocos y mal de muchos
una boquiabierta realidad que se canta a sí misma
ciega   sorda   y muda para gloria y absurdo
de los que cayeron en las trampas de la fe

La vida tiene razones que el amor desconoce:
Fundamentalmente nada existió
y si algo quedó   de aquellas   de esas
sus fugaces muertes y maravillas
ese poco   lo dejé   lo legué   púsele precio
lo vendí y esas monedas y ese abandono
son parte de ti   es mi vivo retrato.

Las palabras son movimientos en falso
y el corazón tiene límites.

Confesaré:
A veces me dejo llevar por el sentimiento del fracaso
en un lenguaje casi literario
pero no deja de ser una ilusión
rendida a los pies de una fría oración nocturna

Así juro:
Los juguetes tienen poco tiempo de vida.

(Especial para esta Antología)

SELECCIÓN

POÉTICA

Según
 el incomprendido Robin Hood:
La poesía metafísica
es un continuo lanzar flechas
para herir
a esa bestial realidad
que aún se ama

POSTMODERNISMO

Cansa al forajido
 el trabajo sucio

Emociónalo mirar
por el ojo de la cerradura
asegurándose tu ausencia
 detrás de la puerta
(su rapidez con el Colt lo desarmó para siempre)

En las afueras
 la ley retrata a su presa
le duele al villano
que sólo tú lo quieras

Vivo o muerto

Griega de Babel

Si haz de cantar
hazlo en tu lengua Griega de Babel
renuncia a la espera
        toda promesa es una partida
un fantasma lejos del sol de Atenas
lo demás un misterio
        un misterio que mata
y que tú llevas en la piel:

Tuyos son los vestigios del culto
y ya es tiempo
        Griega de Babel
ofrécele tu cuerpo a otros dioses
a uno que baje con tu muerte de la mano
cántale
        a los que aún te aman
a los que hiciste ver el mundo
sin que fueran más allá de tu cuerpo
a esos condenados que aún viven del sueño
cántale
    al lecho que ya no esperas
pero no digas que el amor murió
                no lo digas
Griega de Babel
nosotros no lo entenderíamos

Si haz de cantar
        no rondes
                no busques el fuego
en el deseo que se reencarna sólo con la muerte
encuéntralo en ese azar
que fue un destino para los que amaron

Si haz de cantar
        hazlo desnuda
                la vida sabe de tu cuerpo
de tu sed
        del último deseo

Si haz de cantar
        no escuches al coro
olvida la tragedia
no digas que el amor murió
no lo digas
    Griega de Babel

para nosotros una muerte basta

BAJO EL VOLCÁN

En el día de los muertos
entre tanto silencio
parecíamos tumbas
ocultando
un secreto

CARTA BLANCA (Fragmento)

Tu postal sobre la mesa:
Caminas por las calles de París
del brazo del nuevo viejo mundo
es fin de siglo y ya nada te sorprende
el asombro es cosa de nadie
y todo está dispuesto
                para entrar o salir de escena
un lujo es un lujo madame Lilí
y a vuelo de pájaro nada te impide
la pena y la gloria
                con pena y sin gloria
y como si de pronto hubieras envejecido
el tráfico te devuelve la melancólica emoción del caso
la realidad a prueba de tontos
y para no decir de ésta no beberé
a tus mejillas el candor
                la ardiente impaciencia
en el desusado idioma de las emociones fuertes
Esas señaladas
                el sitiado lugar donde ha ocurrido algo

por la unívoca pretensión de caer por tu propio peso
y tú sabes
razones sobran
todo es plausible
la posibilidad
la duda
el instante no sabe para quién trabaja
y por donde mires
ahí va un sueño
elegantemente despierto de todo o nada
Los hechos hablan por sí solos
no entonan el dulce silbido de la canción
rutinas a vil precio
caricias
signado silencio
donde perfecciono
esta ridícula manía de poner palabras en tu boca
y en este intolerable papel
el rito de no aguardar los días
te relativiza para siempre
No saber retirarse a tiempo
es el precio del oficio
y tú como Pavese lo sabías mejor que nadie

Caminas por las calles de París

Curiosa manera de volver a la vida
Piensas en el supuesto "Algo escapó de mis manos"
y en la obviedad más absoluta
sonríes
Sí nos amamos tal vez
y en esa excéntrica pasión de tristes cómplices
con aires de enfants terribles
hicimos del amor una imperdonable extravagancia

Entre líneas ya nada volverá a ser como antes
original consuelo
una frase más para el bronce bajo la manga
y del impredecible sombrero el truco de interiores
subterfugio razonable
de esa metáfora que vuela como una ciencia exacta

Afuera la urbe y sus luces
el recordatorio
el recorrido
la partida
el sucio amor
alcanzando en otras coordenadas al ciudadano lírico
comprometido al natural
con el último plano de la secuencia
y en la flor de la vida
cambio de luces por la ley del mínimo esfuerzo
incertidumbre oí decir
inútil furor respondí

(De *El Frío e Impersonal Mundo de la Poesía*)

CAMILA OCTAVIA

Hacia el final del verano habré partido
y cuando ya nada de esto importe
por última vez
me interrogarás bajo el amparo de tus bárbaras leyes
de tu utópico derecho romano
preguntarás por el signado sino de mi vida
si es verdad que todo el mundo olvida a todo el mundo
si es cierto que he cometido el peor de los pecados
que un hombre puede cometer
si es verdad que mis compañeros y yo
sufrimos de una enfermedad al corazón
que sólo puede ser curada con oro
o si es sólo una ilusión que las palabras me pueden salvar
o si tal vez siempre el mismo el otro
aquí o en Buenos Aires Estocolmo o Pekín
(recuerdas)
o ninguna palabra más
a Césare lo que es de Césare y a la memoria lo que es del olvido
Así sea
yo te besaré que otros juzguen condenen absuelvan
no diré Por delicadeza yo perdí mi vida.

(Texto Inédito)

REFERENCIAS CRÍTICAS

EL FRÍO E IMPERSONAL MUNDO DE LA POESÍA:

"Desde sus textos inaugurales, advertimos en esta obra una poesía tramada en el círculo del lenguaje, marcada por el paralelismo, el cruce o contrapunto de pensamiento y realidad. En el seno de éste, Contreras —a la manera de un aventurero— explora las complejas encrucijadas de lo ilusorio y lo real, como también de la propia palabra poética.

El conflicto de pertenencia del poeta, es el dilema de hasta qué punto pertenece a la bárbara realidad o acaso al lenguaje que la nombra y constituye a la vez. Poesía de interrogante, problematizadora de la relación de las palabras con las cosas y sus equívocos sentidos, contexto en el que aborda una obsesiva preocupación por la lengua, el juego de la traducción y sus significados. Esto se simboliza mediante la incorporación del inglés, francés, latín y hasta chino en sus títulos.

En estos versos, el sujeto se retuerce en los ambiguos límites de ilusión y realidad, sueño y vigilia. En dicha encrucijada proliferan los sentidos y contrasentidos de las cosas y, al mismo tiempo, se devela el antifaz, la máscara del lenguaje.

El universo simbólico de su poesía conlleva el choque de varios ángulos, que ahondan y enriquecen la tensión de lo ilusorio y lo real. Más todavía, dicha contradicción se prolonga en el juego equívoco de la condición humana, entre la maldad y la bondad, el amor y la crueldad pero, fundamentalmente, la vida y la muerte.

Por lo mismo, esta escritura bordea el silencio, la ausencia, la disolución del ser en la intemperie de un vértigo metafísico".

LUIS ERNESTO CÁRCAMO. *La Época,* Santiago, 1994.

Eduardo Correa

VIÑA DEL MAR, 1953

BAR PARADISE I (1986)
BAR PARADISE II (1987)
MÁRGENES DE LA PRINCESA ERRANTE (1991)

ARTE POÉTICA

El que escribe no es el que escribe. Se escribe y es escrito como una conminación. El poema es el sitio donde se manifiesta una necesidad. Dar cuenta del que escribe (el otro).

Alejado del espacio cenagoso de la vanidad, el que escribe lo hace desde su propia vacilación ante el vacío; y también desde la vacilación ante la plenitud. Instancias preverbales o quizás postverbales de esa metáfora geométrica en la que el que escribe está inmerso.

La poesía es así el territorio geométrico de la metáfora; y ésta, una conminación a ser palabra.

Metáfora de metáforas, el poema como un jaikú que despliega su sentido al replegarse.

Dinámica del territorio geométrico desde donde se escribe lo que se escribe.

El que escribe piensa en lo anterior como una vaga nebulosa conceptual desde donde irrumpe el poema, el que siempre termina por imponerse a todo intento por conceptualizar una poética.

Toda poética es una metáfora en un territorio de imposibles geometrías.

Ahí, Escila y Caribdis, habitan los nombres de los que siempre escriben el poema, al decir de Shelley, el gran poema en formación perpetua:

Homero, Hesíodo, Heráclito, Safo, Santa Teresa, San Juan, Garcilaso, Shakespeare, Dante, Milton, Baudelaire, Rimbaud, Nerval, Mallarmé, Lautréamont, Trakl, Valéry, Celan, Borges, Lezama, Vallejo, Sarduy, Perlongher, Kozer, Ashbury, Basho, JLM, Lihn, Mistral, Pizarnik, Rojas, Parra, et al.

El que escribe sostiene que en cada palabra habita uno de ellos. Su palabra es dádiva y deuda, pliegue y despliegue. Escribir un poema es echar suertes de manera tal que nunca un golpe de dados abolirá ningún azar.

(Especial para esta Antología)

SELECCIÓN

Llámenme Juan,
me hallo encontrado en estas territorias.
Las huellas de mis manos no son
las huellas de mis manos, sino las calles
de este mismísimo recinto.
Puedo decir:
aquí nací en mil novecientos cincuentaitrés,
aquí vivía cuando el incendio de los arsenales.
En esta cama hice por primera vez la poesía
con el recuerdo de los estampidos sobre mi cabeza.
Por eso escribo como en un gran naufragio
reflejándome en tus ojos,
invocándote como quien reza, como quien recita
de puro olvido las lecturas que lleva a cuestas.

Aclaración Primera

El que habla es su pura ficción
constelando trozos de irrealidad.

El hablante se ubica en un
lugar remoto, ficticio, abstracto,
pensado como lugar del hallazgo.
El hablante tiene el don de la
ubicuidad y nomina como
Bar Paradise la locación precisa
de su voz, mientras en el cielo
convergen aerolitos azules y bombas
de neutrones destruyendo
este recinto que nunca jamás será el
mismo.

Crescendo: In-Crescendo

Se llenó de espuma la escena,
las paredes horadadas por la metralla
dejaron escapar silbidos verdes
y nos quedamos tan ahí,
irreverentes, atentos a lo que venía.
Bar Paradise se fue desperezando en la noche,
un reggae saludaba alguna claridad
que alumbraba nuestras pupilas y los vasos.
Hermano, ese que ahí va es el Marley,
mismísimo Bob, volado hasta los huesos.
Pasa sin vernos, porque nuestros cuerpos
no son más que los cadáveres de nuestros cuerpos,
aturdidos después de ese Apocalipsis
que ni siquiera reconocemos.
No hay premios, estrellitas doradas habrá,
mientras nos deshacemos en disculpas
en el centro mismo de este recinto
que no conduce a parte alguna.

Se desviaron

Frente a la costa cerrada
los aerolitos se viraron
había que ver esa tarde
chinganas y ramadas. Banderas
en los balcones descolgándose al viento.
Los temibles huyeron lejos.
El Francis Drake miraba desde sus barcos
y Bar Paradise era una hirviente procesión
de genuflexos lascivos.

(De *Bar Paradise I*)

La primera elegía

Lo bello no es sino el comienzo de lo
terrible.
Todo ángel es terrible.

¿A quién podremos ahora recurrir?
La noche, porque lo que viene es la noche,
la de los amantes,
yacen los cuerpos exhaustos después del amor.
Hubo amor, silencios, promesas,
la fruición de mil caricias,
para luego el silencio, la soledad,
vertiente del vértigo, el sueño
vértigo. La seducción, el beso y
esa palabra oculta. Aquí estoy,
detrás de este cuerpo. Aquí va la noche.
¿Con quién quedaría ella?
Nos ocultamos uno a otro el destino.
Así lo sabemos. Puro vacío. Arrojamos
al aire este vuelo dilatado.
¿No estabas siempre distraído por la espera?
Nunca nadie llega. Antinóo desfigurado
por el Amanecer. Luciérnaga,
capitel derruido. Innombrada.
Tus muertos no son los míos. Otros
habitaron esta especie. Otras, las muchedumbres.
Solían ladrar en las afueras del palacio.
Acariciaban mi pelo (todo eso en sueños).
Abajo las luciérnagas. Desfilaban
las tropas invencibles. Salud al Gran Mariscal.
Es extraño no habitar más la tierra.
Lo sabemos al separarnos.
Al volver a las excusas del reencuentro.
Reiterada pleitesía de las horas. Creo en ti.
Extraño es no seguir deseando los deseos.
Aún sin las invitadas del otrora,
los ángeles (se dice) no saben a menudo si andan
entre los vivos o los muertos.
Miro tu cara recortada
en el espacio de mis miradas.
Hablaremos. Alguna tarde hablaremos,
aunque
lo vacío haya entrado en aquella vibración.
Ahí sólo del naufragio
nos redimirán nuestras propias palabras.

Fin de fiesta

Bravíos, los guerreros entraron en la ciudad.
Los muertos, las hogueras.
Aquellos dinteles donde lloraban las viudas
Atravesaron con estandartes,
entonando malamente canciones de victoria.
Los guerreros lucían hermosos bajo la luna
en la noche aquella repetición de tantas.
Bebieron vino,
besaron a las solitarias
e hicieron el amor
acordándose de sus próximas batallas.

Dibujo del palacio

La pequeña —princesa al parecer—
—habíamos visto tanto aquel video—,
lloraba.
Desconsolada no era la palabra.
Marta, Martuca,
detrás de estos visillos había una fuente.
Como un Chirico.
Los de abajo siguen con la bulla.
Nadie decente nos haría esto.
Mortal se muerde la cola Vishnú.
El sacrificio no les pertenece.
No contesten, puede ser la policía.
Tan feble que es este vocablo.
Tú sabías Elena que no te amaba,
sin embargo, insististe,
ya no te veremos más.
Tanto Byron suelto me da pena.
Hundo la mejilla y la almohada
me va tragando esta historia.
Qué bien, ya no se escuchan más pasos.

El poeta Lihn

Alado o no.
Alicaído, cercenado en espanto.
Volición ímproba.
Culpabilidad y retroceso.
Testicular origen del universo
que decae y decae,
más allá del laberinto: alma,
cetro, sin reino o corona.
Asesino del tiempo
"tan dulce como un cuchillo".

(De *Márgenes de la Princesa Errante*)

La geometría como proyecto imposible

1.- Escila y Caribdis.

Cerrar un ojo y abrir el otro.
La visión parcial obtenida muestra un paisaje:
árboles, unos cochecitos, niños jugando,
más atrás; brisa suave y olor a infancia.
Repetir la operación en forma inversa.
La visión parcial obtenida muestra el mismo paisaje:
árboles, unos cochecitos, niños jugando.
Más atrás, observando desde su espesura; la muerte.

Nerval.

Escribió:
"La metáfora del silencio es su puro vacío".
Porque un presagio le recorrió el rostro,
arrugó el papel. Ahora se lee:
"el silencio vacío".
El valor de toda premonición
radica en la incertidumbre. Sonrió.

(Textos Inéditos)

REFERENCIAS CRÍTICAS

"(...) interesante muestra de la poesía experimental que se está escribiendo en nuestro país (...)

El 'hablante lírico' se aboca a la tarea de recrear Valparaíso, considerado como un espacio poético(...) En los versos delirantes se alza una ciudad fantasmagórica, putrefacta, convertida en el símbolo de la destrucción.

El nombre de 'Valparaíso' se funde con el de 'Bar Paradise'. Y en el juego de palabras hay también intención semántica. ¿Por qué 'Bar Paradise'? Porque un bar es punto de encuentro, sitio de convergencia, lugar de salvación y perdición, espacio sórdido para encontrar, encontrarse... y perderse. 'Paradise'... 'Valparadise'... Evoca el paraíso perdido, lo que un día tuvimos y hoy se ha vuelto locura y soledad.

'Bar Paradise' es un lugar peligrosamente inseguro. Bajo la máscara, hay destrucción y pesadilla. El tiempo se anula y solo quedan visiones despojadas de un terrible fin de mundo (...) La escritura también asume forma de torbellino: es irónicamente declamativa, como una arenga risible, críptica a veces, extrañamente hermética, desconectada en apariencia, diabólicamente experimental. El 'ex-libris' del poeta —una vitrola impresa manualmente con un tampón de tinta— resume visualmente su idea de develar las zonas desgarradoramente ocultas a partir de la nostalgia".

MANUEL PEÑA MUÑOZ. *El Mercurio,* Santiago, 8/II/1987.

BAR PARADISE:

"Bar Paradise, hermoso formato de libro objeto sujeto, dos en uno, ya que viene en dos entregas, alojados en impoluta cajita blanca, láctea, sideral, de no me olvides, entregándonos una voz en tinta negra, portadas ambas en ojivas y ojo polifémico, con intención de sándalo, en inglés algunos decires, con idilio de la Pensativa de Chillán y razonados prismas intramundanos".

CARLOS L. PEZOA. *El Mercurio,* Valparaíso, 10/VI/1988.

MÁRGENES DE LA PRINCESA ERRANTE:

"El último poemario de Eduardo Correa consta de tres partes: *Márgenes de la princesa errante, Las postales* y *Epístola fundamental a Leonora de Aquitania.* Estas tres partes conservan un decir unitario, los textos dialogan, interactúan e intercambian signos, si bien diversos, complementarios, indagando entre las conflictivas relaciones de la cultura y el erotismo (...)"

TOMÁS HARRIS. *La Época,* Santiago, 2/II/1992.

Elicura Chihuailaf

QUECHUREWE, 1955

El Invierno su Imagen y Otros Poemas Azules (1988)
En el País de la Memoria (1988)
A Orillas de un Sueño Azul (1989)
De Sueños Azules y Contrasueños (1995)

ARTE POÉTICA

INA KALLFV PEWMA MEW / A ORILLAS DE UN SUEÑO AZUL

Elicura significa piedra transparente. Chihuailaf quiere decir neblina extendida sobre un lago. Nahuelpán: tigre-puma. Soy oriundo de Quechurewe, que es una *reducción* mapuche que está a setenta y cinco kilómetros —en dirección oriente, precordillerano— de la ciudad de Temuko.

La casa azul en que nací —y crecí— está situada en una colina, rodeada de hualles, un sauce, nogales, castaños, un aromo primaveral en otoño —un sol con dulzor a miel de ulmos—, chilcos rodeados a su vez de picaflores que no sabíamos si eran realidad o visión ¡tan efímeros! En invierno sentíamos caer los robles partidos por los rayos. En los atardeceres salíamos, bajo la lluvia o los arreboles, a buscar las ovejas —a veces teníamos que llorar la muerte de alguna de ellas, navegando sobre las aguas. Por las noches oíamos los cantos, cuentos y adivinanzas a orillas del fogón, respirando el aroma del pan horneado por mi abuela, mi madre, o la tía María, mientras mi padre y mi abuelo —lonko de la comunidad— observaban con atención y respeto. Hablo de la memoria de mi niñez y no de una sociedad idílica. Allí, me parece, aprendí lo que era la poesía. Las grandezas de la vida cotidiana, pero sobre todo sus detalles, el destello del fuego, de los ojos, de las manos.

Sentado en las rodillas de mi abuela oí las primeras historias de árboles y piedras que dialogan entre sí, con los animales, y con la gente. Nada más, me decía, hay que aprender a interpretar sus signos y a percibir sus sonidos que suelen esconderse en el viento. Tal como mi madre ahora, ella era silenciosa y tenía una paciencia a toda prueba. Solía verla caminar de un lugar a otro haciendo girar el huso, retorciendo la blancura de la lana. Hilos que en el telar de las noches se iban convirtiendo en hermosos tejidos. Más de una vez —como mis hermanos y hermanas— intenté aprender ese arte, sin éxito. Pero guardé en mi memoria el contenido de los dibujos que hablaban de la creación y resurgimiento del mundo mapuche, de fuerzas protectoras, de volcanes, de flores y aves.

(Fragmento de *Escrito ensoñándome en Rotterdam, bajo la luna de los brotes cenicientos*).

SELECCIÓN

La llave que nadie ha perdido

La poesía no sirve para nada, me dicen
Y en el bosque los árboles se acarician
con sus raíces azules y agitan sus ramas
el aire, saludando con pájaros la Cruz del Sur
La poesía es el hondo susurro de los asesinados
el rumor de hojas en el otoño, la tristeza
por el muchacho que conserva la lengua
pero ha perdido el alma
La poesía, la poesía, es un gesto, el paisaje
tus ojos y mis ojos muchacha, oídos corazón
la misma música. Y no digo más, porque
nadie encontrará la llave que nadie ha perdido
Y poesía es el canto de mis antepasados
el día de invierno que arde y apaga
esta melancolía tan personal

KallfuMALEN

Estás lejos, y eres la visión la sombra
que veo como a las ramas de un árbol
en una noche de invierno
Los treiles me están diciendo que vuelves
Espero mientras respiro el olor de la
    vela recién apagada

Si vienes, me digo
te ofreceré, al salir el sol, mis cantos
    y metawes
te daré un vestido hermoso
recogeré para ti flores de las que crecen
    junto al agua

Pero eres la visión la sombra, y estoy solo:
los treiles se van perseguidos por granizos
en vano las ramas del árbol intentan
espantar al invierno
y en mi garganta se quedaron las palabras
que nunca te dije.

ANTES DESAPARECIERON (A) NUESTROS HERMANOS ONAS. MAPUCHE HERMANOS, PARA NOSOTROS QUIEREN LO MISMO

Estamos aquí amigos, como pájaros que
no se ocultan
y son presa fácil para los cazadores
Sólo buscamos una última oportunidad
para tomar las riendas de nuestro destino
Estamos lejos porque nos han desterrado
pero nacen hijos que llevan nuestra sangre
con ellos volveremos, una tarde, al terruño
(¿no es acaso la tarde como la vejez
la hora en que el día y el hombre esperan
morir en paz?)
Sopla el viento sur, en un país extranjero,
y nos hace recordar
el olor de los canelos y arrayanes
que llenaban los pulmones
Sopla el viento sur y nos recuerda que
en las ciudades de Chile
hay muchos que nos discriminan y nos dan
los peores trabajos
(así ¿podemos poner otra vez la cara
para que nos golpeen?)
Del Este viene el viento, ha llegado
la hora de retornar
Beberemos muday, beberemos agua en las
vertientes.

En este suelo habitan las estrellas

En este suelo habitan las estrellas
En este cielo canta el agua
    de la imaginación
Más allá de las nubes que surgen
de estas aguas y estos suelos
nos sueñan los antepasados
Su espíritu —dicen— es la luna llena
El silencio su corazón que late.

Las lluvias tensan otra vez las cuerdas

Las lluvias tensan las cuerdas de su brisa
y, arriba, es el coro que lanza el sonido
    de la fertilidad
Muchos animales hubo —va diciendo
montes, lagos, aves, buenas palabras
Avanzo con los ojos cerrados:
Veo, en mí, al anciano
que esperando el regreso de las mariposas
habita los días de su infancia
No me preguntes la edad, me dice
y estaré contento
¿para qué pronunciar lo que no existe?
en la energía de la memoria la tierra vive
y en ella la sangre de los antepasados
¿comprenderás, comprenderás por qué —dice
aún deseo soñar en este valle?

El Habla de los ríos

Brillando mientras el dulce olor
        de canelos y laureles
subía hacia los cielos
los padres de mis padres miraban
        la Cruz del Sur.

Sueño de agua turbia

Mas en mi alma —en mi sueño— la música
de la confusión
agita sus alas y no veo a mis hijas
ni a mi mujer
ni a mis padres. Y el tiempo los lugares
son el Metro de Santiago de Chile
con puertas que vertiginosas se cierran
se cierran
(y los amigos que debían estar
el rumor de los bosques que se fueron).

Porque soy la fuerza de lo innombrado

He soñado en la luna creciente
dice
y he trabajado los campos
Antes que las palabras
y que las flores fui
(y más lejos)
Para mis hijas construyo
la casa de plata
mientras con el cabello al
viento
cabalgo sobre el arco iris
Soy el agua que corre
Dormido va el mar en mí
y despierta la montaña
Porque soy la fuerza de lo
innombrado, dice
corona del sol: tu canto.

(De *El Invierno Su Imagen y Otros Poemas Azules*)

Sueño en el Valle de la Luna

Estoy aquí en una piedra blanca
Los cerros y las nubes se alzan
como si fueran serpientes que disputan
Entre las aguas y la tierra parece
dividirse mi espíritu
No deseo pensar, estoy tan lejos
de mi jardín
Sostengo el trompe en la memoria
(el sonido del amor)
Mas tomo la guitarra y entro al sueño
Descanso mis dedos sobre sus cuerdas
tensas
pues sé que luego las sentiré vibrar
estremecidas por el canto de la floresta.

Gran tigre Nahuelbuta

Me encuentro lejos de mis padres
y de mis hijas
y no sé aún cuando volveré
por eso mis pensamientos
hacia ellos van
tristes, pero claros como rayos
de luna nueva
De mis ojos ya brotaron
lágrimas abundantes
y cordilleras y cantos vienen
al horizonte de mi memoria
Por nuestra gente estás ahí
hablando en esa tierra lejana
En el lago del sueño, me está
diciendo
el resollar del tigre azul.

(Textos Inéditos)

REFERENCIAS CRÍTICAS

"No cabe duda que Elicura es un poeta de su raza, de un pueblo, de una cultura, y en este sentido su obra tiene la significación de los poetas guías y conciencia.

No hay poesía sin alegoría, sin que el lenguaje aluda a otra cosa diferente a lo que dice: el lenguaje que el propio poema habla. Y esto que es parte del oficio parece saberlo Elicura, que sabe utilizar los diversos recursos del oficio, desde el empleo de los espacios de la página, hasta las diversas formas analógicas, musicales y rítmicas.(...)"

JAIME VALDIVIESO. *Revista Punto Final,* Santiago, enero, 1992.

"(...) A las teologías cristianas, la poesía de Chihuailaf las interpela desde una experiencia mística, la de la afirmación simultánea de los contrarios: la revelación de Dios es descubrimiento de la propia identidad; entender la vida es aceptar la muerte; proyectar el futuro es recibirse del pasado; el espíritu se enraíza en la materia que de él emana o la materia vive del espíritu al que da a luz.

(...) Las místicas no cristianas son también un llamado desde la ecumene a no encerrarse en un lenguaje y sus posibilidades. El bilingüismo de Elicura Chihuailaf nos es cercano y lejano a la vez. Un pueblo con una visión del mundo distinta toma la palabra en sus versos. Y tiene mucho que decir".

MANUEL OSSA. Santiago, 1992.

"(...) sus imágenes que como *el rumor de hojas en el otoño* interpretan el antiguo canto de la naturaleza, resultan cerradas, herméticas para aquel que ya no sueña, para el que no siente y no comprende la ancestral sabiduría de los abuelos que al hablarnos: ... *nos recuerdan a nuestros muertos y desaparecidos / y nos enseñan a entender el lenguaje de los pájaros..*

(...) Poeta que no es 'un pequeño dios' ni ha 'bajado del Olimpo' (nunca ha estado allí). Poeta que modifica, exige a su escritura porque con ella está (re)creando el sentido de la oralidad mapuche, aquella que se constituye, es en el compartir de lo vital. Ese lugar donde la poesía, el canto, se despersonaliza y se hace común. Ahí donde el poeta de ahora vuelve a ser, como antes, el Weupife, el orador que mejor habla y que al hacerlo incita, convierte, y —vencidas las muchas sorderas y mutismos— puede (debe) hacer que la tejedora retorne a su witral (telar), a terminar su interrumpido ñimin (tejido), y que el hombre ensille nuevamente su caballo para el awvn (oración hacia el oriente), ambos más preparados, más sabios".

JOSÉ ANCÁN. *La Época,* Nº 206, Santiago, 1992.

Carlos Decap

MULCHÉN, 1958

ASUNTO DE OJO (1991)

ARTE POÉTICA

UN CARACOL NOCTURNO EN UN RECTÁNGULO DE AGUA

Cada vez que me encuentro ante una poética, me acuerdo de un viejo "novísimo" poeta español que decía que cuando le pedían una poética recordaba a Johnny Hodges cuando le preguntaban qué era el jazz. Entonces Johnny tomaba su saxo y lo tocaba como sólo él sabía hacerlo y contestaba: esto es el jazz. También me acuerdo de Piazzolla cuando le preguntaban si lo que tocaba era jazz o tango. Él respondía que los que quisieran escuchar jazz o tango no escucharan a Piazzolla, pero si querían escuchar sólo a Piazzolla, entonces sí lo hicieran.

Para mí la poesía también va por ahí: es lo que uno hace, motivado por no sé qué misterios, análogos a los de la creación en general. Se escribe para darle sentido a la vida. Se vive poeta para la poesía, esa amante infiel a la que sin embargo siempre uno está volviendo para hacer ese amor que embriaga más que el vino y que borra espacio y tiempo. Cópula con el mundo entero.

Alguna vez, estudiante estructuralista, creí —nada nuevo bajo el Campanil— que había dos tipos de poetas: los vitalistas y los culturalistas. Los que se nutrían de la experiencia de la vida y los que lo hacían de la cultura. Yo me inclinaba ante los primeros, aunque también reconocía cierta mezcla con los segundos. Al final ni tan lo uno ni tan lo otro. Ambas cosas hacen a un poeta: la cultura de la vida, la vida cultural. Juego de palabras, eso es poesía. La historia está en lograr un tono personal, una mirada particular. Para otros queda revolucionar nada.

Asunto de ojo, mi primer libro, es un viaje al País de la Poesía. Y detrás de su aparente nostalgia, hay una apuesta por la palabra que da vida, que salva, por lo menos al sujeto de sus textos, que no necesariamente es el que escribe, el poeta, el que vive.

Otra vez, enredado en este mismo cuento de las poéticas, me encontré con una definición de poesía de Lezama Lima —"La poesía es un caracol nocturno en un rectángulo de agua"— y encendí mi Mac y escribí, como Johnny con su saxo o Piazzolla con su bandoneón.

(Especial para esta Antología)

SELECCIÓN

YA NO HAY NADIE EN LA CALLE

Ya no hay nadie en la calle
que tu mirada ha despoblado
de cuerpos sonámbulos.
Todo parece falsamente en calma.
Hasta los mismos tilos de la plaza
permanecen petrificados
en esta oscura página de la ciudad.
Sólo un perro parece presentir
mejores días
husmeando un basurero
instalado en pleno centro de la concepción.
Palabra: da miedo cerrar/abrir los ojos.

PÁGINA DE LA REALIDAD

Joe Turner da vueltas el disco por toda la casa.
Su voz lo penetra todo, la trompeta de Gillespie,
pero no puede con el tecleo de la máquina.
La niebla afuera y poco a lo lejos.
Aquí Joe y yo estamos salvados del frío.
La realidad se serpentea en la página.
Pero nada me dice de ti esta página de la realidad.
Tampoco nada dice de lo que hay tras la niebla,
de lo que cae cada día en alguna parte del día.
Pero el día se abre, se disipa la niebla
justo cuando la voz de Joe se apaga el tocadiscos.

LOS TERRITORIOS ENCANTADOS

Recortada contra un cielo gris
una mujer monumental
está con los ojos cerrados.

Parece encandilada o sueña.
Sobre un hombro una paloma blanca
está posada mirándola.
La mirada se centra
en sus redondos senos,
en la luna que se le ve en el ombligo.
Atrás la ciudad como ella duerme.
Ella está parada en los territorios encantados.
En los territorios encantados todos sueñan,
pero si se miran bien sus ojos
se verá una especie de temblor
que los sacude
como si se pasaran una pesadilla.

LOS ESPEJOS DEL TAHITI

Me encuentro en uno de los tantos
espejos como luna del Tahiti.
Pálidas mesoneras polinésicas
me ofrecen cerveza con el sol en los labios.
Afuera los autobuses pasan vacíos.
También se ve rojo neón el aviso del Capri.
En la radio está una balada de John Denver
y en otro espejo del Tahiti
una palmera
delante de una antigua iglesia.
Como muchos ando en la máquina del tiempo:
me he pegado entre los espejos del Tahiti.

FOTOGRAFÍA DE LA MEMORIA

Un transatlántico se acerca al puerto poesía.
Pasa frente a la isla Narrativa.
Tras de sí deja en el aire distante
la orla vaga de su humo.
Ya entra en la bahía
y con él entra la mañana.
Comienzan a bajar los pasajeros.
Los pasajeros son prisioneros de guerra.

Al frente de mí se baja mi amigo Álvaro.
También diviso al poeta Pérez.
Mi padre dónde vendrá que no lo veo,
pero claro él no se baja aquí
sino más al sur y en un auto de arriendo.
Sobre sus hombros trae mantas y frazadas.
Volando salgo a su encuentro.
El encuentro es ya una fotografía más
que recuerdo en esta otra orilla
de la bahía poesía.

El restaurante de La Sirena

Parado al comienzo del poema
sin saber
adónde iremos a parar
a este ritmo de coñac,
viendo pasar París por la ventana
y acompañado del viejo Kerouac.
Día de lluvia en la imaginación
y muchos paraguas.
Con ganas de llamar a mujer
para leerle este poema,
contarle cuánto cuesta escribir/vivir.
Ayer compré un hermoso cuchillo
—le digo— para cortarse los sueños.
Algún día.
Hoy no puedo dejar solo al viejo Kerouac
sentado en la mitad de este bar
pintado por Van Gogh.

La Ciudad de los Poetas

La poesía me abandonó a media noche
un día que caminaba extranjero
con las manos en los bolsillos
y el corazón escarchado.
La soledad brillaba
como una luna

al fondo de mis ojos.
Yo era un velero loco
a la deriva
en las calles de Nadie.
Sin embargo la vida
me hizo un guiño
y siguió como si nada.

Caracol nocturno

En qué estábamos? Ah, la poesía, cómo no,
ese caracol nocturno en un rectángulo de agua
de Lezama que siempre te gustó
porque la poesía es eso,
un montón de palabras rotas
pero que sin embargo cantan,
cantan para el que tenga oídos,
cantan la esquizofrenia de los días
grises y lúcidos en un café de Pessoa,
con calles ojerosas y pálidas
que llevan a Ninguna Parte,
con semáforos locos siempre rojos,
con la puta neblina confundiéndolo todo,
con sus muertos bajando desde los cerros
soplados por el viento,
con piano de Óscar Peterson cayendo
en cascadas en plena plaza
de armas de la literatura
con su sonido negro de jazz,
para que las palabras sigan cantando
con su nueva letra la vida,
se hagan poesía.

(De *Asunto de Ojo*)

Un perro cool

Volví a ladrar, pero sin la seguridad de antes, mi relato. Las palabras se fueron hilando solas y extendiéndose a lo largo de la página. Seguía metido con la misma obsesa idea de contar el cuento. Sin embargo, percibía en aquella idea la trampa en la que había caído. Tempranamente intuía el riesgo de ladrar más de la cuenta. Al final daba igual. Contaba como aliado al tiempo. Más tarde seguiría la pista correcta. Por ahora barajaba las cartas, solitario. Me gustaba la idea del as de trébol, bajo la manga. Pero como siempre me adelantaba a los hechos. Ya no diría más sobre la baraja. Cada cierto tiempo, las reglas del juego cambiaban. Aunque igual me condenaban. La suerte ya estaba echada, como un gato. Y yo soy el perro. Y ahí estamos. A veces le aúllo como si lo hiciera a la luna.

Esos días tristes en que uno es tan frágil. Soy un perro noctámbulo, un cool de tierra. Ladro bastante, pero no muerdo. Tengo adentro esa alma tan vulnerable de todo egoísta. Sé, en todo caso, como buen perro, ser fiel. Pero pobre del que se me cruce desafiante. A otro perro con ese hueso. He sido también bastante perro con las perras. Alguna vez fui perro del hortelano y quemé la casa de una que se fue con otro. Con ello me hice merecedor de un titular de la prensa amarilla y me eché encima la perrera municipal. Cambié de barrio y de pelaje. Me hice otro. Levanté la pata en mis nuevos territorios donde la ley no llegó con su música carcelaria. Atrás dejé la vileza del alcohol que me llevó a arrastrarme por las calles, como un vago, a dormir en las entradas de los metros o de los edificios abandonados. En el camino me hice poeta y canté mi suerte perra. Luego levanté cabeza. Cabeza azotada como la mía, ninguna. Testigos son los muros de mi antigua casa y de algunas comisarías. Esperé años que vinieran por mí, esa jauría que prometió venganza. No me encontrarían con las manos en los bolsillos. Perdí mi juventud en la espera. Ahora nadie me busca, ni me ladran feo. Pero no pierdo la esperanza. Esa es mi condena.

(Texto Inédito)

REFERENCIAS CRÍTICAS

ASUNTO DE OJO:
"(...) Un libro hermoso, habitado de aura trágica y heroica, donde se recorren, entre otros, los lugares de un Concepción sin esperanza. Libro de lugares más que habituales. El Nuria, la noche sudamericana, las cavernas del puerto cercano, la calle Valdivia, la radio con Sumo, el Cecil Bar, la voz de Ella Fitzgerald, la ciudad lila. Un libro propio del país de la poesía, y de una nostalgia imposible y aceptada, por el tiempo que transcurre".

ALEXIS FIGUEROA. *El Sur,* Concepción, 10/VI/1992.

"(...) Frente al ojo descriptivo, superficial y parcial, la propuesta de Decap es rehabilitar una nueva mirada, que se formule resemantizando los objetos vistos, los que ocultan una doble realidad: 'la realidad tiene siempre otra cara dicen'. No es una nueva mirada, sino un reencuentro con la verdadera mirada".

SERGIO GÓMEZ. *El Sur,* Concepción, 12/VII/1992.

"La mirada del poeta es capaz de entrar en ese mundo oculto que es definido como el fundamento de la apariencia. Junto a la mirada, la palabra es el marco, la ventana por donde se accede a esa realidad. La palabra es reivindicada como lo propio, lo 'único' propio, aunque al final nada le corresponde al poeta sino la derrota de la soledad, puesto que el poema se planta a vivir una vida ajena.

Desde *La ciudad y sus fantasmas,* pasando por *Los territorios encantados, Cavernas del puerto, Bar Chile,* hasta llegar a *El país de la poesía* —todas ellas secciones del libro—, se va plasmando la convicción de la inutilidad del ejercicio poético. (...) El ojo describe, define, capta, pero en esa desnudez de trazos se percibe el vacío. El ojo da cuenta de su mirada, pero el poeta va siempre más allá.

La ciudad es el ámbito en donde se mueve esta poesía. Es un espacio fementido, una herida llena de seres muertos, *ella misma una inmensa costra.* En la ciudad el poeta es un ciudadano perdido, solitario, derrotado, vestigial. El fenómeno de la creación poética se mezcla con la soledad. El acto de escribir, este madero que salva, esta ventana para no sentirse más solo, esto que se quiere pero que no tiene sentido, es también un motivo, una ansiedad circular".

CARLOS JORQUERA ÁLVAREZ. *Las Últimas Noticias,* Santiago, 12/XII/1992.

Bárbara Délano

SANTIAGO, 1961

EL RUMOR DE LA NIEBLA (1984)

ARTE POÉTICA

He viajado algunas veces a México, donde siempre he encontrado una especie de "desabotonamiento" a mi incipiente concepto de la realidad. (...) Lo demás son mis ganas de seguir escribiendo, mi profundo disgusto con todo lo que he escrito, mi pasión por Vallejo, por Eliot (a quien descubrí hace poco, gracias a la inolvidable lectura de un amigo), por César Moro, por el invierno de Santiago y sus muros que ya empiezan a descascararse, y por supuesto por los sueños que siempre han despertado en mí una extraña obsesión.

El resto son lugares comunes; creo que la poesía debe salir a la calle y que algún día —como dijo nuestro conde de Lautréamont— "La poesía será hecha por todos".

(Fragmento de *Entre la lluvia y el arcoiris, Antología de Jóvenes Poetas,* Soledad Bianchi, Ed. Instituto para el Nuevo Chile, Rotterdam, Holanda, 1983).

SELECCIÓN

El viaje

El fuego no prende pues
llueve y estamos desnudos.
En la orilla
un encaje de leños se balancea.

Hacia el abismo.
Sobre el monte nubes grises.

El rumor de la niebla que se expande.

(no veo nada ¿dónde estás?
¿dónde están los otros?
En el borde sobre la madera camino
con los brazos extendidos yo también
ando buscando un foso para morirme)

Apenas arden minuciosamente algunas
astillas sobre la tierra mojada.
Toda la extensión
es el último camino.

Hacia el fin.
Desde la tierra.

La niebla que nos cubre.

(No veo nada ¿dónde estás?
¿dónde están los otros? ¿los ves?
¿puedes verlos?
Hemos venido aquí para perdernos
para cansarnos de no ver bajo la lluvia
¡Déjame cargar este madero!
Yo también soy una cruz
buscando el sacrificio)

No hay fuego pues
llueve y estamos desnudos.
He aquí el paisaje
en toda su extensión.

Hacia lo largo y ancho de las cruces.
Sobre el abismo,

este inútil paseo de solitarios.

Los viajantes

Estamos tras la puerta
observando a los que se van de este baile
donde nos reímos de nosotros mismos.
Mañana, en una esquina que no quiere encontrarnos
volveremos a decirnos: "He ahí el placer;
un foso abierto en cruces crueles,
una fila de muñecas rotas en el Porvenir".

Escuchamos el ruido de un reloj que retumba
en los espejos de un sueño que no logro recordar.
La memoria es un cadáver que se incendia
para siempre en la llanura,
un labio vaginal que palpita sobre la fina comisura
de la boca de un bosque de plateados diamantinos
(orfebrería de sabios al borde de las aguas infinitas
que esperan impacientes y no saben
que nunca volveremos a humedecer
la trenza muerta
con que nos hemos engañado tanto).

Hoy apenas disponemos de una sutil abertura
para depositar las fotografías de nuestros héroes
de infancia;
Este tiempo es un foso que siempre nos anda buscando,
una estaca que persigue su destino.
Estamos aquí despidiendo a los que se van
a la otra orilla de este viaje
el mañana es un fonógrafo perdido en una selva virgen,
una estepa que bien podría ser un mar.

Por las ventanas abiertas para siempre
a las tumbas regresantes
huyen infinitos caballos perdidos de carruseles
y en los sueños que llevamos al abismo
nuevamente rebrotan los mirtos
que nos acompañaron siempre las silenciosas,
frías
e inconfundibles noches de Santiago.

VIDRIO PÚRPURA

Desde Sidón, la fenicia, partían las naves.
Allí inventaron el vidrio y el color púrpura,
partiendo y regresando, 2000 años antes de Cristo.

Desde Sidón partieron las naves cargadas de esclavos.

Los fedayines tienden sus carpas
blancas como las paredes que se levantan
a lo largo de los pueblos de El Líbano.

Habían creado un alfabeto de 22 letras y
con ellas
narraban el soplar de las velas desplegadas en el
Mediterráneo 2000 años antes de Cristo.
Su poderío fue disputado por asirios y babilonios
griegos y cartagineses.
Conocían las palabras partir y volver tanto
como las orillas del mundo.

Las muchachas guardan puñados de
tierra perdida
y esperan el regreso de los soldados mientras
las aldeas arden y alguien canta:
"Yo me quiero llamar Abdul, Jasser, Faruk.
Yo alzaré este pañuelo sobre las alturas del
Lubnam..."

Sidón, la destruida, fue tomada por
los musulmanes el siglo XIII, 1200 años

después de Cristo, cuando las naves aún
tenían velas.

Los fedayines cargan sus carpas sin poderío
sintiendo la ceniza caliente bajo los pies.

Desde Sidón partieron las naves, hacia el mar.

"En Palestina nos volveremos a encontrar"
gritan los muchachos y suenan las sirenas de
los barcos en que volverán a partir.

Desde Sidón partieron las naves, hacia el mar.

"En Palestina nos volveremos a encontrar"
y la ceniza levanta sobre los manchados
caminos de El Líbano pequeñas
partículas de vidrio púrpura.

El anfitrión

Estoy tras la puerta
despidiendo a los que se van.
He venido aquí para llorar
sobre este mantel blanco
las cosas que pasaron.

("Buenas noches, Bill. Buenas noches, Lou.
Buenas noches, May. Buenas noches.
Adiós, adiós. Buenas noches. Buenas noches.
Buenas noches, señoras, buenas noches,
simpáticas señoras,
buenas noches, buenas, noches".)*

Luzco una corona
de flores difuntas
aquí
donde la memoria es un cadáver
que se incendia para siempre en la seca llanura
un espacio donde se consumen esas voces perdidas.

("Buenas noches, Bill. Buenas noches, Lou.
Buenas noches, May. Buenas noches.
Adiós, adiós. Buenas noches. Buenas noches.
Buenas noches, señoras, buenas noches,
simpáticas señoras,
buenas noches, buenas, noches".)

Vine aquí porque soy macabro,
aquí
donde apenas dispongo de una sutil comisura
para depositar las fotografías de mis héroes de infancia
aquí
donde la tarde es un montón de arena
remarcando nuestros remotos charcos
y el agua
un espejo en que se esconde el tiempo.

("Buenas noches, Bill. Buenas noches, Lou.
Buenas noches, May. Buenas noches.
Adiós, adiós. Buenas noches. Buenas noches.
Buenas noches, señoras, buenas noches,
simpáticas señoras,
buenas noches, buenas, noches".)

Estoy tras la puerta,
arrepentido
(Buenas noches a todos, buenas noches)
Tras mi rostro cae una lluvia añeja
aquí
donde un cardo insinúa acuosos vapores que no quiero
recordar
aquí
donde una maldita voz de nieve me susurra
"te has equivocado".

*La cita corresponde a T.S. Eliot, *La Tierra Baldía.*

(De *El Rumor de la Niebla*)

REFERENCIAS CRÍTICAS

Bárbara Délano es una joven voz lírica que, quizás por sus continuos desplazamientos fuera del país y sus publicaciones en el extranjero, no ha tenido por parte de la crítica la atención que merece. En efecto, la poeta en cuestión ha buscado entre varias alternativas un lenguaje que se acomode a su sensibilidad personal en dinámica evolución. Una dinámica acorde al ritmo de los tiempos.

Es así como encontramos en sus trabajos fuertes referencias al contexto histórico-político en que se formó y creció, —"El estadio está vacío/ y sin embargo/ hemos permanecido desde hace muchos años/ Aquí/ frente a este partido que nos fue postergado"—, además de incursiones en opciones surrealistas, eróticas y también lúdicas.

La hablante lírica percibe, describe y analiza escenarios de una ciudad que sólo le sirve a los hombres para incubar nostalgia, desengaño y decepción. "En este otoño/ Santiago viejo y cafesoso/(...) Los días que se angostan/ y cada cual sabe arreglárselas/ para no decir nada de sí mismo/".

Un par de años después y a la sazón becaria de la Fundación Pablo Neruda en 1988 nos sorprende con la presentación de una hablante lírica absolutamente distinta que anula fronteras. Su estadía en México queda en evidencia en el lenguaje de sus nuevos textos. Aparece más lúcida, ha abierto los ojos y asume una posición agresiva de defensa. Ha redescubierto con más crudeza las advertencias mistralianas. "Aquí frente a la canallada nosotras/ las que insultadas crecimos/ en el descampado de las ilusiones/ nosotras las más bonitas/ las que íbamos a ser reinas".

Bárbara Délano utiliza un recurso interesante para potencializar la idea de protección-desamparo y es la alusión a la fotografía (...). Hay un intento de fijar un pasado desaparecido, un ayer donde el amor, la solidaridad y el cariño primaban sobre la violencia actual.

(...) Pero entre tanta violencia, tanta vulnerabilidad, tanto desamparo no puede estar ausente la percepción de la muerte que ella materializa en un viaje "hacia el abismo", "hacia el fin", "hacia lo largo y ancho de las cruces", como "este inútil paseo de solitarios". Los seres humanos pasan por el mundo sin entender mucho de qué se trata: "Las palabras se hicieron caleidoscopio interminable/ y nunca nos fue concedida la revelación/ de los que vivían y nos veían vivir/ Nunca nos dejaron entrar a sus casas", para terminar con un triste "estoy tras la puerta/ arrepentido/ aquí/ donde una maldita voz de nieve me susurra/ te has equivocado". Interesante giro defensivo mediante la utilización, para el tratamiento de este tema, de un hablante lírico masculino.

MARÍA LUZ MORAGA. Especial para esta Antología.

Soledad Fariña

ANTOFAGASTA, 1943

EL PRIMER LIBRO (1985)
ALBRICIA (1988)
EN AMARILLO OSCURO (1994)

ARTE POÉTICA

Encontrarla   en mi sueño

asirme somnolienta a su borde dorado
seguirla   hasta donde me lleven sus contornos

y después

empinarme sobre su cuello   su hombro

        buscando resplandores
        al fondo de su ojo

        Contemplarla   como a espejo vacío

        Inventarla   en alientos
                        en soplos repetidos

        y ver
que apenas dibujada en el aire
el aire se encabrita y sale a buscar paisajes
        otros   imposibles de deletrear

Caer en la oscuridad informe de su semilla

y volver a trazarla en la ilusión
de su sonrisa oblicua

Cabalgarla   (otra vez
              y otra)

              encontrar resplandores
              en su laguna   oscura
Sumergirla

              vestirla con el vértigo
                      de no poder nombrarla

SELECCIÓN

TODO TRANQUILO, INMÓVIL

Había que pintar el primer libro pero cuál pintar
cuál primer   tomar todos los ocres   también
el amarillo oscuro de la tierra
capas unas sobre otras: arcilla terracota ocre
arañar un poco   lamer los dedos para formar
esa pasta ligosa
untar los dedos   los brazos   ya estás abierto
páginas blancas abiertas   no hay recorrido previo
tratar de hendir los dedos

— Por qué tan tristes   por qué así estos
colores,
dicen, preguntan los choroyes de alas verdes
que pasan en bandadas
— Por qué esa oscuridad, gritan
— Hay un negro que sombrea   que nos cubre

Se alejan pero no alcanzan a ver el rojo que descubro
debajo de mi axila

— No hay claridad, no hay claridad, graznan
— Ha caído la nube gris sobre mi vuelo: eran granizos
era hielo el que quebró mis alas

Y ahí en las alambradas, suspendido su vuelo
se dan a murmurar

todo tranquilo   inmóvil   apacible

AÚN NO ES TIEMPO

Muge la tierra el ocre el terracota el gris el negro
abrir la axila, hay una herida inmensa   volcán

reteniendo sus aullidos;
acallarlo

— Aún no, aún no es el tiempo de la poda de las
guías rastreras,
mascullan los choroyes,
— Aún no es el tiempo de la poda de las guías
rastreras

Mirar el hueco entonces —pobres humores grises
y taimados—, detener el impulso, volcarse al agujero:
hay un rojo que brama por estallar
— Aún no es tiempo,   aún no es tiempo

Hay una suavidad en ese monte en esa curvatura

Diluida cae   deviene la arcillosa
las yemas esparcen la tintura acuosa por esa
superficie curva

— Hay una suavidad en ese monte en esa
curvatura, susurran los choroyes,
hay una tibieza incitadora, hay unos
misterios insondables en esa curvatura

Acaricia la tinta, bajan las yemas acariciando
con ademanes suaves, pero hay un musgo adherido
hay una maraña tupida que estorba   detiene
el deslizar
Separan los machetes afilados la maraña
tupida

(De *El Primer Libro*)

* * *

El barro cuartea
nuestros lomos
sugiere estrías   caminos secos

arbustos espinosos de ramaje amargo
El sol reverberando ulula
en las orejas

Vientos huracanados

incrustan polvo rojo
a la mirada roja

Amarillas
fisuras atraen
nuestros dedos Escarbamos
los rostros reconocen
la Imagen

YO TÚ

(De *Albricia*)

* * *

Pac Pac pec pec

respira el arcoiris soplando bocanadas
al espiral de mi oreja

Cu Cuy yut yut

responde en serpentinas
el caracol de mi boca
recordando el sonido de los cielos calientes

* * *

La luz oblicua me horada
azules y grises superpuestos me conforman

estoy plena de quietud Pero hablan
mis bordes en amarillo oscuro

tengo un pequeño caracol petrificado
en mi base

pero es mi luz la que habla

* * *

Me han cavado hornacinas
para honrarme

unas al lado de otras
nos decimos palabras misteriosas:

arena   pálida   fósil

caracol   humeante

* * *

Dos profundas fallas
me hienden los costados

carcomida   en abrupta ladera

me inclino recreando
siete terrazas verdes

* * *

(Veo hombres guiando caravanas de llamas

veo hileras de músicos
parejas de bailarines
veo lagartos   peces

pintura en tintes rojos)

(De *En Amarillo Oscuro*)

* * *

Ábreme   le pido   ábreme
impulsa con tus labios mi saliva
abre canales a mis aguas   abre mi piel
ensancha las zanjas de mi boca
desarraiga mi pecho enmohecido ahuécalo con
tu soplo
expande con tu susurro nuevo mis alvéolos
llena de preguntas el ramaje de mi pelo
golpea todas mis puertas   mis ventanas
las ranuras secretas las perversas —esas que guardo
bajo cinco
llaves—
descerrájalas con tu aliento
penetra con tu latido en mis oídos   quiero escuchar
cómo nombras
el quejido del mundo más allá del espiral de mi eco

Abre mis labias
recórrelas a ver a qué nostalgias te sabe su secreto
recoge mi temblor en un haz y dispérsalo
junto con tu huracán desata mis pupilas de su amarra de
colores furtivos
libera el remolino de mi voz en tu canción nocturna
abre mi mano y deposita en su palma tu mariposa quebrada
baja hasta filtrar tus gotas una a una
en las mías   deja escurrir tu herida
ábreme canturreando en sordina
a eso has venido
con tu sabor de miel enredado en los dedos

(Texto Inédito)

REFERENCIAS CRÍTICAS

EL PRIMER LIBRO:

"Varios son los nudos, de este tejido poético, que una lectura sabe desatar y reatar para seguir el intrincado sentido. 1) Que el primer libro es un libro fundador de mundo. (...) 2) Que es piedra angular de reflexión o autorreflexión de la escritura: 'no hay recorrido previo' 3) Indicación de la posición de la creadora frente al blanco de la tela o de la página y postulación de la pintura como escritura 'Había que pintar el primer libro pero cuál pintar/ páginas blancas abiertas'".

MARÍA TERESA ADRIASOLA. "Lo sagrado del Primer Libro: el libro de la creación", Revista *Lar,* agosto 1987.

EN AMARILLO OSCURO:

"(...) Probablemente, Soledad Fariña es la poeta que, presionando y contorsionando el lenguaje, más abiertamente busca la configuración del deseo erótico y del clímax sexual dentro de la poesía de la mujer en Chile actual".

JUAN VILLEGAS. *El Discurso Lírico de la Mujer en Chile: 1975-1990,* Mosquito Editores, Santiago, 1993.

"(...) su expresión americana, se encuentra cruzada por una sintaxis diferente; su palabra está plena de símbolos, colores, imágenes naturales, que ella yuxtapone, para forzar el lenguaje que la atrapa, por estar éste ceñido a códigos que no alcanzan a decir esa antigua realidad.(...) En este texto, tanto el Fénix del vuelo creador, como el 'camaquén' o fuerza vital de la creación, están presentes en íntima correlación, sin ser pronunciados, sólo encarnados en las voces mixtas que componen el texto. (...)

Así, ante la inmensidad de la cosmovisión andina, ante la inmensidad de las preguntas que surgen al contemplar el mundo andino, tal vez indescifrable para la mirada occidental, la poeta intenta darle sentido al sin sentido, desde poemas-miniatura; son poemas intencionadamente pequeños, palabra sintética, depurada, con el objeto de liberar la palabra de toda ornamentación, y así profundizarla, forzarla (...)

(...) crea una voz poética móvil que se desliza en consonancia con la naturaleza, con sus animales, con los sonidos, los colores y busca la fusión con un orden natural, orden anterior, matrístico y desde esa fusión surge su palabra".

ELIANA ORTEGA. *La Época,* Santiago, 30/IV/1995.

Jaime Hales

SANTIAGO, 1948

ENCUENTROS (1982)
PALMERAS Y OTROS RECUERDOS (1984)
DE CÚPULAS Y AMORES (1987)
PARA TI, COMPAÑERA (1988)
CAUTIVERIO, EL LIBRO DE LOS NOMBRES (1989)
DULCE MÍA (1993)

ARTE POÉTICA

"No soy leñador ni superhombre, pero corro tras las cumbres inmutables en busca del destino y de mi nombre", dije en *Encuentros* (1982) lo que era una confesión pendiente desde que me inicié en la escritura. La tarea de escribir era un desafío, que implicaba romper miedos aprendidos. Al pasar los quince años, con el amor, aparecieron los primeros poemas. Desde ese momento todo pasó a tener el mismo tema como punto de referencia: el amor y el desamor, en todas sus posibilidades; la mujer, Dios, los amigos, el amor utópico, el amor por la humanidad, el amor carnal y el amor cristiano. El tiempo fue añadiendo experiencia y, aunque parezca increíble, esperanzas. Asumí como un imperativo cósmico las tareas de fundar y comunicar, armonizándolas con la necesidad del amor. Invadí los géneros literarios, sintiendo sin embargo que, por sobre todo soy un lírico, tal vez un romántico y especialmente un *poeta que escribe poemas, cuentos de poeta, crónicas de poeta, ensayos de poeta, narrativa de poeta,* plagado de imágenes y símbolos. Sólo cerca de los 40 años me atreví a reconocer la magia: ella irrumpe en mi vida, dando libertad a las más fuertes expresiones, que trascienden las barreras del tiempo y las limitaciones del espacio. Me reconozco un luchador, un apasionado, irrenunciablemente amador, sensual en todas las dimensiones, traspasando los límites. Escribo con el máximo placer en la búsqueda de una comunicación trascendente; lo hago con alegría, sabiendo que es parte de mi realización y que con ello tiendo una mano a caminantes desconocidos que seguirán sus rutas sin detenerse pero cargados de nuevas energías. Gozo pensando en los hormigueos de la piel y los oleajes interiores que revelan los ojos de los lectores, la humedad de sus labios y la sonrisa tenue que nace mientras leen o escuchan, de mi voz o de la voz de su amigo, de su amiga, los poemas o los relatos nacidos de mi creatividad, de mis frustraciones, de mis ilusiones. Cada día empiezo un nuevo desafío, una tarea literaria, una aventura de explorador incansable, siempre enarbolando el amor como el único motor que jamás extinguirá su andar.

(Especial para esta Antología)

SELECCIÓN

Señora

Me gustas cuando te vistes de señora.
Con tus tacones altos
con tu vestido suelto
de una pieza,
discreta y elegante, un poco triste, tal vez.

Me gusta verte así,
con ese caminar airoso
suave y pretencioso, cadente y riguroso,
como mujer mayor, señora.

Aunque en el fondo seas una niña y quieras andar con
    zapatillas
y me gustes también como una jipi,
con la falda al viento y la polera verde,
prefiero verte vestida de señora.

Y te diré riendo que te amo,
pero sólo pienso en ese instante,
que mientras te sacas tu ropa de señora
te ves más mía y más altiva
más mujer más atractiva...
así, desnuda,
vestida de señora.

(De *Encuentros*)

Te lo pido

Me senté desnudo en la mesa y tú en el suelo.

Desnudo para tomar el café que preparaste con las manos tibias. Y tú llorando en el suelo porque te suponías débil.

Desnudo todavía miré tus ojos desde el fondo de mi amor,
tomando un café que temí que fuera el último café que
tomaría
desnudo junto a ti.

Tú en el suelo escuchaste de mi amor, de un amor enorme
que no excluye, que completa.

No te pido nada, ni siquiera que lo dejes.

No te pido siquiera otro café.

En verdad, no te pido salvo un poco de amor.

Pero sí te pido que no tengas culpa cuando hagas el amor
conmigo...

Y no pienses en mí cuando hagas el amor con él.

(De *De cúpulas y amores*)

MAGNOLIA

Eres magnolia, por tus pétalos gruesos y tu corola ardiente.

Tomo y beso tus rosados diluidos al rocío, llamando al sol
desde un camino de sombras y saludos, recibiendo tu
aroma, tus pasiones accidentales, tu palidez botánica, tu
timidez agobiante.

Ay, magnolia, una entre todas, única.

Ay, magnolia, dolorida y ardiente, te amo lejana y distante,
en la altura verde, a la vista de todos y ardiente, ay, que te
amo tanto que renuncio a llevarte en mi solapa o a
instalarte al lado de mi cama, para que no pierdas la
consistencia de tus besos y la humedad protectora de tus
colores suaves y tu blanco poderoso.

Ay, magnolia entre las flores, ay magnolia mía, entre todas
las magnolias.

Incorregible

Eres incorregible, amada,
inesperada y omnipresente
te apareces de sorpresa,
sin aviso, alegremente
sin pensarlo
con tus ojos por allí
y tus caderas en constante movimiento,
los hombros desnudos
en esta esquina y esta otra
en tu mirada novedosa
por uno y otro lado, amada,
te veo en todas partes.

Te has repartido, amada,
por el mundo y cada nombre,
pedazos de ti más allá de ti misma
y en cada mujer que pasa
descubro de ti una novedad:
un lunar una mirada
un ojo una rodilla
una parte tuya una sorpresa.

Ay, amada incorregible,
llenas todos los espacios
con tus voces y tu sexo,

ay, amada mía,
cada mujer se lleva
un aroma tuyo una sonrisa.

Todas en la calle disfrazadas de ti:

las amo a todas por si acaso,
las amo de a poco,

pero a todas.

Y a ti, amada, a ti
te amo entera

exclusivamente entera,
sólo a ti, completa.

(De *Cautiverio, el libro de los nombres*)

A Gotas

Tras tus pestañas
agitadas
sugerentes se
fue entregando tu amor a gotas
rebasando límites desconocidos
y alcanzando rincones amarillos
y avenidas de amores
transcurridos en
placideces inconscientes.

Amor a gotas
por temor

amor a gotas
precavido

amor a gotas
precavido

amor a gotas
¡tan nerviosa!
Sin saber, amada
Dulce mía transportada,
que una sola gota
¡una sola gota!

nada más necesitaba
esta mañana
pero aquí:

en medio del presente.

Parto

Estoy pariendo el porvenir, con todos los dolores,
llorando por haber perdido la calma dorada y el relajo,
llorando por la sangre y los olores,

llorando de miedo
por estar naciendo:

sé lo que me espera.

(De *Dulce mía*)

INTERROGATORIO

¿Cómo es posible que el mundo haya vivido
antes de que nacieras?
¿Cómo fue que transcurrió un millón de años
entre tú y el primer día?
¿Cómo explicarán que allá tan lejos te llamaran viña
sin saber que bebería de tu fruto?
¿Cómo sucedió que te nombraran verso
antes de yo escribir en medio de tu mundo?

No expliques, dice ella, tu amar acelerado,
bastan la risa en tus ojos y el sexo suave y tibio.

¿Cómo, amada, sabré cuánto te amo
si te instalas más allá del tiempo y de tu piel?
¿Cómo recorreré tus huellas del pasado y del futuro?
¿Cómo levantaré tus ilusiones vegetales a modo de
estandarte?
¿Cómo, entre elegías y fanfarrias, penetraré en tu cuerpo?

Caminaré solemne, dice ella, con mi vaso cargado de jugos
amatorios y endulzaré
recuerdos y esperanzas, para recibir tu pasión de luna y
despertar.

¿Cómo saludaré tu santo, si lo has sellado todo con las
manos frías?
¿Cómo, amada mía, cómo, cómo haré para nacer a tiempo
y alcanzar tus manos en la aurora?

(Texto Inédito)

REFERENCIAS CRÍTICAS

En 1984, Jaime Hales publica *Palmeras y otros recuerdos*, obra que, en palabras del autor, constituye "un prebalance de treinta y cinco años de vida, salpicados con amor". A esta obra sigue *Para ti, compañera*, editada primero como cassette (1987) y luego como libro (1988). Denuncia, compromiso y un llamado a la esperanza son las líneas de fuerza de este texto. Dos poemas, "Reclamo" y "Perdón" sintetizan de modo admirable el trabajo de la conciencia al interior del autor y del perdón como camino esquivo de sanación espiritual.

Después de tanta guerra, el amor vuelve violentamente por sus fueros en *De cúpulas y amores* (1987). Bajo capa de viejas ficciones —un secreto romance adulterino— se hace presente la variada comparsa que es séquito obligado del amor: pena, dolor, alegría, sueños, pérdidas y adioses.

A este texto sigue *Cautiverio, el libro de los nombres* (1989), cuyo proyecto poético es convertir al autor en un nuevo Adán, que pone nombre a las cosas y que, al hacerlo, se las apropia. El objeto nombrado es aquí la mujer que por infinita, no puede ser abarcada por un solo nombre. De ahí la infinita e inútil nombradía: amada, compañera, hada, maga, pantera, dolorosa...

Dos novelas —*Baila Hermosa Soledad* (1991) y *Te amaré hasta la muerte* (1992)— marcan el ingreso de Jaime Hales al mundo mayor de la narrativa novelesca, insinuada ya en anteriores publicaciones. Ficción y realidad se dan la mano para dar nombre y perfil a toda la experiencia y memoria acumuladas a lo largo de más de cuarenta años, que sin ser muchos, han servido de marco para muchas vidas paralelas.

"En el centro mismo/ de la lluvia y del invierno/ apareció tu amor/ para quedarse". Este es el eje del último poemario de Jaime Hales: *Dulce Mía*. La eterna búsqueda amorosa encuentra en esta obra una nueva posibilidad de decirse con renovada gracia y estupor.

Se configura de este modo, un horizonte literario, cuyas coordenadas son el amor, la pasión y la sensualidad erótica por un lado, y por otro, la misteriosa condición humana, insaciada e insaciable, a no ser que el infinito OTRO irrumpa en el corazón humano y lo colme de plenitud.

JAIME BLUME SÁNCHEZ. Enero, 1995. (Especial para esta Antología).

Tomás Harris

LA SERENA, 1956

ZONAS DE PELIGRO (1985)
DIARIO DE NAVEGACIÓN (1986)
EL ÚLTIMO VIAJE (1987)
ALGUIEN QUE SUEÑA, MADAME (1988)
CIPANGO (1992)
NOCHE DE BRUJAS (1993)
LOS 7 NÁUFRAGOS (1995)

ARTE POÉTICA

ESPEJISMOS.

Supongamos que me llamo Ismael. Y que como Ismael, cuando siento que debo regular mi circulación, cuando los noviembres húmedos y lluviosos se apoderan de mi alma, cuando me detengo frente a los depósitos de ataúdes y, también, Yo, Ismael (el Otro) cierro la marcha de todos los funerales con que me encuentro, sé que es hora de partir a la mar, en todas las naos de la imaginación, la Marigalante, el Demeter, La Juana-Guy, el Pequod o el más imaginario S.S. Achab. Esto sustituye para mí (Ismael, el Otro) la pistola. El espacio impreciso que media entre *La Realidad y el Deseo*: la Poesía. Entonces, soy 7. *Los 7 Náufragos*, "primos hermanos de *Los Siete Locos* del loco de Arlt". 7 asidos a un madero, a un madero que tiene la forma de la cruz o un ataúd salvavidas que campea el altamar. Y por esto narro, por el gusano en el madero, por el viento en el ataúd, por el semen en el madero, por el polvo en el ataúd, por la corrupción en el madero. Sólo por eso narro. Para hacer relación de los hechos. Para que de ellos se tenga noticia y se les tome por ejemplo. Como soy 7, a veces las voces se me confunden. Me llegan superpuestas las unas a las otras, en *off*, por altoparlantes, o en pleno silencio: la de los poetas latinoamericanos contemporáneos Álvaro Mutis, desde la saga del Gaviero que se inicia con *Reseña de los Hospitales de Ultramar* y Ernesto Cardenal atravesando el *Estrecho Dudoso*. O la bruma luminosa de la literatura gótica, desde Maturin a Lovecraft. También los filmes más azumagados de la serie B: los de Roger Corman, Tod Browning, Terence Fischer, Wes Craven, George Romero, John Carpenter, Jack Scholder y Clive Barker. Y los textos fundacionales de América, la poesía desmesurada del Almirante, el ajuste de cuentas con el hecho metafísico de la justicia, de Bartolomé de Las Casas, el fárrago sin sintaxis ni orden de Bernal Díaz del Castillo. Y el mayor cronista, Don Miguel Ángel Asturias, que ya en 1930 aludía a la ciudad americana, la que transitamos, víctimas o victimarios, *voyeurs* o *flâneurs*, como un palimpsesto.

(Especial para esta Antología)

SELECCIÓN

ZONAS DE PELIGRO

Así como largas y angostas fajas de barro.
Así como largas y angostas fajas de noche.
Así como largas y angostas fajas de musgo rojo
sobre la piel.

Las zonas de peligro son ininteligibles. O las
prefigura un rojo disco de metal,
símbolo de un sol mohoso al fondo de una calle
desmembrada,
meado por los perros.

Las zonas de peligro son inevitables; te rodean
el cuerpo en silencio,
en silencio te lamen la oreja,
en secreto te revuelven el ojo,
sin el menor ruido te besan el culo
y los escasos letreros de neón ocultan su única identidad:
CAMPOS DE EXTERMINIO.

OROMPELLO I

Un disco Pare es un ojo; una sangrienta córnea de latón.
Orompello es un puro símbolo echado sobre la ciudad.
Y las putas no tienen la culpa.
Sólo cumplían con su deber.
El otro día nomás esperaba micro en la esquina de un
baldío
y oí una voz que me decía: "ven y mira".
Miré, y he aquí un caballo amarillo al tranco
por sobre la calle adoquinada.
Y un espejismo las putas vestidas de ropas blancas.
Y un espejismo los eriazos floreciendo.
Repito. Mientras esperaba micro en la esquina del baldío.

No me van a decir ahora que Orompello es un puro
 símbolo
echado sobre la ciudad
y las casas siete casas con puertas de oro
y las putas siete putas vestidas con ropas blancas.

(De *Zonas de peligro*)

Los sentidos del deseo

Corte, Vuesa Merced, la amplia manga de este harapo,
desgarre el pringoso cuello
y caerá lo blanco, lo perfecto de la perla
multiplicada,
y verá lo verde, la seducción de lo verde en
cascadas impensables,
desgárreme,
desnúdeme, Vuesa Merced, sin miedo,
y verá mi cuerpo desmoronarse en un montón
de cuentas luminosas sobre la alfombra,
pero siempre seré yo;
ahí podrá olvidar la compostura, la condición,
y tirarse dichosa sobre la pedrería
acompañada de sus infantas;
a lo más, en pleno secreto yo me iré con la mirada
por las esferas de sus ancas regias
como por un mar manso;
cada perla te mira con las cien pupilas de sangre del
pescador
y tú sabes bien que es eso lo que las hace
estupendas;
porque tanta piedra rodando sobre el rojo del terciopelo
son mis dientes,
mis muelas,
son las lágrimas de los sacrificados,
los siglos, el impenetrable mar,
las babas, el esperma,
todo lo derramado en falso;
ya hicimos del amor nuestro perfecto ritual contra el miedo,
agazapados ante el horror de lo inconmesurable,

perdidos en la vaga admonición del vacío,
espesos de sal,
húmedos de las 7 formas del deseo,
sudorosos de mar,
en el vientre de la Marigalante, acezantes,
esperando el advenimiento de nuestro salvaje, medieval
y marinero deseo; pero nada de esto quedó en las esferas,
en las pinturas de mapamundos,
ni los perros corsos,
ni los pueblos fantasmas que vamos siendo,
las calles de viento, las ventanas que se apagan,
el sacrificio sin otro sentido que la intimidación,
lo escrito, la condena;
todas estas millas para coronarse Virrey de la Nada,
magro bufón de la Corte de los Milagros,
en este triste bulevar,
cruzado, de miedo, fetal, fétido a tinto,
en plena puerta del convento franciscano de la Rábida,
en Concepción de Chile,
mendiga o puta,
yo soy una mendiga, una puta,
sin más perlas que mis dientes,
mis dientes, hermanos, que atesoro a lo Divine
en la bolsita de raso
del humo de muerte
de los 80.

(De *El Último Viaje*)

Fotografía de la Amada

Un rostro impermeable
al paso de la iconografía de la belleza
sonríe desde el marco de la muerte a la mirada espectadora:
el sueño del poder sobre la belleza
constante de un cadáver de tiempo petrificado para el ojo;
la fotografía de la amada, un rostro que es pubis, culo,
vientre, todo el cuerpo a la vez, esparce por el espacio de la
habitación
la fiereza de erotismo mudo

y encalla en las escolleras orgánicas
como si una virgen de cartón piedra se detuviera
en el abismo de una cloaca: sólo el poder de la imaginación
eyacula el vómito morboso de la posesión constante
al margen del tiempo, de los sueños, del cuerpo:
por la habitación —como por los adoquines de cualquier
callejón—
sin ser visto, en blanco y negro, se pasea el horror.

(De *Noche de Brujas*)

Kurtz ensueña

Soñé con las flores artificiales que descubrí
en las relaciones perdidas,
narradas en hojas de pulpa como carne,
cortezas de árbol,
piel de animal o saco de papel;
lo que parezco decir lo pensaba en adversas condiciones,
como San Jean Genet,
como San Alonso de Ercilla,
como San Miguel de Cervantes y Saavedra,
los conversos, sobre materiales inadecuados en atmósferas
enrarecidas
a bordo deste cinco palos, atado al palo de mesana,
narrando,
narrando,
sobreviví;
así pude beatificar mi casto placer,
mi matrimonio blanco,
multiplicando flores falsas desde mi ensueño:
cuando los maté a todos,
el miedo proyectaba sus figuras sobre lo oscuro,
yo creí que sus cuerpos eran cirios,
luciérnagas azules, neón bajo,
orquídeas de plástico sin savia ni aroma:
¿Cómo podía saber mi afectado entendimiento que era
sangre
y no flores esas manchas que iban fosforesciendo los muros
como por partenogénesis desde el fondo oculto de la cal,

manchas que se emplastaban como tras un inmenso telón?
¿Cómo saber que podían ser amados
si a mí me educaron en el terror?

(De *Los 7 Náufragos*)

El desafío
(Bergman)

¿Quién eres tú?
Soy la Muerte.
¿Vienes por mí?
Hace ya mucho tiempo que navego en tus barcos
y camino a tu lado.
Lo sé. He oído abejas.
Podrían ser moscas.
Lo mismo da.
Estás listo.
Yo sí. Pero mi cuerpo teme.
Es lógico. El cuerpo siempre teme.
No es para menos:
mira los empalados,
mira los crucificados,
mira los desollados,
mira esos neonatos revolviéndose en sus placentas
en esas bolsas de nylon negras,
mira esas putas tajeadas,
mira toda la carne chamuscada y el humo aventado
aún perfumando la costa...
Eso no me importa. Yo no concedo plazos.
¿Tú juegas ajedrez, no es cierto?
¿Qué te hace suponer tamaña huevada?
Lo he visto en los cuadros y lo he oído en infinidad
de canciones y leyendas.
Eso era antes,
cuando había cuadros y canciones y leyendas.
¿Qué juegas ahora?
Juegos de Guerra.

(Texto Inédito)

REFERENCIAS CRÍTICAS

"En su estupenda diaconía, la poesía de Harris juega con las simultaneidades y las coincidencias fenomenológicas, en una suerte de simultaneidad diacrónico-sincrónica que entrelaza los tiempos originarios de la fundación americana, y los contemporáneos, donde dicha fundación se revitaliza en la autoconsumación, y mientras el protagonista viaja hacia la propia disolución, es decir, la fundación de su propia palabra".

HERNÁN CASTELLANO GIRÓN. *El Sur,* Concepción, 29/V/1988.

EL ÚLTIMO VIAJE:

"El procedimiento que Tomás Harris utiliza para transformar en su poema los códigos de la crónica de Indias, consiste en la redisposición incesante de los hechos dispersos mediante un mecanismo de sustitución que los fractura, los reemplaza, los multiplica".

ROBERTO MERINO. Revista *Apsi,* Santiago, 6/VII/1988.

CIPANGO:

"(...) Las vastas aspiraciones del proyecto de Harris, su profundidad, el poder de la visión, el desabotonado devenir existencial de un hablante que desde la atalaya del subdesarrollo contempla las últimas escenas en el drama de la modernidad y la multiplicidad de conexiones intertextuales que en esas circunstancias traspasan su conciencia y su discurso (conexiones intertextuales que en la obra de Harris no son azarosas como suele ocurrir tan a menudo en estos tiempos de postmodernización a la violenta)".

GRÍNOR ROJO. *La Época,* Santiago, 16/VIII/1992.

"La sensibilidad de 'Cipango' está emparentada con cierta cultura que mezcla elementos del cine, el jazz, el teatro y la filosofía de algunos existencialistas franceses, como Georges Bataille, para quien el amor mancilla, y el mal (metafísico, pero mal al fin y al cabo) es la comunicación, puesto que implica la disgregación del ser, entendido éste como unidad en la persona. No obstante no es tan fácil encapsular a Harris. La intuición de los límites y de la manipulación del lenguaje lo obligan a buscar un camino propio: el de la representación escénica".

CARLOS JORQUERA ÁLVAREZ. *Las Últimas Noticias,* Santiago, 19/IX/1992.

Elvira Hernández

LEBU, 1951

¡ARRE ! HALLEY ¡ARRE! (1986)
MEDITACIONES FÍSICAS PARA UN HOMBRE QUE SE FUE (1987)
CARTA DE VIAJE (1989)
LA BANDERA DE CHILE (1991)
EL ORDEN DE LOS DÍAS (1991)
SANTIAGO WARIA (1992)

ARTE POÉTICA

Tantear, tactar, quizás como un bardo antiguo o una machi en trance que vienen tocando por miles de años algo que pareciera seguir estando ante nuestros ojos.

Escribir poesía no es una actividad natural y tranquila aún cuando escribir lo sea. Ni siquiera es una actividad en el sentido de lograrse como proyecto de valor para el mercado. Inconsumible, hija de su tiempo, su imperativo es alejarse de su época. Exigencia de la que se desearía escapar, la poesía es para quien escribe estas líneas, un estar cautiva que compromete no sólo a la mano sino a todo el cuerpo al sometimiento de las palabras, a la aceptación de "el más terrible de los bienes". Entonces, no se puede pensar, ante un vínculo tan íntimo, que el aprendizaje de técnicas poéticas pueden encaminarnos a tocar fondo, fibra humana, sentido, sinsentido, o ese mismo fondo de no se sabe qué. Es la extrañeza de las palabras y de lo que vivimos, su irrupción desconocida, ese preguntar que nos ata. Porque al final no puedo ser yo frente a las palabras aunque alguna vez haya pretendido ponerle puntos a las íes; son sólo ellas y mi sombra.

Tan sólo sospechosa de hacer poesía en momentos de gran ruidaje. Sospechosa de estar aquí y en verdad no estarlo (¿qué puedo decir de la proximidad?) y de cargar varios nombres. Porque se está en la calle, en el mundo, en la cotidianidad como cualquiera y de pronto, cuando la hora repica, hay que retirarse como una cenicienta a la soledad intemporal, al escenario que la poseía exige: esa terrible duplicidad.

(Especial para esta Antología)

SELECCIÓN

La Bandera de Chile (Fragmento)

Nadie ha dicho una palabra sobre la Bandera de Chile
en el porte en la tela
en todo su desierto cuadrilongo
no la han nombrado
La Bandera de Chile
ausente

La Bandera de Chile no dice nada sobre sí misma
se lee en su espejo de bolsillo redondo
espejea retardada en el tiempo como un eco
hay muchos vidrios rotos
trizados como las líneas de una mano abierta
se lee
en busca de piedras para sus ganas

A la Bandera de Chile la tiran por la ventana
la ponen para lágrimas en televisión
clavada en la parte más alta de un Empire Chilean
en el mástil centro del Estadio Nacional
pasa un orfeón pasa un escalón
dos tres cuatro
La Bandera de Chile sale a la cancha
en una cancha de fútbol se levanta la Bandera de Chile
la rodea un cordón policial como a un estadio olímpico
(todo es estrictamente deportivo)
La Bandera de Chile vuela por los aires
echada a su suerte

En metros cuadrados se mide la Bandera de Chile
su olor en respingos de nariz
en ojos que no ven sus aristas de luz y sombra
en paciencia sus diarreas
las construcciones de desnutrida confianza

La Bandera de Chile está tendida entre 2 edificios
se infla su tela como una barriga ulcerada —cae como
teta vieja—
como una carpa de circo
con las piernas al aire tiene una rajita al medio
una chuchita para el aire
un hoyito para las cenizas del General O'Higgins
un ojo para la Avenida General Bulnes

La Bandera de Chile está a un costado
olvidada

La Bandera de Chile es reversible para
unos de aquí para allá
sotros edálla pacá

La Bandera de Chile
la división perfecta

(De *La Bandera de Chile*)

FUENTE NEPTUNO

Te tomo la palabra. ¡Bah! ¡Qué haces aquí! Esto es peor que cruzar la Avenida Cardenal Caro. O que Escila y Caribdis en seco. No se respira el salobre mar sino amoníaco puro. Amén del monóxido y el hollín por mil. Es el Novus Orbis vomitado: Ngechén en la Cruz y en la picana. Es la noche bajo el tridente, dando tumbos por las escalinatas, por la Escala Única sin un peso en los bolsillos. Pronto aparecerán tus pescados de acá, la corte milagrosa para el Mirón del Cerro. Los príncipes del peñascazo se quedarán en las laderas salivando un pito. Las reinas de la noche pasarán derecho al fornicatorio. Los caminos yacen atestados y el cerro se mueve como un pulpo. Los reyes del sablazo establecen pronto sus capitales. Los vampiros tienen puestos sus guantes de gasa. El Mohicano encendió su fogata y yo he lanzado mis cupidos a más no poder. Es mi única transacción la que se pierde en el aire, un chorro sin destino. Mojo la cara en tus aguas y no logro quitarme la sarna de maldito. Nunca tuve proposiciones que hacerle a la vida.

U

... si me permite don Díaz Loyola, soy la mujer
que tuvo que inventar la pincelada china y el cocimiento
de Don Diego de la Noche y Horizonte, más otras fritangas

hace mil años
duermo con pupilas desveladas y mi traje es de noche:
un encaje de hormigas y estreptococos brillantes

los traros me sobrevuelan con valses antediluvianos:
¡es raro! creen que soy cosmopolita

todavía recuerdo que en una copita de orina vi "Retrato
de un Desconocido" y el lago Pirehueico

que yo sepa
no he abandonado la componedura de huesos y cuerpo:
soy fisiatra titulada en la quebrada del tiempo y
me acompañan en mis paseos mentales un gato abisinio y
mi camahueto

el arte de los cuchillos invisibles tiene más pólvora
que los calendarios

¡ah! si pudiera poner un telegrama al futuro y notificarlo
de su filosofía

mi actual dirección es Av. La Higuera s/n
comuna de Pudahuel

* * *

Van en masa hacia el mundillo del arte ¡Es la época!
Deberían entrar en él como se entra en un sueño: destapando
el techo (la puerta está abierta de par en par) ¡Psch!
Prefieren el tour de tres meses y la pronta coronación
napoleónica en el taller marmicoc *fin de siècle* Ya
saben que quedarán tocados de arte —por arte de
birlibirloque (como dijo Lihn)— de la cabeza
a los pies ¡Ah! la triquina cultural nos
llevará muy lejos Es la animación de
los pueblos la culturización Un
derecho de su carta fundamental
¿Quién va a borrarles el sol
del mapa? ¿Quién le ofrece
su aullido a la luna? Al
camino de la imaginación
se le hace agua la boca Al fin se ha cortado con
pero *la vida ha llegado* un cortaplumas o algún otro
a ser *un simple* instrumento cortopunzante el
museo* nudo gordiano de la tradición.

Yo, Elvira Hernández, la del bardo estertor, la
que no tiene lugar ni contactos en la Corte, la
que se rompe la piel para salir de sí misma, la
que se droga con el veneno pasado, la
que tendría que desaparecer

pronto
se hace humo con un pitillo de sueños
....
cabeza vendada
ojos cerrados
peregrina
un rincón de "A Brasileira"
un pessoa blood mary doble
un brindis solitario en el boulevard
del Chiado

*A. Artaud.

autora de sí misma
camina por la Coquille de San Sebastián
repitiendo a media lengua: *aitor, aitor*
como si dijera: "Padre, por qué me has abandonado"
otro brindis

(De *Santiago Waria*)

YO TAMBIÉN HE HECHO DE POETA

Con agilidad he trepado la maraña de cuerdas.
He caminado por el vacío como si no tuviera pies.
He pasado largamente suspendida como si dependiera de tus ojos.
En dos lágrimas se ha sostenido la complejidad de mi equilibrio.
Parada sobre mi cabeza fustigué a todas las bestias negras en el redondel.
Tragué saliva vaga un poco de fuego y polvo raro.
Quebré fidelidades zurcí fracasos envenené amores.
Hice ilusionismos y entre mis piernas metí a la Gran Serpiente.
Cortaron mi cuerpo en pequeños pedazos que cayeron al agua.
Reí con sorna alegría frente a mi cara de trapecista lúgubre.
Pero sólo pude hacer este gran arte en funciones nocturnas.

(Texto Inédito)

REFERENCIAS CRÍTICAS

LA BANDERA DE CHILE:

"(...) Continúa desplegando el juego versátil —liviano, alegre, ingenuo, retórico, cínico, grave— de su textura, dibujo y colores, ondulando al impulso de vientos (des)esperadamente contrarios. La sujeto de la escritura la (per)sigue y apenas manipula sus cambios. Símbolo múltiple —'se entrega a cualquiera que la sepa tomar'— sus movimientos van exhibiendo y recogiendo fragmentos (y facciones) de la historia, pero levanta también cortinas de humo, disimula y atribuye autoridad a quien la enarbola. Va de toma —toma de sitios de los sin casa— en toma: toma del poder por los militares, en que se hace 'extranjera en su propio país', se despedaza repartida a los cuatro vientos del exilio y termina siendo 'usada como mordaza'".

FEDERICO SCHOPF. Prólogo a *La Bandera de Chile,* Libros de Tierra Firme, Buenos Aires, 1991.

SANTIAGO WARIA:

"La Santiago de Elvira Hernández se parece a la versión de *Los Ángeles* de Ridley Scott: está llena de humo tóxico y de gases, la gente habla mezclando diversos niveles de lengua —castellano, chilenismos, inglés, mapuche—, los mensajes se cruzan permanentemente y se confunden, todo está amontonado, derruido, pintarrajeado. Sin embargo, a diferencia de lo que ocurre en la película de Ridley Scott, el punto de vista nunca se ubica por encima de la multitud. Sólo la conciencia, como si fuera el brazo de alguien que se ahoga, se eleva por momentos al desorden horizontal. Muchas de las frases que se dicen mientras la multitud empuja y avanza son de una nitidez aterradora: 'el tiempo devora a sus hijos/ o los descompone en vida', 'Nunca tuve proposiciones que hacerle a la vida', 'recalco / se perdieron veinte años de nuestras vidas', 'La ciudad ha caído/ No preguntemos quién se rinde./ Hay hombres y mujeres asediados', '¿Puede usted decir cuánto es lo que se muere?'".

JORGE FONDEBRIDER. *Diario de Poesía* Nº 25, Buenos Aires, 1992.

SANTIAGO WARIA:

"(...) es la celebración irónica de la urbe moderna desde el desencanto vital que ésta produce.

Existe un sentimiento negativo de lo moderno, ya presente en la lírica chilena desde el paseante de *Walking Around.* Esta negatividad es expresada en Elvira de un modo lúdico: escuchamos bravatas, proclamas populares, rezos deformados, en fin, voces cuenteras (estilizadas, por cierto) que muestran los retruécanos de la vida urbana. (...)"

RODRIGO CÁNOVAS. Leído en *Santiago 4 Señas,* Santiago, 24/V/1994.

Rodrigo Lira

SANTIAGO, 1949-1981

PROYECTO DE OBRAS COMPLETAS, 1984

ARTE POÉTICA

ARS POETIQUE

[para la *galería imaginaria*]

Que el verso sea como una ganzúa
Para entrar a robar de noche
Al diccionario   a la luz
De una linterna
                              sordo como
Tapia
          Muro de los Lamentos
Lamidos
          Paredes de Oído!
          cae un Rocket   pasa un Mirage
          los ventanales quedaron temblando
Estamos en el siglo de las neuras y las siglas
                                                            y las siglas
son los nervios, son los nervios
El vigor verdadero reside en el bolsillo
                                              es la chequera
El músculo se vende en paquetes por Correos
la ambición
                              no descansa la poesía
                                                          está c
                                                                      ol
                                                                        g
                                                                      an
                                                                        do
en la dirección de Bibliotecas Archivos y Museos en Artí
culos de lujo, de primera necesidad,
          oh, poetas! No cantéis
a las rosas, oh, dejadlas madurar y hacedlas
mermelada de mosqueta en el poema

El Autor pide al Lector diScurpas por la molestia (Su Propinaes Misuerdo)

(De *Proyecto de Obras Completas*)

SELECCIÓN

DOS: PARADIGMA - O EXPECTORAMIENTO

Por quién sabe dónde, por ende, por quién sabe cuándo
por los mil demonios, por diosito santo
por las cuatro esquinas, por causa de
muerte, por lluvia, por quiebra.

Porque yo te quiero —porque te he olvidado—
por los siete mares, por las puras huevas
por las malas o por las buenas
por el cielo inmenso, por entre las piernas
por detrás y por delante, por el candidato
por la derecha, por la izquierda o por el centro mismo
por la letra *ene* (por quién sabe cuánto)
por sí mismo (o "al cuadrado").

Pues si así no fuera (o "fuese") ... por
lo que *podría* ser (o haber sido...)
porque sí o porque no o porque así se dio
la gana, porque Dios lo quiere, por angas
o mangas, por la mañanita, por la tarde larga
por la noche negra, por la madrugada.

Por treinta monedas; por amor al arte;
por la madre patria, por el alma máter, por
la misma mierda ...! Porque no sabía, por pura
ignorancia... por mi mano izquierda, por mi
madre muerta, por la puerta, por la cresta o
por la ventana.

Por estas "palabras que pienso y declaro"[1]
por bueno o por malo, porque tuve ganas
porque ah —¡así no vale!— por todo o
por nada.

[1] Violeta Parra, *Gracias a la Vida*

Porque qué más daba, porque así me place
por casualidad o por coincidencia o por si
acaso, por si las moscas, porque quizás los otros...
—o cualquiera...— porque quizás la aurora
—o el crepúsculo—
por la penumbra gris... por la azucena...!
por la razón o la fuerza
por los siglos
de los siglos.

SERMÓN DE LOS HOMBRECITOS MAGENTAS

para D.T.
el burro y la muerte se desnudan

No te olvides del lector, po
po
Poe
ta: el lector de poesía
es el más exigente inteligentísimo
culto preparadísimo!
La poesía no es para cualquiera y no
cualquiera escribe al óleo con el pincel
de Francis Bacon. Reconoce el límite de tus
posibilidades. Limítate a la acuarela,
en tus comienzos. Abocetea, con
delicadeza. Filtra, tamiza,
depura. Explora tu veta
sin brocear tu mina.
El sonido está en
la letra. La voz, escritor, se te da por
añadidura.
No recargues. Nada de volteretas
de volantinero, *rien* de pirotecnia.
La torta de letras no precisa crema.

No pulses tu lira por monedas de oro o
bronce (proverbio japonés)

Habrás de tomar en cuenta
lo de siempre: la Luna las flores la muerte
la tristeza. La doble articulación,
el inasible equilibrio entre vómito
y estilo, las mujeres de palabras (la Diosa)
las Musas las figuras los recursos: lo
de Siempre, en odres otros. Medita
tus versos siete veces, y tu Verbo
cuarenta veces siete. Suma dos
más dos: descuenta
el IVA!

COMUNICADO

A la Gente Pobre se le comunica
Que hay Cebollas para Ella en la Municipalidad de Santiago.
Las Cebollas se ven asomadas a unas ventanas
Desde el patio de la I. Municipalidad de Santiago.
Tras las ventanas del tercer piso se divisan
Unas guaguas en sus cunas y por las que están un poco
más abajo
Se ve algo de las Cebollas para la Gente Pobre.
Para verlas hay que llegar a un patio
Al patio con dos Árboles bien verdes
Después de pasar por el lado de una como jaula
Con una caja que sube y baja
Después de atravesar una sala grande con piso de baldosas
Y con tejado de vidrio
Con una señoritas detrás de unos como mostradores
Después de subir unas escaleras bien anchas
Después de pasar unas puertas grandes
En la esquina de una plaza que se llama
"de Armas", en la esquina del lado izquierdo
De una estatua de un señor a caballo, de metal,
Con la espada apernada al caballo
Para que no se la roben y hagan daño.
Ahí, debajo de las ventanas con las guaguas,
Están las cebollas.
No sé si se podrá conseguir
Unas poquitas.

El caballero que maneja
El ascensor ése, con paredes de reja.
Me dijo que eran
para la gente pobre.
Después, dijo algo del Empleo Mínimo.
Yo tenía que irme luego a comprar un plano de Santiago
y una máquina de escribir.

(Sucedido y escrito en junio de 1979)
(De un manuscrito que data del verano de 1979)
(Textos de *Proyecto de Obras Completas*)

TEXTO INÉDITO

Un antiquísimo proverbio de las islas Canarias
(lo que aún está sobre las Haguas de la Hantigua
Hatlántida)
reza *"Más vale tomar un jet*
Que Hatravesar el Hatlántico
nadando".

Este sabio refrán expresa y nos enseña en Huna sola Phrase
una Hinmensa Kant-Hidad de Sabiduría
acumulada por el Trabajo Hesotérico
de Generaciones
de Hatlantes, pues
más vale correr el riesgo
de que el avión se caiga
al de que te devore el Kraken
o te electrocuten las anguilas
o te mueras de sed en mitad del agua salada,
Graves Peligros que AMENAZAN SERIAMENTE
a quien Hintente Hatravesar Hel Hocéano Hatlántico
nadando.

Además, si uno no sabe nadar está cagado: más vale que
tome un Jumbo.
(y en materia de Jets o de Jumbos,
prefiera Air France, toujours
a votre service eh eh eh eh... !)

fe de erratas: donde dice
nadar está cagado:
debe leerse
nadar está cagado de antemano:

(Noviembre de 1972)

C/NSTRUCCIONES

Sobre este perro
Muerto
Edificaré
mis catedrales
El que más pecados haya
pescado que acarree la primera
piedra
Sobre piedra sobre estas
Arenas doradas
edificarán mi hotel
de cinco estrellas.

(Textos Inéditos)

REFERENCIAS CRÍTICAS

"Ocurre, más bien, que *ahora* resulta muy claro que la escritura de Lira era su modo de intervenir la realidad, de participar en ella, tanto como una negación de lo real y una afirmación implícita de lo imposible. Se trata, pues, de una escritura 'transitiva', de una 'escrituración exasperada', es su modo de nombrarla. (...) La poesía de Lira deriva de la censura y es el argot de una promoción o de un grupo generacional, que en no poca medida prolonga el trabajo antipoético y otros, pero en un contexto sociohistórico y político, que convalida la poesía del absurdo y ennegrece aún más el humor negro. (...) El personaje tragicómico que ha creado Lira, recuerda a los humoristas que, como Woody Allen son notoriamente autorreferentes en la utilización expresiva de las propias particularidades significadas como suplementos del sujeto: (lo que le falta / lo que le sobra). La creación de un guión para ser actuado como un comediante, que se representa a sí mismo, bajo su propia dirección, es de toda evidencia en el caso de Lira, aunque no sé el grado en que se pueda tener esa evidencia sin tener presente al autor real, como ocurre en el cine.

(...) El texto de Lira es hiperliterario, una parodia de la literatura, apoético o poético a contrapelo. Es el balance de una quiebra, el inventario de una imposibilidad que incluye, ciertamente, la cosa política como una actividad del lenguaje. Pienso en Lacan quien pregunta; '¿qué encuentra el hombre en la metonimia, si ha de ser algo más que el poder de rodear los obstáculos de la censura social? Esa forma que da su campo a la verdad en la opresión, ¿no manifiesta acaso alguna servidumbre inherente a su presentación?' 'Y la libertad de los demás —dejó dicho Lira— es cosa seria / pueden hacer cosas terribles con la de ellos / y también con la de uno'".

ENRIQUE LIHN. Fragmento de Prólogo a *Proyecto de Obras Completas,* Coedición Minga-Camaleón, Santiago, 1984.

Eduardo Llanos Melussa

SANTIAGO, 1956

CONTRADICCIONARIO (1983)

ARTE POÉTICA

(...) concibo la poesía como un puente colgante entre la conciencia de nuestra precariedad humana y el anhelo de una existencia más alta; un asomarse a las bocacalles de lo humano, allí donde se dan cita el deseo y la palabra, la naturaleza y la historia, la imaginación y la lucidez, la libertad y el rigor, lo cotidiano y lo trascendental. Aspiro, por tanto, a una poesía integradora, desenajenante y revulsiva; una suerte de antiespecialidad capaz de conciliar el diálogo y el silencio, la individuación y la fraternidad, el vuelo y el arraigo.

Pero, en un mundo mercantilizado y tecnologizado, el poeta agoniza tanto si se vende como si se retrae, y nadie lo escuchará si se limita a la sola majadería de invocar valores espirituales en la ilusión de encarnarlos. Cierto: el poeta no es un pastor de nubes tendido bucólicamente en el prado siempre verde de la quimera; ni un autista flectado sobre sí mismo y ya candidato a una tortícolis crónica de tanto asomarse a la ventana para verse pasar; ni un cantor a dieta que cucharea un plato de almíbar para endulzar la voz; ni un jardinero que riega sus macetas con lágrimas propias o ajenas y que luego fabrica guirnaldas celebratorias o coronas funerarias. Sin embargo, también es cierto que el poeta no puede limitarse a mirar el mundo como quien ve a un sonámbulo que camina hacia el abismo; al contrario: asumirá con resignación el inevitable forcejeo con su tiempo, y no temerá malquistarse con el poder o con la masa acrítica, ni se fascinará en los salones del *establishment,* ni reptará hacia la nombradía negociando con ese tipo de gacetilleros que abren cada libro como si fuera un refrigerador, sin poder distinguir entre un bife y un poema. Aunque lo tilden de romántico, para él la poesía sigue siendo esa muchacha desnuda que le guiña un ojo y se hace seguir hasta una cabaña, exigiendo la renuncia a toda brújula que no sea el olfato, y mostrando como mil veces mejor el placer del tacto mutuo que el de una abstracción solitaria, y como preferible la contradicción dolorosa a la siesta rutinaria o la complicidad con la mentira institucionalizada. Porque, en el fondo, la poesía pesa tanto como la inautenticidad que desaloja.

(Especial para esta Antología)

SELECCIÓN

INVISIÓN

Solloza mi sobrino en la noche
y yo acudo a mecerlo en la ventana,
hasta que de espaldas a la luna él retorna a su sueño.
Y quedo ahí, de cara a las estrellas,
anhelando que baje un dios a consolarme,
porque también soy un niño que solloza en la noche.

PARTO CON DOLOR

Bien, acepto tu reto, retórico soneto,
y me meto en tu celda de catorce barrotes
donde las rimas silban como aquellos azotes
que un abuelo ceñudo descarga sobre el nieto.

Me someto al dictado de ese viejo son neto
cuyos ecos evocan torturas con garrotes
y entrechoques de grillos que exhaustos galeotes
arrastran como pena por faltarte el respeto.

Tras tus rejas practico, tenaz, esta esgrima
y afilo en tu faja mi mellada navaja
para tajar el verso si en tu caja no encaja.

Con esta áspera rima a manera de lima
(que me arroja en un ojo la herrumbre del cerrojo),
me desenjaulo y parto, tuerto, tullido y cojo.

INTIMIDAD

Si cada hombre es un mundo,
admite entonces que esta noche
te corone Miss Mundo.

Testamento del Pater Familias

Yo, Anastasio Rencoret Iriarte, natural de aqueste reyno de Chile,
hijo lejítimo de mui mucho amor de entrambos mis santos
[padres,
estando enfermo en cama de la enfermedad que Dios nuestro
[Señor se ha servido en darme,
i creyendo como firmemente creo en el Alto i Divino Misterio
de la Santísima Trinidad i Padre e Hijo i Espíritu Santo,
tres personas distintas i un solo Dios verdadero,
i en todos los demás misterios i artículos de fe que tiene, cree
[i confiesa
nuestra Santa Madre Iglesia Católica Apostólica Romana,
bajo cuya fe i creencia he vivido i espero vivir i morir,
temiéndome ahora de la muerte, que es natural a toda humana
[criatura,
envío mi alma al cielo, de donde me fue dada,
i el cuerpo a la tierra, donde fue criado,
i vengo en testar mis bienes, modestísimos comparados con el
[reyno de Dios, nuestro Amo i Señor.
A ti, promogénito mío, traspaso los yacimientos de oro i plata,
i encomiéndote brindar trabajo a los menesterosos mineros
i a la vez dar ocasión a sus mujeres y proles
para que así puedan cumplir el mandato divino de ganar cada
[uno su pan con el sudor de la frente.
Mas cuida, hijo, no holgarte mui a menudo con las mozas,
ni menos con una sola, pues siempre se ceba quien se aman-
[ceba.
A ti, hija querida, légote las tres viñas del Sur,
no sea que te sorprenda sin dote la edad de merecer.
A ti, fiel i dócil esposa, dejo aquesta hacienda entera, incluyen-
[do animales, inquilinos i el polvo de mis huesos.
Por último, queden a mi contador i albacea todos mis pañue-
[los i polainas
i esa Biblia empastada en que cada noche yo nutría mi fervor
i cuya lectura le enseñará a no codiciar bienes ajenos
i sí a juntar tesoros en el cielo, de donde le será dado por
[añadidura lo demás.
Os encarezco observancia estricta a las reglas que siempre pre-
[diqué i practiqué,
para así allegar más honor a nuestra estirpe i a nuestro Padre
[Común,
a cuya diestra os esperaré, enternecido i anhelante.

Sábado de labranza

Piedra que surges de la tierra:
así como yo te traslado adonde quiero
y cuando quiero,
así, desde lo alto,
algo me traslada adonde quiere
y cuando quiere.

Las muchachas sencillas

Las muchachas sencillas
dudan que el mundo sea un balneario
para lograr bronceados excitantes
y exhibirse como carne en la parrilla
de una hostería al aire libre.

Las muchachas sencillas
no cultivan el arte de reptar hacia la fama
ni confunden a las personas con peldaños
ni practican ocios ni negocios
ni firman con el trasero contratos millonarios.

Las muchachas sencillas
estudian en liceos con goteras,
trabajan en industrias y oficinas,
rehúyen las rodillas del gerente,
hacen el amor con Luis González
en hoteles, en carpas, en cerros, en lugares sencillos.

Las muchachas sencillas
se convierten en madres, en esposas sencillas,
luchan largos años como sin darse cuenta,
llenándose de canas, de várices y nietos.
Y cuando abandonan este mundo
dejan por todo recuerdo sus miradas
en fotos arrugadas y sencillas.

(De *Contradiccionario*)

H E L I C Ó P T E R O
H E L I C Ó P T E R O
de
la
muerte
zumba y zumba
dejándonos el cráneo
y el esqueleto temblorosos.
¿Cómo olvidar el tableteo de aquellas metralletas tartamudas
arrasando con furia a los francotiradores apostados en las
azoteas y los tejados de esos edificios cercanos a La Moneda?
Memoria, basural de imágenes,
¿para qué embellecerte
escribiendo versos
en el aire?

AVISO CLASIFICADO

Centro de inteligencia y prisión preventiva
en vías de expansión a todo el territorio
necesita contratar personal de apoyo
en jornadas nocturnas, diurnas o vespertinas.

Se exige dinamismo, reserva, sangre fría,
olfato, patriotismo, buen oído y buen ojo.
Deseable posesión de vehículo propio,
estudios de karate y buena puntería.

Se ofrece buen sueldo, comisiones y viáticos.
Labor no rutinaria —con viajes de confianza
dentro y fuera del país—. Carrera funcionaria.

Postular solamente los más interesados.
Enviar nombre completo, sin datos ni currículo:
De eso ya tenemos un registro exhaustivo.

heme
pues aquí
soy el frondoso
árbol genealógico
de toda poesía vieja o nueva
sea adánica edénica o satánica
algunas de mis hojas caen es cierto
pero esponjan la tierra se hacen abono
mis mejores frutos estallan sobre las cabezas
de quienes se van por las ramas ramoneando
o de quienes dormitan y roncan bajo mi sombra
la verde verdad de mi follaje busca más y más cielo
por eso mis raíces se hunden en el subsuelo
acepto riegos y podas mis pájaros cantan
me olvido de esos que acuchillan mi corteza
borro sus nombres mientras voy creciendo
me asustan los hacheros que cumplen
órdenes municipales o ministeriales
¿qué daño hago yo a nadie?
A TI QUE MIRAS
TE RUEGO
RESPETAR
Y AMAR
CADA
RAMA
TODA
HOJA
CADA
HIJA
TODO
NUDO
DE MI
TRONCO
Y POR FAVOR
NUNCA ORINES
AQUÍ EN MIS RAÍCES

EXCURSIÓN

Henos de nuevo aquí
perdidos en el bosque de la infancia
buscando las pisadas de Dios
bajo las hojas secas.

(Texto inédito del libro *Disidencia en la tierra*)

REFERENCIAS CRÍTICAS

"[...] En cuanto a Llanos, que casi todo lo sabe en materia de poesía y de poética, publica aquí sobre el tema poco socorrido de la modestia, poemas que, como muchos de los suyos, se distinguen por su inteligencia de la composición. Este estudioso de la lengua poética es, virtualmente, el crítico que compensaría los dogmas de la crítica oficial, harto teológica, si viviéramos en una democracia, bajo la bandera de la razón [...]"

ENRIQUE LIHN. Prólogo a *16 poetas chilenos,* Erwin Díaz (comp.), Santiago, 1987.

"En la ciudad de Managua, Nicaragua, el jurado calificador del IX Concurso Latinoamericano de Poesía 'Rubén Darío', después de leer todos y cada uno de los trabajos enviados al concurso, desde diversos países de Nuestra América, acuerda:

Primero: Conceder el Premio a: *Disidencia en la tierra,* cuyo seudónimo es 'Mapuche del Mapocho', por ser este libro el de más alta calidad poética, por su bien manejada visión irónica, por la reutilización de técnicas visuales que vienen desde los movimientos de vanguardia de principios de siglo, así como por expresiones gráficas que hacen de él una experiencia poética fuera de lo común en el actual contexto del panorama de la poesía de Nuestra América; una vez abierta la plica se encontró que el seudónimo correspondía al poeta chileno Eduardo Llanos Melussa. [...]"

ERNESTO GUTIÉRREZ (Nicaragua) ALFONSO CHASE (Costa Rica) JOSÉ ROBERTO CEA (El Salvador). *Nuevo Amanecer,* 398, Managua, II/1988

"[...] La poesía de Llanos se nutre de una tradición ironista, por una parte, y de otra experimental, con poemas visuales a la manera de los caligramas de Apollinaire. Empresa riesgosa, por lo demás, pues después de los célebres poemas del francés y de los realizados por Tablada, el mexicano, o de algunos de Dylan Thomas, intentar una poesía que entra en ese registro de la visualización a través de sus disposiciones tipográficas, resulta difícil".

JUAN MANUEL ROCA. *El Espectador Dominical,* Nº 380, Bogotá, 5/VIII/1990.

"[...] Llanos se mueve con total libertad en términos de estructura literaria. Así, puede escribir un encendido soneto, un epigrama a la manera latina, como incursionar (renovándolos) en los caligramas de la vanguardia europea, manteniendo siempre un sello personal e intransferible".

ELDER SILVA. *La Hora Popular,* Montevideo, 23/VI/1991.

Diego Maquieira

SANTIAGO, 1953

UPSILON (1975)
BOMBARDO (1977)
LA TIRANA (1983)
LOS SEA-HARRIER EN EL FIRMAMENTO DE ECLIPSES (1986)
LOS SEA-HARRIER (1993)

ARTE POÉTICA

—Una ética y una estética, son inseparables. Pero la poesía es un instrumento de revelación y tiene su poder intrínseco e íntegro que está ahí. Ahora, si consideras que ahí hay un juicio negativo para los milenaristas, para la religión... No sé si está tan claro, también hay mucho de juego en esto.

—El poema hace posible lo imposible. Puedes hacer lo que quieras, pero hay mucho que escoger. Yo creo en "el menos es más" de Mies Van der Rohe porque, cuando se va formando un cuerpo único, el mismo poema rechaza categóricamente las posibilidades que no corresponden a la unidad total. Hay un ámbito donde se escoge con pinzas. Y llega un momento en que empieza a mandar el poema más que tú.

—Me siento vinculado a las vanguardias de entreguerras. Yo no sé si soy surrealista o dadá. Me da lo mismo. Yo creo que soy un comediante, en el sentido de que mis poemas son dramas-comedias. También hay elementos dionisíacos, de la epístola. Pienso que hay diversas fuentes de géneros que convergen.

—Para mí las fuentes más profundas son las menos visibles. Por ejemplo, Buster Keaton es fundamental como también la poética de Stravinsky, la cual es equivalente a la de Aristóteles. Ella ha sido una gran orientadora de un sistema de composición. Me interesaba mucho la idea de un maestro, de un educador que me iniciara en el proceso de crear y ordenar un mundo.

—(La poesía) es la más alta expresión del espíritu, es la única que nos puede permitir alcanzar un estado de inocencia. Yo la pongo por encima de todo, aun ahora que me estoy dedicando a pintar.

—La poesía permite crear lo que no existe y tiene que ver con el mundo espiritual. Pero también vivo en mi época y no en una campana de vidrio puritana. Es posible que la obra siempre refleje el mal, porque existe junto con el bien, está todo integrado. No me hago problema con eso. La poesía es de una intensidad enorme, consume un galón cada cien metros, ésa es la diferencia con la prosa que da treinta o cuarenta kilómetros por litro.

(*El Mercurio,* en "Revista de Libros", Santiago, 27/VI/1993).

SELECCIÓN

La Tirana I
(me sacaron por la cara)

Yo, La Tirana, rica y famosa
la Greta Garbo del cine chileno
pero muy culta y calentona, que comienzo
a decaer, que se me va la cabeza
cada vez que me pongo a hablar
y hacer recuerdos de mis polvos con Velázquez.
Ya no lo hago tan bien como lo hacía antes
Antes, todas las noches y a todo trapo
Ahora no.
Ahora suelo a veces entrar a una Iglesia
cuando no hay nadie
porque me gusta la luz que dan ciertas velas
la luz que le dan a mis pechugas
cuando estoy rezando.
Y es verdad, mi vida es terrible
Mi vida es una inmoralidad
Y si bien vengo de una familia muy conocida
Y si es cierto que me sacaron por la cara
y que los que están afuera me destrozarán
Aún soy la vieja que se los tiró a todos
Aún soy de una ordinariez feroz.

La Tirana III
(Hotel Valdivia)

No quiero hablar del medio papelón
Velázquez. Perdóname, pero no había
nadie. No fue nadie a tu estreno
cuando te arrendaste el Hotel Valdivia
para restaurar la Inquisición de Lima
que te quedaba más cerca
y complacer así a tu Iglesia.

Nos recibiste subido en el techo copiado
a la pata al cola de Miguel Ángel
Y te tirabas desde allá arriba
a hacer volar la pieza principal
de los Reyes Católicos.
Estaban tus peores amiguitas
La Pío Nono, La Carla y La Reina María.
Así fue que tu amigo el prelado buen mozo
que merodeaba por el sector
se persignara como el mar.
La media fiesta, Rodríguez, los pocos invitados
que iban llegando volaban por los salones,
porque los cuerpos iban en el aire, Velázquez
agarrando lámparas y gritando amor
a los ataques inmisericordes de tus perros
No sabíamos cómo monjas salir de ahí
Y ya estábamos pensando en dar la muerte
cuando te vino un fuerte bajón a la cara
y se te ocurrió echar a volar a la mamá
mente fuera de aquí, y verla paseándose
desconsolada por los pasillos del hotel.

El gallinero

Nos educaron para atrás padre
Bien preparados, sin imaginación
Y malos para la cama.
No nos quedó otra que sentar cabeza
Y ahora todas las cabezas
ocupan un asiento, de cerdo.

Nos metieron mucho Concilio de Trento
Mucho catecismo litúrgico
Y muchas manos a la obra, la misma
Qué en esos años
Repudiaba el orgasmo
Siendo que esta pasta
Era la única experiencia física
Que escapaba a la carne.

Y tanto le debíamos a los Reyes Católicos
Que acabamos con la tradición
Y nos quedamos sin sueños.
Nos quedamos pegados
Pero bien constituidos;
Matrimonios bien constituidos
Familias bien constituidas.

Y así, entonces, nos hicimos grandes:
Aristocracia sin monarquía
Burguesía sin aristocracia
Clase media sin burguesía
Pobres sin clase media
Y pueblo sin revolución

(De *La Tirana*)

1 Volábamos como un mar mareado

El cielo salió de noche como un contraeclipse
dejando de no creer a los espíritus insomnes
a las pocas mentes que aún soñaban
con parar la matanza en los enormes despachos
del convento de la Catedral de la Moneda
Mientras, los prisioneros de la luz, los celtas,
los boy etruscos, los druidas y los hunos
levantábamos el vuelo y subíamos la luz
desde nuestros hangares fondeados
en el cañón del Urubamba, mama Perú
Volábamos en nuestros acojonantes Harrier,
volábamos como un mar mareado
jubilosos de perpetuar el ataque
a los mig franceses de los milenaristas
que ni con todo el sopor de sus profecías
intuían esta vez la que les esperaba
los íbamos a devolver a Dios a estos pendencieros.

Coitus Gótico

En un Harrier de la flota invisible
en el 2029 sobre el desierto de Nazca

yéndonos en llamas de estos cielos
descontinuados como mandas
a merced del infinito infierno
reparábamos la nave alucinante
sujetándola en el aire
con un encordado de balcones
y volvíamos los mamas a subirla
al cielo obnubilados
mientras nuestras esposas
aullando en poses de suplicación
ante los falos de los resistentes
y heridos aún vivos que íbamos quedando
haciéndole tener un desagrado a la muerte
Nueve años más tarde, cuando bajamos
por las escalerillas del Harrier
a esperar que se nos revelara algo
parecíamos resolana.

Brando

Queríamos a Brando acá en el bote
queríamos recuperar a Brando
que llevaba siete años de prenda de guerra
encarcelado en la Capilla Sixtina
convertida en celda de la consciencia
por los disciplinantes milenaristas
Pero los milenaristas no lo querían soltar
Estaban embelesados con la captura de Brando
y lo hacían pasearse mirando el techo
y con la primera bajada de cuello
amanazaban con agregarlo al Juicio Final
mientras afuera rodeábamos cómo sacarlo
cómo irrumpíamos sin rozar la capilla
Ma seguido de arduas comidas privadas
de bajas recíprocas y de graves daños
y con atentados colosales durante los postres
donde las llamas ensanchaban las sacristías
canjeamos a Brando por un Tiziano
guardado en el mar bajo armamento
para cubrir expensas de gustos caros

Así que así subimos a Brando al Harrier
y le abrazamos la papada en la nave
pero Brando venía difícil y contrariado
venía con la boca mordida de ayunos
y al posarnos suave sobre la cubierta del Cittá Felice
mandó a escobillar su abrigo de sacos
y soltó el racimo que traía en la lengua:

Prescindiré de recepciones ni cancillerías
Prescindiré del alcohol, de las pastas
de los helados de asiento de alcachofa
de los propensos accesos al desengaño
y de mis mujeres que me han crucificado
Pero no cruzaré el desierto
para hacerme perdonar
el oro del dolor que he infligido
No fornicaré, no me deleitaré
ni me pondrán de rodillas
No quiero ni demostrar, ni sorprender
ni divertir, ni persuadir
aspiro al fin de mí mismo en vida
y sin la constatación de mi muerte
Nadie me volverá a ver en mil milenios
El tiempo se está acabando. Es serio
Los dura sangre y las orugas de la miseria
no cejarán hasta devastarme. Lo sé

A un mimo como yo no puede permitírsele vivo.

(De *Los Sea Harrier*)

REFERENCIAS CRÍTICAS

LOS SEA HARRIER:
"La locuacidad de un verso por lo general de arte mayor, cuyos significados se hacen carne inmediata en el verbo y en un decir coloquial vociferado a voz en cuello, se plasma en alteraciones gramaticales que están en función directa con la sonoridad y el chiste, pero que, en su lapidaria ironía y deslenguamiento, apunta sus misiles al derecho a pataleo que tiene la creación libre y soberana con respecto del poder y toda forma de *establishment,* incluido el lingüístico.

La estructura de este bello poema de Maquieira —rara muestra de contenido unitario en nuestra producción poética más reciente— es, asimismo, bimembre y está compuesta por dos lados: el abandono del porvenir en bélicas cruzadas contra los Ratz ('los moluscos de las religiones de Estado') y un hermoso canto hedonista donde prevalece el tono épico de añoranza frente al tono lúdico anterior, y en el que se advierte una mayor homogeneidad, madurez poética y dominio formal".

ANA MARÍA LARRAÍN. *El Mercurio,* Santiago, 27/VI/1993.

LOS SEA HARRIER:
"Maquieira inventa un mundo futurista, poético, cómico y de ciencia-ficción. Cada verso es una sorpresa. Desde luego, su escritura juega, a veces, con las alusiones y ecos que van de la sonoridad al sentido.

(...) Pero hay, sobre todo, la construcción de espacios virtuales que hacen pensar en las arquitecturas y habitantes de ciertos cuadros de Matta, y en las situaciones y ambientes de la película *Blade Runner.* El tipo de violencia recuerda momentos de *La Naranja Mecánica.* Ello tamizado por una peculiar asimilación del humor y las invenciones fantásticas de películas de dibujos animados, del cine mudo de Buster Keaton, de historietas como las de *Asterix* y *Garfield...* Por momentos vuelven a la retina escenas surrealistas de las películas del primer Buñuel.

(...) Los poemas se desenvuelven como una tupida malla de alusiones, paráfrasis, citas parciales, coloquialismos soeces y nombres de sonido extranjero que se entremezclan con la voz del narrador principal, generalmente un 'nosotros' que corresponde a los hombres de los 'acojonantes Harrier'".

ARTURO FONTAINE TALAVERA. *La Época,* Santiago, 31/X/1993.

Juan Luis Martínez

VIÑA DEL MAR, 1942 / VILLA ALEMANA, 1993

LA NUEVA NOVELA (1977)
LA POESÍA CHILENA (1978)

ARTE POÉTICA

EL CISNE TROQUELADO

I (La búsqueda)

La página replegada sobre la blancura de sí misma.
La apertura del documento cerrado: (EVOLUTIO LIBRIS).
El pliego / el manuscrito: su texto corregido y su lectura.
La escritura de un signo entre otros signos.
La lectura de unas cifras enrolladas.
La página signada / designada: asignada a la blancura.

II (El encuentro)

Nombrar / signar / cifrar: el designio inmaculado:
su blancura impoluta: su blancor secreto: su reverso blanco.
La página signada con el número de nadie:
el número o el nombre de cualquiera: (LA ANONIMIA no nombrada).
El proyecto imposible: la compaginación de la blancura.
La lectura de unos signos diseminados en páginas dispersas.
(La Página en Blanco): La Escritura Anónima y Plural:
El Demonio de la Analogía: su dominio:
La lectura de un signo entre unos cisnes o a la inversa.

III (La locura)

El signo de los signos / el signo de los cisnes.
El troquel con el nombre de cualquiera:
el troquel anónimo de alguno que es ninguno:
"El Anónimo Troquel de la Desdicha":

	SYGNE		CYGNE
Le		blanc de le	Mallarmé
	CYGNE		SYGNE

(Analogía troquelada en anonimia):
el no compaginado nombre de la albura:
la presencia troquelada de unos cisnes: el hueco que dejaron:
la ausencia compaginada en nombre de la albura y su designio:
el designio o el diseño vacío de unos signos:
el revés blanco de una página cualquiera:
la inhalación de su blancura venenosa:

la realidad de la página como ficción de sí misma:
el último canto de ese signo en el revés de la página:
el revés de su canto: la exhalación de su último poema.
(¿Y el signo interrogante de su cuello (?) ?:
reflejado en el discurso del agua: (¿):   es una errata).

(¿Swan de Dios?)
(¡Recuerda Jxuan de Dios!):   (¡Olvidarás la página!)
y en la suprema identidad de su reverso
no invocarás nombre de hombre o de animal:
en nombre de los otros: ¡tus hermanos!
también el agua borrará tu nombre
el plumaje anónimo: su nombre tañedor de signos

borroso en su designio
borrándose al borde la página...

(De *La Nueva Novela*)

SELECCIÓN

Un texto de nadie

El único personaje es yo mismo:
el payaso descomedido. Y ese único personaje, instalado
sobre el alambre, debe hacer penitencia. Caer en la cuenta.
Instalar su oscilación para instalar su caída. Proferir
su discurso sobre "el molde abollado de una gramática ajada".
Proferir signos abollados; bollos. Mimar versos de golpe
rapsódico en una noble línea coral. Suplicar su diaria ración
de palabrería y recordar la perfidia radical del objeto:
(no olvidar que la perfidia es eterna y temporal, la todavía
permanente fragilidad del objeto). La broma dura sólo un
instante:
el instante de caer en la cuenta y el de la caída.

(Si andar sobre el alambre sirve
para algo, es sólo para andar sobre el alambre. O poner
[delicadamente] nuestro puñadito de huevos que ha de fermentar en el vacío)

Hay algo que avanza y ése que avanza
es el lento y pesado avance de algo sobre algo que podría ser
algo como un cuerpo sobre algo que podría ser algo como un
alambre. Lo cierto es que algo avanza sobre algo y luego ése
algo que avanzaba ya no está más: se fue sin pagar ni un
centavo,
dejando solo aquello sobre lo cual avanzara. (Hay un lamento
porque vino a cantar por algo más que un centavo y ahora
algo
se queda llorando por algo menos o por el mismo centavo).

Aquello que estaba ya no está más o
está en otro lugar, boqueando su canción de muerte. (Y aquello
que se ha quedado se ha quedado boqueando también su propia
canción de muerte).

Ese algo que ya no está más, se ha llevado
algo de ese algo que se ha quedado y también a la inversa,
es decir,
que ese algo que se ha quedado, se ha quedado con algo de
ese algo
que ya no está más. Lo cierto, otra vez, es que ese algo que
aquí
estuvo vino a corregir la bajada, llamándola "caída". Y
ahora se
va publicando, apenas, su impublicable salto en el vacío.
(Boqueando
la misma canción o cantando otra cualquiera:
"Helada la risotada
la carcajada.
Ninguna coma
ningún amor:
(ni de más
ni de menos).
Ninguna
ninguna canción de amor"

Mientras esto que fue escrito antes es
leído ahora que iba a ser después que iba a ser ahora y que
ahora
ya no es. Mientras esto que fue escrito por alguien, alguna vez, es leído también ahora o después por alguien que puede ser el mismo que lo escribió u otro cualquiera o no ser leído por nadie).

Aquí, en estas mismas líneas, quizás no ahora, sino antes o quizás después, también hay algo que todavía avanza hacia otro lugar o desde otro lugar, avanza hasta aquí o hacia ningún lugar. Y entonces lo que se cree que podría suceder aquí, sucedería en cualquier otro lugar, menos aquí.

En otro lugar y también aquí mismo se ha dicho
lo que se dice aquí: (hay algo que avanza y eso que avanza
es el
lento y pesado avance de algo que podría ser algo como un
cuerpo
sobre algo que podía ser algo como un alambre).

Lo cierto, si algo cierto hay aquí, es que algo
que avanza sobre algo, primero está aquí, y luego ese algo
que era visto
o sentido y se sabía que avanzaba o simplemente por haber
avanzado
ya no está más o sólo porque aquel que esto veía o sentía
está ya en
otro lugar y aquello que avanzaba y que creemos que ya no
está más,
sigue estando en el mismo lugar sin haber avanzado ni un
ápice.

Ahora, otra vez, aquí mismo, sobre el alambre
vacío de su palabra vacía, él se va por el alambre del vacío hacia
alcanzar el vacío de su propia palabra hasta donde no haya más
palabra ni alambre ni vacío: el lugar del no-lugar: (el
magnífico lugar de los lugares).

El único personaje es yo mismo: la pobre
palabreja convertida en sujeto por obra y gracia de sí misma.
Destru-
yendo en sí misma su gracia de sujeto. Destruyéndose palabra
por
palabra en la palabra. Yéndose cortada por el alambre cortado.
Yén-
dose de sí misma hacia el vacío de sí misma. (Descerco de la
lengua
hasta llegar al silencio sobre la cuerda floja y cantar y repetir
(en silencio) una vez más, otra vez la misma canción:

"Ninguna coma
Ningún amor
todo parece una broma
ninguna coma
ningún amor
ninguna
ninguna canción de amor").

Hubo que decir algo, siempre hubo que decir algo,
hubo que decir que hubo un escrito sobre la MENTE y luego
hubo que decir

que también hubo un escrito sobre el CUERPO. Ahora se dice que hay otro
texto que podría ser un LAMENTO. (Salvo que después de nombrado ya no es
más un lamento). Es leído entonces no como un lamento sino como una
CRÍTICA: (crítica que si fuera crítica de sí misma, hablaría de un cuerpo),
¿acaso de un cuerpo ilegible?: entonces se descubre al final, lo que
iba a ser el principio y se descubre en la propia ilegibilidad de la mente.

Lejos de donde algo pudiera oírse
una voz anónima frasea una canción sin nombre:

"Ninguna frase, ninguna coma
ningún texto, ningún autor
ningún delito, ningún rencor
ninguna, ninguna canción de amor.

Si alguna vez hubo alguno
que pretendió ser autor
ya nadie recuerda su nombre
y menos la canción que no escribió

Y aunque todo parezca una broma
es que quizás ya está muerto
o realmente nunca existió".

(Texto Inédito)

REFERENCIAS CRÍTICAS

"*La Nueva Novela*, libro inabordable para las empresas editoriales chilenas, fue publicado por su autor en 1977, después de larga sedimentación. Sin ser un objeto de lujo, en la medida en que sigue siendo un libro, se resiste sin embargo y por todos los medios técnicos y formales a una definición genérica. *La Nueva Novela* y *La Poesía Chilena* (1978) —obra ésta que prescinde ya de los caracteres atribuidos a/y esperables de un libro— son las partes salientes del iceberg impredecible que es el trabajo inédito de Juan Luis Martínez, poeta de Valparaíso nacido en 1942: el decano de los poetas jóvenes y no reconocido mentor y orientador de estos sondeos de la nueva ruptura, instancia que Eduardo Llanos reconoce como Neovanguardia, atendiendo a sus tácticas de su ocupación de la escena; pero el caso de Juan Luis Martínez es incompatible con esa conducta extrovertida: la suya es más bien la de un 'sujeto cero' que se hace presente en su desaparición, y que declara e inventa sus fuentes, borgeanamente.

El sistema de citas y referencias de Juan Luis Martínez no es sólo lingüístico sino semiológico en un sentido amplio; abundan entre ellas las que provienen de la fotografía, de la gráfica propia y ajena, del diseño anónimo con fines didácticos, de la iconografía popular de personajes célebres, etc.

Todo libro es temporal, en la medida en que lo datan sus referentes culturales, y es durable mientras lo actualicen las lecturas sucesivas. Nos parece que *La Nueva Novela* es el proyecto utópico de escapar a la temporalidad, manipulando esos referentes de las maneras más contradictorias, entre las cuales anotamos:

-la declaración de referentes canónicos, hiperreconocidos;

-el elitismo y la sofisticación de otros;

-el pasaje por las culturas y por las épocas;

-el emplazamiento del sujeto de los textos en el centro móvil de una circunsferencia —el libro— de gran amplitud de radios. Las coordenadas también son móviles. Resultado: la imposibilidad de precisar el punto de intersección de las líneas que constituyen esa trama".

ENRIQUE LIHN, PEDRO LASTRA. *Señales de Ruta de Juan Luis Martínez*, Ediciones Archivo, Santiago, 1987.

Juan Antonio Massone

SANTIAGO, 1950

NOS POBLAMOS DE MUERTOS EN EL TIEMPO (1976)
ALGUIEN HABLARÁ POR MI SILENCIO (1978)
LAS HORAS EN EL TIEMPO (1979)
EN VOZ ALTA (1983)
LAS SIETE PALABRAS (1987)
POEMAS DEL AMOR JOVEN (1989)
A RAÍZ DE ESTAR DESPIERTO (1995)

ARTE POÉTICA

OTRO VIVIR

Escribir poemas es otro modo de compartir la suerte o el desbarajuste de este ángel abolido que no dejó de ser hijo predilecto de Dios y endeble hermano de otros hombres. ¿Qué o a quién vislumbramos en la proximidad de una tierra o el convite de un cielo? Nuestras obras nos desnudan: De lo que abunda el corazón habla la lengua.

Por encima de apariencias y de objetos, el común latido de lo vivo proclama una finalidad que espera resplandecer sin la penuria del tiempo. Mientras, siempre estará por verse lo que miran los ojos. (...)

Como el otro vivir, la poesía pugna por hacer patente lo universal a partir de la singularidad. Tiene que ver con lo genuino, no con extravagancias ni adocenadas repeticiones. Se degrada al convertirse en tópico. Muestra los ecos, torna audible la piel, serena volcanes y vuelve turbulentos a los rocíos. Menos cuerpo que aura y más reverberación que masa. Historia destilada por la conciencia y la memoria. Por eso, acoge cualquier ímpetu inicial y lo reconoce como propio siempre y cuando cumpla la condición de tender a lo innombrado. No son, pues, sus escuetas palabras las que nos dicen verdaderamente, sino la atmósfera y la respuesta que provocan, su verdadera traducción.

Tampoco es fin en sí, más que como hechura del poder creativo de nuestra especie. La poesía es, más bien, intermedio entre el hombre y su doble, entre cuerpos y sombras, entre el concreto pie y la ansiedad del pecho. Ni dolor ni amor, sino emanaciones más perdurables que la injuria o el adiós. No se agota en el sentir, pero es nada o casi nada sin corazón.

Esquiva cualquier reduccionismo. Innegablemente, la vastedad de lo creado la nutre y ella responde, transfiguradora, aproximando las más secretas zonas de lo vivo, mucho mejor que otros lenguajes. Luz inatrapable y súbita, puede, en parte, describírsela, pero no es jamás preceptiva, manifiesto o fórmula.

(Fragmento de discurso de incorporación a la Academia Chilena de la Lengua. Santiago, 13/IV/1992)

SELECCIÓN

ILUSIÓN DE LA TARDE

La magia de la tarde es una sombra
que pasa y deja en la memoria
la agonía insistente de tu nombre
y el sabor de una pérdida tan sola
en la vana ilusión de los encuentros.

(De *Alguien Hablará por mi Silencio*)

TRES ES EL NÚMERO PERFECTO

Tres son las PERSONAS PRIMORDIALES,
los años ocultos del Mesías fueron treinta,
tres los Reyes Magos y la Sacra Familia,
las tentaciones tres y los regalos,
múltiplo de tres los doce apóstoles,
tres en el Tabor y tres en el Calvario,
fueron también tres los años públicos,
tres veces los dejó velando en los olivos
y por otras tres los halló dormidos,
las negaciones tres y las horas de la Cruz,
tres veces Cristo dijo: "¿Tú me amas?",
las consultas de los jefes fueron tres,
Pilato vaciló también tres veces,
treinta monedas fue la tasa para el Hijo
y el velo del templo se rasgó a las tres.
Al tercer día resucitó de entre los muertos.
En el nombre del Padre, del Hijo y del Espíritu Santo.
Amén.

(De *Las Horas en el Tiempo*)

INSOMNIO

El escrúpulo del universo
sabe ignorar los relojes
de la pena, la pasión desesperante
mientras el insomnio gotea.
Lamentablemente estoy despierto
y no puedo olvidarme del planeta.

(De *En Voz Alta*)

I

XI
Abrid de par en par cualquier ventana
y escucharás propagar tu alma por el
mundo.

XXV
No puedo distraerme ni soñar.
Tú eres la realidad.

XXXV
Soy la mitad del mundo;
la otra, está claro,
deberías ser tú.

II

VII
No sabrás jamás de la vida
que has llevado en mí.
Está demás el mundo
para conciliar lo eterno
con un verso prófugo. Todo
fomenta una confidencia,
pero vas, sobre todo el mundo,
cogiendo en una mano
todas las noches de mi garganta.

XVII

Inalterable la memoria del mundo,
pero tú vas olvidándolo todo: este
corazón de veinticuatro horas cada día.
No soy en ti y no basta decirlo.
Vas haciendo que mi derecho a vivir
sea una lenta y minuciosa muerte.

XX

El amor que nos creara
ha de perder el rostro.
Tal vez reste por algunos años
esa vida confinada en dos palabras
desde algún viejo tronco
que arda por la tarde.

III

IV

Tú no te comprendes.
Yo tampoco.

V

No eres principio ni fin,
tampoco nota explicativa,
aunque sí lo borroneado
en el paréntesis.

VI

De tu nada pude escribir algunas
cosas.
De cuanto sentí ya no me acuerdo.
Te ofrezco humildemente esas dos
nadas.

VIII

Yo seré quien te escribió algunos
versos.
Tú habrás sido quien no supo leerlos.

XXI
No te guardo rencor.
Sería demasiado.

XXVI
No pretendas ignorar hasta el extremo
que esto ha sido escrito para dar
en el blanco escarchado de tu corazón.

IV

XV
Uno no pide escoger o amar,
simplemente se encuentra de pronto
como quien amanece y echa a andar
sin exigir cómo ni hasta cuándo.
Alguien responderá más tarde.

(De *Poemas del Amor Joven*)

IMPOSTERGABLE

Hablo de sentir
                y estar contento.
¿Quién al otro lado de la
                puerta?
Lo digo como despidiéndome
                sin que por eso
sea mejor porque lo diga.
                Hablo de una palabra
con qué resistir y ser
                o abrir ventanas
a un patio del mundo
                intocado de abandonos.
Yo la digo,
        la voy diciendo
                (pero no la digo),
yo, que ni tengo cómo
                alegrar al limonero.

(De *A Raíz de Estar Despierto*)

APUNTES DEL NATURAL

Día de alborada presentida
en quien mira y transforma
los dispares pasos de la calle
en destinos laboriosos
y luego ya no acepta
pensar en imposibles.

Día recluso como decir
no importa o hasta cuándo.

Día que taracea en la memoria
alguna noche en que no sobró
ser feliz y la aurora
fue beso compartido.

Día con la tarde a la espalda,
sintiendo que alguien falta
cuando la lluvia se retira
de las ventanas y tal vez
alguien piense por causa tuya
esa felicidad de lo nonato.

Día de consentirle a las horas
sus dichas esparcidas.

Día queriendo volver
memoria arriba de la sangre
como aprestando los ojos
a que pronto llegue alguien.

Día en una muchacha que miro
encogerse de hombros
sonriéndole a la calle,
recluido el viento en su pecho
y llevándose la distancia.

(Texto Inédito)

REFERENCIAS CRÍTICAS

NOS POBLAMOS DE MUERTOS EN EL TIEMPO:
"No consigue el autor largas estrofas donde mantenga la altura poética, pero sí relampagazos de la más pura poesía".
CARLOS RUIZ TAGLE. Revista *Qué Pasa* Nº 294, Santiago, 9/XII/1976.

ALGUIEN HABLARÁ POR MI SILENCIO:
"(...) Sabe Juan Antonio Massone que el silencio es el aura que rodea a la palabra y que hay que entenderla con su irradiación mágica, donde la sombra se une al cuerpo que la motiva. El poema habla en lo que dice y es el *alguien* que expresa lo inefable. Libro de un ser vivo para seres vivientes o en trance de descubrir la gloria y desolación del estar plenamente vivo.(...) Entremos en su reino humano y angélico con el respeto que nos merece lo auténtico y lo bellamente expresado".
ROQUE ESTEBAN SCARPA. Prólogo: *Alguien habla plenamente en silencio sonoro.* Ed. Nueva Línea, Santiago, 1978.

EN VOZ ALTA:
"Sin huella marcada por otro, pero con la natural disposición lírica universal en tiempo y lugar, todo el libro contiene una variedad de tonos acordes con lo visto, oído y pensado por él".
EFRAÍN SZMULEWICZ. *Diario Austral,* Temuco, 22/XI/1978.

LAS SIETE PALABRAS:
"Poesía que no se deja llevar por el viento, sino que pone su anclaje en nuestros sentimientos y en la profundidad del corazón".
MANUEL FRANCISCO MESA SECO. *El Heraldo,* Linares, 18/X/1987.

POEMAS DEL AMOR JOVEN:
"Massone nos encara con un texto en donde el amor —y el amor joven— es antes que forma, invocación literaria y artificio, peripecia vital que, junto con dar con el hombre concreto, acierta y perfila plurales experiencias. Las de ahora y las de siempre".
MIGUEL ÁNGEL GODOY. *Fortín Mapocho,* Santiago, 11/II/1990.

José María Memet

NEUQUÉN, 1957

Poemas Crucificados (1977)
Bajo Amenaza (1979)
Cualquiera de Nosotros (1980)
Los Gestos de Otra Vida (1985)
Canto de Gallos al Amanecer (1986)
La Casa de la Ficción y Otros Poemas (1988)
El Duelo (1994)
Una Animal Noble y Hermoso
Cercado entre Ballestas (1995)

ARTE POÉTICA

Yo soñé que amaba a una mujer,
ella corría por la vida
como si la capacidad de amar no existiera.
Pero un día despertó y sin embargo
continuaba en el sueño.
Hablamos esa noche,
la muerte nos acompañaba
y no era extraño.
El sol mientras tanto,
daba sobre la ventana
con la fuerza de un diamante.

(Especial para esta Antología)

SELECCIÓN

Elegía a un ciclista

Viéronle correr por estas calles,
escapado, en punta.
La neblina cubría los cerros,
la vida, su mirada
y en su mirada la ciudad quedaba atrás,
tal vez hasta Dios quedaba atrás.

Las nubes, los árboles fijos al espacio
—al subir esa montaña que es la idea—
lo ven pasar en embalaje,
lo ven doblar, perderse,
la recta lo devuelve hasta la hoja
en que yo escribo.

Viéronle correr a la distancia,
a la distancia el pelotón y la rodada.
Al entrar al cementerio
el escapado pedalea más aprisa.
Las tumbas y los nichos se abren todos
y los muertos ven pasar esta carrera;
por los lados se abren fosas y más fosas,
—nadie entiende—
cientos, miles de ojos ya al vacío
van a tierra...

...la quietud se logra al avanzar
todos los trechos,
si el hombre es el momento
la libertad se justifica.

Ya no logra detenerse. Sigue y sigue,
los pedales van al rojo.
Se alzan cruces por doquier
aunque van a campo abierto,

eso indica que la muerte se propaga
emparejada a este poema,
al cual —ya amenazado, casi censurándose—
no le queda sino huir
a un lenguaje más confuso.

Se avista la llegada. Se oyen vivas
y banderas que se alzan.
Apresúranse los rezagados,
los que siempre creyeron
—incluso en los momentos de más sangre—
que el camino es táctica y amor.

Las llantas van humeando
pero la fricción no puede ya dañar
estas palabras.
Ya no existe el escapado,
todos van allá en la punta,
el lenguaje es el recurso con que corro
en esta vía;
la meta es inminente,
la victoria será nuestra.

(De *Cualquiera de Nosotros*)

El puerto de la poesía

Había envejecido el Almirante, también el tiempo
se arrojaba sobre Drake, su viejo loro.
Seguido de gaviotas y de lunas se paseaba
por cubierta, ya intranquilo. Nada, absolutamente
nada, hacía presagiar que la tierra se acercaba.
"Las manos acarician las arenas y con un derivado desdén
cierran la visión marina en la arena quemada por el vino".
Esto soñé mientras bebía:

Él tenía claro que la tierra era cuadrada,
aunque dudara de dragones al acecho
donde el mar se precipita y es vacío.
Su única certeza consistía en que el deseo
entrega piernas, cuerpos, bocas que se ansían

para arder. La vejez, luego la muerte,
son las formas en que el fuego se consume.
me encontraba en la taberna, arrimado a la ventana.

La noche era de espanto, y, sin embargo,
una mano en el timón les daba rumbo. De tanto en tanto
el rostro de Lezama aparecía,
iluminado en el fulgor que da el tabaco.
Solo ante la nada, solo ante el abismo,
recordaba los cuerpos, la meguez de las ninfas
en su cuello, los tugurios donde amaban por centavos.
Miré hacia afuera aquella noche, hacia los días,

Nunca cambiaremos, se decía entristecido. Depreda el mal
sobre los pueblos y se extienden las pasiones.
No le preocupaba constatar que estaba muerto
y que su tripulación, aquella que plácida dormía
en camarotes y cubierta, era de espectros,
leños de una hoguera que el frío y la memoria
se encargaron de hacer polvo.
tras los cristales no había ilusión.

Pero esa noche era distinta. El viejo loro a todos despertó
con sus chillidos y al correr hacia la proa
vieron surgir de la penumbra vagas luces, siluetas
que eran cerros, cerros que crecían al encuentro.
El viejo puerto del que hablaba el Almirante aparecía
con sus grúas, con sus muelles y con olas que al morir
contra cargueros dejaban caer lenta la llovizna.
Era el puerto que emergía de mi copa.

Las sombras no pudieron destruir los viejos sueños.
Todos recordaron el paso de la nave por Dachau,
el océano de muerte, fusileros, la horca con la vida
de Moloise, las llamas en la carne de Castillo.
Bajaban y bajaban los poetas. Federico, las ovejas y Miguel,
Vaptsarov, el rostro de Rugama, de Heraud su hermosa risa.
Seguían descendiendo la escalera, atrás era el pasado.
Me dije ¡Mírate, poeta. Aún quedan amores!

La bahía era una fiesta, Valparaíso eran pañuelos,
eran banderas. Centenas de petardos y cohetes en vuelo,
explosionando, daban fe que era el regreso.
Por Placeres, El Barón, canciones de hermandad
entonaban los fantasmas. Y Drake, el viejo Drake,
aún sobre el hombro de Lezama, miraba hacia la mar
convencido que el blanco de las olas era nieve.
¡Y arrojé mi copa a la mañana!

(De *La Casa de la Ficción y Otros Poemas*)

La "suite" de los espejos

Esa tarde, —en medio del trajín del gozo
en la "chambre des miroirs"—
al ver su cuerpo estremecido de placer
en todas direcciones;
empujé con mi pie en forma suave el espejo
adosado a un costado de la cama,
estrepitosamente se fue al piso
a convertirse en mil pedazos.
Ella brincó dando un grito y aferrándose,
mientras, en mi solaz,
me quedé observando, extasiado,
los fragmentos esparcidos alrededor de la cama
que aún contenían su cuerpo,
realmente negábanse a dejarlo.
Súbita y sorpresivamente
Catalina me reprendió
diciendo que, en el fondo,
seguía siendo un niño
y que jamás maduraría.
Me quedé pensando
en lo veraz de su argumento,
pero comprendí, lucidez mediante,
que la realidad era otra:
¡... sólo me importaba la ficción!
¿Es eso muy terrible?, pregunté,
y vi en sus ojos el odio y las llamas que produce
cubriendo sus retinas, quemando en ellas
—en una imagen terrible— la casa y los hijos

que había soñado para ambos.
Encendí un cigarro,
el cielorraso se iluminó por un instante
mostrando los relieves y grabados eróticos
del pintor González Serey del siglo XV
—condenado a muerte por la Inquisición—
belleza sin igual sobre la tierra
y única, por cierto.
Mientras ella se vestía cerré los párpados
y comencé a dormitar,
sólo el silencio hablaba y era espléndido
no sufrir un altercado;
recuerdo vagamente que escuché
una puerta que cerraba.
Al despertar recordé lo que soñé:
la tierra girando
entre miles de estrellas y planetas,
donde yo, un poeta extraviado en mi galaxia,
era tan sólo otra forma de vida;
nada me pregunté desde ese entonces,
sólo me molestaba el deseo
que volvía con su acoso cada noche
y su cuerpo en los espejos de la suite,
repetido una y mil veces
para siempre.

(De *El Duelo*)

El Quijote

Un mondadientes es una lanza enorme
en los brazos de una hormiga,
si ella se lanzara en contra de un molino
el viento perdería su sentido.

(De *Un Animal Noble y Hermoso Cercado entre Ballestas*).

REFERENCIAS CRÍTICAS

"La poesía es vivida como historia antes que como literatura, ha dicho Vitier de la obra de José María Memet. Y ha dicho bien, porque el joven autor chileno no quiere un quehacer experimental, puro, distante de lo cotidiano. Prefiere que su creación exprese lo que acontece en el mundo de la verdad. La palabra no es entonces ficción, sino una voz denotadora y recogedora de lo que acontece".

HUGO MONTES, "José María Memet y su poesía" en *La Poesía Chilena Actual,* Ed. Lar, Concepción, 1988.

EL DUELO:

"En este nuevo volumen de Memet, (*El Duelo*) escrito con sobrado oficio, predomina un *leit motiv* de índole más bien cultural, a partir del conflicto entre el instinto de placer —anidado en la figura de sor Catalina, una monja del siglo XVII— y las barreras dogmáticas de su religiosidad. Para ello, y a diferencia de sus primeros libros de tono neorromántico y trasfondo cristiano, aquí asumirá el aliento de un relato que fluye en el plano metafórico y el lenguaje desenfadado.

El desdoblamiento del hablante, su feminización en diversos textos le permite articular y abrir espacio a la voz femenina de la monja. Así, ella se erige como metáfora de un despertar de la mujer, en medio del efecto invernadero de una patriarcado milenario".

ERNESTO CÁRCAMO, *La Época,* Santiago, 16/IV/1995.

CANTO DE GALLOS AL AMANECER:

"En *Canto de Gallos al Amanecer* un hablante lírico está escribiendo un poema mientras una suerte de apocalipsis se adelanta a las profecías bíblicas. 'La explosión de una bomba estremece la ciudad, —y en el texto no es metáfora, se remece hasta el sentido'. Memet, inserto en una experiencia vital límite, el perseguido, construye un imaginario que es hiperreal porque ve incluso por debajo de las apariencias. Doce cantos epopéyicos completan el texto que se sostiene y que sorprende por su acertada conexión con los clásicos, la historia y la literatura.

El temor y el miedo de aquellos tiempos está presente en el peligro que amenaza al poeta por asumir la palabra. Por eso advierte como en posición de defensa: 'Guarda tu cuchillo, lector. Canto desarmado'. A pesar de todo sentimos que en la memoria está la salvación".

MARÍA LUZ MORAGA. *Antología Personal de Reseñas de Poemarios Chilenos,* Santiago, (en prensa).

Paz Molina

SANTIAGO, 1945

MEMORIAS DE UN PÁJARO ASUSTADO (1982)
NOCHE VALLEJA (1989)
CANTOS DE CIEGA (1994)

ARTE POÉTICA

El poema intuido en su salvaje libertad, debe ser apresado por la conciencia y fijado en su forma huidiza; mas algo de esa fuga debe permanecer latente en el poema, esa vitalidad de lo inconcluso, esa posibilidad de muerte que lo hace más pleno y sutil. Aun en esa ambigüedad de lo vivo para la muerte, el poema tiene cierto perfil rotundo, una categórica precisión impregnada de amoroso y dúctil movimiento, se conforma como un cuerpo pletórico y bullente, capaz todavía de crecimiento, anhelante aún de cierta belleza ingrávida que se le escapa.

Y en esa existencia suya, transitoria, puede el poema respirar un clima perceptible: una suma de comunes y extraordinarios propósitos, una evocación palpitante de experiencias profundamente humanas e inocentes y también de aquellas omisiones culpables y aquellos temores que agobiaron el alma y luego la disolvieron en belleza y esperanza.

El poema, así resuelto, viviente como un ser, podrá entonces percibirse y olerse cual una fruta. Ofrecerá también una forma lisa y bien pulida; suave y fibrosa ha de ser su carne fragante. El verso ha de sostener su propio aliento en concisión y densidad. Los amores y las perdidas luchas deben habitar en él con pasión ceñida. Y aun la suma de inefables maldades podrá asomar entre verso y verso su cabeza múltiple y elocuente.

Existe un pulso de la experiencia, un ritmo interno y audible que se hace grávido en ciertos momentos de lucidez reflexiva y expresiva. Estos dos instantes de la percepción deben fijarse y fundirse en el poema con la fuerza amorosa de lo generador de vida.

(Especial para esta Antología)

SELECCIÓN

Historia de Ángeles I

Entonces fue que el Ángel se acercó desnudo y dijo:
tendrás sed de mi carne y vagarás hambriento.
Luego, haciendo ondular su oscura cabellera
se hundió en la incertidumbre de su concepto.

Intentaba el ingenuo comprender los alcances del Ángel
entre fiebre y bostezo, vagas contemplaciones;
pertinaz, sin embargo, se enfrascaba en conciertos
de incomprensible música, salvaje y presuntuosa.

Tendrás sed de mi carne y vagarás hambriento.
Y su cadera trascendió la condición humana.
El Único, obstinado, doblegó el idioma
y lo hizo parir la flecha.

Quiso luego ejercitar su arco inconfesable.
Premunido de un cóndor se dispuso a la barbarie.
Y no logró más quietud que un deambular inédito
por las inmediaciones del hastío.

Quiso luego la forma, cogió su flecha,
la cadera del Ángel se apagaba, a lo lejos,
hacia ella apuntó con intención diabólica
y un alarido turbó la paz inadmisible.
Tendrás sed de mi carne y vagarás hambriento,
dijo el Único al Ángel
y lo ensartó en el Infinito.

Historia de Ángeles III

He pecado, se dijo el Ángel y una
repentina oscuridad asomó a su mirada,
(antes sus ojos eran dos alondras)
dos pájaros muertos se asomaron a sus ojos.

He pecado y debo aguardar mi castigo.
mientras tanto
cavaré una tumba
para dos pájaros muertos.

Memorias de un pájaro asustado

Yo vivía contigo
en el rincón más protegido de la sorpresa;
guardábamos juntos la entonación precisa
de las horas.

Y así fue que comenzó nuestra historia de impiedades.
Tu moral y la mía carecieron de la fuerza necesaria.
Yo brincaba
en la esperanza de conducirte de la mejor manera,
a otro lugar, menos definido,
a un sitio perfecto
para el alumbramiento de la forma.

Y ahora suena arcaico decir ¡Ay de mí!
No es vigente reclinarse desnudo contra el trébol.
Se considera al borde de lo promiscuo
un beso arrebatado a todo lo que dan las intenciones.
Por eso, ave amiga, tengo que transitar
con este aspecto de funcionario público.

Y yo que habría querido ser mago.
Apagaste mi lámpara
y me quedé colgando de tu insolencia
como un pájaro asustado
recordando sin motivo
su peor cautiverio.

(De *Memorias de un pájaro asustado*)

La crueldad

La crueldad ejerce su poder
con una certidumbre de extravío
Se yergue porfiada rosa cual mala madre
atónita en sus yerros escandalosa

Yo no la hubiera maldecido yo no la hubiese
si su solamente sombra si su solamente vientre
Pero no, fue toda figura rompiendo fue toda lágrima
y pobremente su fecundar sin nascencia sin gozo

Ya está, no duele tanto cuando se nombra, como
hincarse sin piel o morir sin pelos
Dejado del abandono perdido de sí mismo

Ya viene, ya se ha logrado lo preferible, ya no muerte
Porque llegará y su crimen será mejor olvido

(De *Noche Valleja*)

Propósitos de Gloria

Yo vivo en esta esquina del fracaso.
Una flor se me pudre entre los dedos.
Ebrios soles me acompañan
hasta el fuego que marca mi conducta
de pájaro extraviado.

Mercaderes innobles me proclaman
ciudadana de ilustre jerarquía.
Y agito mi peluca sospechosa
y brillo con los bronces refulgentes.

Mastico mis propósitos de gloria.
Me anuncio a grito limpio por las calles.
Y nadie se aproxima cuando vuelo
desnuda en mi locura subterránea.

Saquen de aquí esta huella de cadalso.
Saquen de aquí esta bestia caprichosa
que corroe lo alto de mi sueño.

La rosa

Considera el perfume de la rosa
—me dijo un sabio— por su terciopelo.
No es cosa de ponerse tremebundo
y desterrar al sol de los jardines.

Yo quise hablarle de la rosa negra
de la rosa fundada en la sospecha
de la rosa revuelta con la ráfaga
de la rosa podrida en la conciencia.

Yo quise hablarle de la rosa ciega
de la rosa muñeca de madera
de la rosa ritual del calendario
de la rosa crema chantilly.

De la rosa. Yo quise hablarle de la rosa.
Pero estaba amortajado el caballero
en el perfume ambiguo de la rosa

Habitaciones

Las habitaciones del hombre son dos
una para nacer
otra para morir.

En el tránsito de la imagen
el sol pierde su guía.

Las habitaciones del hombre son dos
una para crecer
otra para esperar.

En el espacio de la metáfora
la paciencia teje sus bodas.

Las habitaciones del hombre son dos
una para la noche viuda
otra para la mañana esposa.

En el camino de la esperanza
las habitaciones son infinitas.

(De *Cantos de Ciega*)

DIOS INOPERANTE

Si tan parca de lumbres el alma se me queda
y me voy obstinando en un pedir sin término
sin llegar al oriente de ninguna palabra
es que seré el aliento de un dios inoperante
vuelto pez o murciélago

Si tan profunda grieta se va abriendo en mi día
si no tengo razones para alcanzar alturas
con mis branquias deshechas y mis alas inútiles
es que he vuelto a la orilla donde viven los lobos
nadando con los ojos más allá de la noche

Y si es largo el empeño de indagar en lo oscuro
y letal de mi sombra, si me ciño los miedos
como cárceles suaves, si me torno memoria
y declino lo ausente. Y si yazgo en mí misma
es que Quiero mi nombre

Como una puerta larga como un paso precioso
para izar el futuro con sus dientes de plata
y su melena impura

(Texto Inédito)

REFERENCIAS CRÍTICAS

MEMORIAS DE UN PÁJARO ASUSTADO:

"No cabe duda de que sus muchas lecturas y de su personal manera de ver el mundo circundante, le viene a Paz Molina una fuerza poética que llama a novedad e interés. (...) Una autora que alcanza plena madurez con su palabra, echando por tierra lo tradicional y lo romántico. Más cerca de una escritura iconoclasta que de lo angélico, aun escribiendo sobre historia de ángeles. Más cerca de lo impúdico que de lo pudoroso (...) Se diría que una moralidad no habitual viene y va por sus versos, en un lenguaje que rompe lo solemne y da paso a lo irónico".

JAIME QUEZADA. Contraportada de *La Noche Valleja,* Santiago, 1989.

NOCHE VALLEJA:

(...) "Sus poemas no surgen de una mímesis ni son esbozos impresionistas o arabescos, tampoco se proponen producir un *shock.* Hay en esta mujer un proceso decantador, como si estrujara su intimidad, para verter la esencia del fundamento, tanto en la temática como en el poder evocador y en los estratos del lenguaje".

HUMBERTO DÍAZ CASANUEVA. Prólogo a *La Noche Valleja,* Santiago, 1989.

CANTOS DE CIEGA:

"La hablante explora insistentemente su interioridad, su cuerpo, el trasfondo y la superficie de sí, contexto en el cual no logra cuajar un perfil sino una ambigüedad, un dibujarse y desdibujarse en sus angustiosos laberintos. No puede mirar al otro ni a ella misma desde el lugar común de la luz: requiere la ceguera. Desde allí, el recurso de la memoria, la sensación delirante del sueño y el extravío, le permiten expresar su hermética subjetividad (...) Quizás uno de los méritos del universo poético de la autora es eludir la tentación del estereotipo de mujer, matizando su punto de vista más allá del orden simbólico de lo masculino y lo femenino.

Desde esta perspectiva, la poeta rehabilita la lírica como forma intuitiva, sutil y emotiva de expresión, marco en el que incorpora un verso aunque libre y sin rima, dotado de ritmo y medida. Esto lo complementará con un estilizado manejo del poema y una pulcritud constante en su discurso".

LUIS E. CÁRCAMO. *La Época,* Santiago, 6/XI/1994.

Jorge Montealegre Iturra

SANTIAGO, 1954

HUIROS (1979)
LÓGICA EN ZOO (1981)
ASTILLAS (1982)
EXILIOS (1983)
TÍTULO DE DOMINIO (1986)
BIEN COMÚN (1995)

ARTE POÉTICA

POESÍA DEL BIEN COMÚN

Pienso en una poesía del bien común; es decir, del poeta que se conecta con su propia precariedad y que se dimensiona entre los individuos como una persona *bien común*, nada de especial. A la vez, surge otra acepción que me interesa: el bien común entendido como plataforma de los sueños de todos; el punto de apoyo para realizar cualquier proyecto que beneficie a la comunidad: el bien común fundado en la solidaridad.

Ambas faces del bien común son como las dos caras de la poesía, que es personal y comunitaria: una hostia que se comparte y que, en ese mismo acto, nos envía a un viaje solitario al interior de nosotros. En mi caso, he descubierto en ese interior muchas orfandades que se han alojado en mis poemas. La orfandad es la raíz herida del desarraigo. Lo veo recién en mis versos, con lucidez tardía.

Sin embargo, más allá de la crónica personal, creo que el desarraigo es un sentimiento compartido en mi generación. El bien común es un presente dinámico, que los poetas —inconformes e insatisfechos por naturaleza— no confundimos con el *statu quo*. Es historia. Un punto de partida y de llegada virtuales. El bien común es el vértice donde se encuentran la nostalgia y la utopía. En esa esquina se ha parado buena parte de nuestra generación.

Suspendidos entre la ilusión y el desencanto, intentamos defender la memoria y la utopía como un objetivo más ético que estético, con una poesía que nació como un desgarro testimonial, desde las llamas y la oscuridad de 1973. Ahí se fracturó el cotidiano moral de Chile, se violentó el bien común y empezó otra historia. Ahí surgió nuestra *generación NN* que, doblemente *en emergencia*, creció aprisionada entre el pasado y el futuro, porque los autoritarismos niegan el presente. Ahora, sumamos a los recuerdos las nostalgias prestadas; y sumamos nuestros versos al bien común de la literatura chilena. ¿Qué es esta poesía? Otros lo dirán. Espero, sí, que sea considerada verdadera. Y eso no es poco.

(Especial para esta Antología)

SELECCIÓN

Fosa ardeatina

Mordaza raída
        voz de hiel
Mortaja roída
        piel de cal
Ánima
        hórrida
                Lonquén.

(De *Huiros*)

Gansos

Pechugones y rudos
        —toneles grises llenos de vinagre—
meten las patas en el barro y salpican soberbia, guano
y restos de comida
luciendo la torpe y doméstica bravura de los guardianes:
                ¡perros que ladran por boca de ganso!

(De *Lógica en Zoo*)

Alta poesía

Todos los vecinos de mi barrio duermen siesta,
pero hay chicos que golpean puertas fastidiando:
piden pan y no dejan
escribir los mejores poemas sobre el hambre.

(De *Exilios*)

* * *

Cada uno de nosotros
sueña con abrir una alameda en este campamento
        podando los árboles
        que crecen con la yerba en toda la manzana.
Los muchachos
comparten aspiraciones con las cuatro esquinas y confunden
        los arrabales con los arreboles
        que brotan de las nubes del humo alucinante.
La patota lleva cortaplumas
y cadenas en el pecho y una soledad estereofónica en las sienes;
temibles
los pandilleros se asombran bajo cada tronco y lo desfiguran
        a tajos
        tallando corazones.
Acerándose en la copa
cualquier hijo de vecino se tienta al filo de la primavera:
        toma vuelo y se lanza
                contra los callejones sin salida
                        con rabia
como un ángel guardián   trasplantado
                        y sin paraíso.

(De *Título de Dominio*)

MI PADRE BAILÓ CON POLA NEGRI EN PUERTO VARAS

Con un tigre la polaca se metió en el corazón del chilote
como si mi padre fuera un Gran Hotel
y no un gato marino maullando en la Fiesta de la Primavera.

En el pecho la gringa le talló con pestañas un recuerdo:
su guiño,
nada más que un abrir y cerrar de ojos en el sur de Chile.

Mi padre no era Rodolfo Valentino
    pero bailó con Pola Negri en Puerto Varas.

Repetida esta herencia, la historia podría ser mejor.

El ángel sepia

Las piernas más bellas del mundo serán un recuerdo prestado
para quien no tenga una sombra ronca que le siga
tocando el acordeón con un frac insinuante

El ángel azul era una abuela glamorosa
cuando bajó hasta el centro de Santiago
en el año mil novecientos cincuenta y nueve.

Yo tenía cinco años:
todo un héroe en la selva del patio de mi casa
Mi padre, un galán
que suspiraba por la rubia en el teatro
Pero yo no recuerdo a esta señora. Sólo conozco
añoranzas de plástico, afiches, y sus pómulos pálidos
en las páginas de la revista *Écran*.

Sentada en el barril, levantando su pierna
la Dietrich es un mito con sombrero de copa
el portaligas
de una anciana encerrada tras un vidrio empañado: una musa
venerable
refugiada en los Campos Elíseos
Gira *Lili Marlene* como un remolino en su victrola
donde cada surco es una trinchera que da vueltas
avivando a los veteranos de Hollywood y del infierno

Todavía tengo una maleta en Berlín
canta
desde un exilio que mutila con bombas de tiempo

Pasaron las tropas, los juicios, la jauría de soldados. El reloj
señala otra época en la Alexanderplatz
La puerta de Brandenburgo deja pasar un siglo con olor a cenizas

pero la diva no vuelve a su barrio sin murallas

La viuda se queda leyendo a Rilke frente al arco de triunfo

"Murió sola —dicen los cables— cuando miraba el álbum familiar"
como en una butaca mirándose a sí misma

Sola
mientras los bisnietos le escriben poemas
a sus piernas de ángel sepia: los bastones más bellos del mundo.

NIÑOS DE FIN DE SIGLO

En el famoso año dos mil después de Cristo
seremos viejos y niños del siglo pasado

Salvo los niños de Somalia
que no están en los planes del milenio que viene
porque los niños de Somalia
no conocerán la próxima semana

Los niños de Somalia son menos que huérfanos en el desierto
Son hijos del hambre que los acuna
y nadie adoptará un cachorro de hombre
que juega con su propio cadáver

Los niños de Somalia son los niños de Ruanda, de Biafra, de Etiopía
mirándose en el espejismo de una ronda africana
Los niños de Somalia no pueden escapar como los niños de Sarajevo
y los niños son niños así en el hambre como en la guerra

Los niños de Somalia son esqueletos
caminando hacia ninguna parte
recién paridos a la muerte
Ya nada tienen que pedir
Nacieron sólo para enviarnos su mirada
vía satélite
Un silencio que dura un close-up eterno

ojitos que sostienen los párpados en una proeza irrepetible
a la hora de comida
cuando cambiamos de canal y de milenio moviendo las pestañas
a control remoto

La hora de vendarnos la mirada
con el último pecado
que divide a la familia principal del Reino Unido

Bienaventurados los niños de Somalia
porque nunca serán
los viejos de mierda del siglo venidero.

(De *Bien Común*)

ESPEJOS

Pinza en mano la señora se cuida las cejas
El chofer desenfrenado la observa
en el espejo. La señora no ceja
El chofer frena
bruscamente
Pinza en mano la señora sin espejo siente
que su ojo la mira
desde la cuneta

(Texto Inédito)

REFERENCIAS CRÍTICAS

TÍTULO DE DOMINIO

"(...) los cuatro libros anteriores de Montealegre, compuestos en su mayoría por textos breves, epigramáticos, de un humor incisivo y lenguaje controlado y justo, preparan y hacen posible la obtención de este *Título de dominio,* definitivo.

El crítico Jaime Concha ha opinado que Waldo Rojas, el que habla, y Enrique Lihn coinciden en una valoración poética de proverbios o dichos expresivos del habla corriente. Tal vez en el origen de esta valoración de la ocurrencia coloquial deberíamos ubicar justicieramente a Nicanor Parra y en su rotundo y eficaz desenlace a Jorge Montealegre

(...) Un poema largo, tan extenso como el libro y acabado cabalmente en su totalidad y en sus detalles. Esto lo consigue mediante la utilización reiterada del fragmento en dos líneas que se trenzan en diálogo hasta su remate final. 'Cada uno de nosotros' y 'Soy', son las respectivas cabezas de los tachones o tachuelas que afirman la coherente estructura serial del libro. Alternación de lo personal enfatizado paradójicamente por un lenguaje común y de lo social expresándose por una apropiación individual de la historia, el arte y la cultura de masas.

Un libro y un poema santiaguino, de la capital y de su marginalidad precaria. Un poema de todos en las calles pobladas por el terremoto, la inundación o la protesta, y un poema de cada uno, en la soledad egoísta, en la expresión del dolor o en la íntima y liberadora unión con el ser amado. Poema urbano, que con su alegoría poblacional logra incorporar un espacio nuevo para nuestra poesía. El tratamiento de la marginalidad metropolitana puede que quizás sea ya un rasgo generacional. Por ejemplo Maquieira y Harris acuden a los espacios equívocos y degradados: Hotel Valdivia de Santiago, los prostíbulos de Orompello en Concepción. Alexis Figueroa al cabaret, *Vírgenes del Sol Inn* y Eduardo Correa al *Bar Paradise* porteño. Montealegre en cambio reivindica el campamento transitorio, la toma brotada de callampas, la acción a la vez individual y colectiva".

GONZALO MILLÁN, *Krítica,* 1986.

"El poeta logra una síntesis intuitiva, que abarca lo conceptual-sensorial-afectivo a través de la contemplación de lo que siente y la emoción serena de sus impresiones y sensaciones".

MARÍA LUZ MORAGA. Revista *Rayentrú* Nº 9, Santiago, octubre, 1995.

Andrés Morales

SANTIAGO, 1962

POR ÍNSULAS EXTRAÑAS (1982)
SOLILOQUIO DE FUEGO (1984)
LÁZARO SIEMPRE LLORA (1985)
NO EL AZAR (1987)
EJERCICIO DEL DECIR (1988)
VERBO (1991)
VICIO DE BELLEZA (1992)
VISIÓN DEL ORÁCULO (1993)
EL ARTE DE LA GUERRA (1995)
ROMPER LOS OJOS (1995)

ARTE POÉTICA

Estrecha y amplia distancia entre la multitud de poetas que habitan mis manos; aquellos, yo repetido y predicho, que observan con sus ojos la realidad grosera, terca, miserable que reduce mi carne a la palabra.

Si he de ser sincero, poética, póiesis, en fin, un 'Ars poética' es algo que se fuga de mi mente, pero, tal vez, aunque suene a paradoja, he podido vislumbrar lo que yo escribo en algunos principios de la concepción científica, más aún, en la física y en concreto en las teorías de mecánica cuántica de Heisenberg y Schrödinger. Pascual Jordan anota en su libro *La física del siglo XX*:

> "(...) La física atómica nos ha abierto los ojos al hecho de que el proceso de observación significa una intervención violenta en el objeto observado y, tratándose de organismos vivos, esta trabazón entre observación y perturbación se evidencia de forma más palmaria (...)"

Es decir, que *observar es perturbar*. Lejos de mí la teorización del proceso creativo, pero, ¿qué hace un poeta entonces? ¿Acaso al escribir no deforma lo que observa? Perturba su entorno, perturba su propio corazón y su cabeza, perturba la forma, el contenido, el estilo. Deforma la realidad interna y externa: es objeto observado y, a la vez, es ser observador. Relativizo entonces una poética, aunque creo en la poesía como un pre-destino y un palimsesto.

(Especial para esta Antología)

SELECCIÓN

SOY EL LÁZARO QUE AL FIN HALLÓ TU FRENTE

Soy la patria desde el sol que no me mira

Me levanto desde el norte hasta la sombra
que agita cementerios y planetas
me arrepiento de vivirme sin tenerte
desde el día que miré mi espejo roto

(Mi Dios ya no podrá soñar conmigo
mi voz descubre el mar y todo el mundo
Con mi nombre se construye cada estrella
La pampa se ilumina con mi paso)

No recuerdo un solo día sin nombrarte
mi herida   mi muerta   mi lejana
Ya no puedo regresar al viejo cuerpo

SOY EL NUEVO CIUDADANO DE LA MUERTE

Soy la patria del dolor y su cuchillo

(De *Lázaro Siempre Llora*)

VERBO

Serán locuras todas
las hoy   mañana   dichas

Serán palabras nuevas del día que se abre

Resignación a todos
la gloria vana   es nuestra

Después del bombardeo nos vemos a la cara
si el dolor nos queda   agudo corazón

Y no es tragedia esto sino necesidad

Himno de alegría   oscuro   imprescindible

La palabra cielo
(y el cielo en un espejo)
La palabra noche
(perfectamente sola)
La palabra amor
(como una espada rota)

La alquimia   el sinsabor
recuperados todos los viejos manuscritos

(El ritmo   algún latido   el ojo del extraño)

(De *No el Azar*)

* * *

Marcadas esas cartas sonreía
eran bastos   copas   peces
al otro lado exactamente
del mundo encima   abajo
¿dónde estaba aquel preciso
centro de la tierra?

Marcadas esas manos
tocando el filo extremo de la llaga
hundiéndose también en las palabras
quietas ya   Sin su llamada
Eran otros los espejos   las murallas
marcadas nuevamente por sus pies
condenados   nosotros   a lo errante
¿dónde estaba aquella calle
qué ciudad la repetía?

Calladas esas cartas
calladas esas manos
de polo a polo largamente
Música callada

(A Josep-Ramon Bach)
(De *Verbo*)

Los elegidos

Fuimos una estirpe generosa:
el don que nos fue dado en privilegio
lo hicimos madurar perfectamente.
Sólo algo nos faltó, no fue el silencio
ni el ansia de morir en la batalla.
Sólo que algo estaba allí detrás del sol
y las noches donde el mar se estremecía.

Vimos los caballos y los peces,
el rápido aletear del tiempo ajeno;
vimos el diluvio, la ruina, el esperpento
y el húmedo contacto de la tierra.

Nada es como ayer ni puede darse
el fruto en el invierno despiadado;
la historia no quisiera recortada
al tiempo reescribirlo en la derrota.

Cada cosa en su lugar,
también la muerte.

Fuimos una estirpe generosa.

(A Mauricio Barrientos)
(De *Vicio de Belleza*)

Peregrina

Terrible carnicera, rompeolas,
sirena en plena noche
en cada puerta
bruta de mirarte,
peregrina,
agito tu silueta en mi cabeza:

Aquí dejaste tú el sol de mayo,
aquí me construiste en la madera
un nudo donde verte a cada instante:
humeante, sin color, como una muerta.

Aún estás dormida en la ventana
y todo el mundo atrás y sin tocarte:

¡Atrévete a cantar en esta noche,
atrévete a saltar sobre mis ojos!

Poema del Secreto

Déjame la voz, te doy el canto,
déjame lo oscuro de la noche,
que exista siempre aire entre nosotros,
siempre la alegría del quizá.

Déjame los ríos, el agua, el mar que rompe
ahora,
en medio de los dos
ese inmenso arrecife que recoge
aquel secreto nuestro desde ayer.

Déjame en tinieblas; el sol a ti, la luz.

Yo encierro tu destello en mi garganta.

Los videntes

Todos íbamos a ser Rimbaud.
Todos íbamos a ser Artaud.
Todos íbamos a ser Edgard Allan Poe.

Lo que pasa, es que ni Verlaine,
ni un poeta menor, ni aquellas líneas
del pequeño escribano de la corte.

Nada, ni en el aire, ni un poema:

Todos íbamos directo al matadero.

(De *Visión del Oráculo*)

VIII

Seguiría el canto, seguiría
la música de cada extremidad
tuya, perfecta, mía, nuestra,
el canto de la alondra que me nace.

Sólo que algo me detiene: no es el sueño;
sólo que algo, un ángel nos destroza.

(De *El Arte de la Guerra*)

MOZART

Un único violín que ya no toca.
El agrio suspirar del que desea
un único violín de arco roto,
de arco en el silencio que prolonga
al arco, como un puente, en piedra alado.

DESEO OCULTO

Una noche sólo es suficiente:

Así despediré tu aliento espeso.

(De *Romper los Ojos*)

REFERENCIAS CRÍTICAS

POR ÍNSULAS EXTRAÑAS:

"En primer lugar: la voluntad de forma. Andrés Morales sabe muy bien lo que es un verso. En segundo lugar: su voluntad de espacio. En tercer lugar: emplea la rima cuando la necesita (la asonante), subrepticiamente, de puntillas y no para rellenar. En cuarto lugar; sabe componer el poema, lo cual equivale a que, una vez terminado no se derrumbe".

MIGUEL ARTECHE. Prólogo a *Por Ínsulas Extrañas*. Santiago, 1982.

"(...) Celebro en su poesía un rigor verbal, una factura del verso y un tipo de asociación de imágenes, que, dentro del hermetismo habitual de sus textos, consiguen desprender un tono, una impresión, una atmósfera emocional bien definida(...)".

IGNACIO VALENTE. *El Mercurio*, Santiago, 24/ VII/ 1983.

SOLILOQUIO DE FUEGO:

"Andrés Morales no sólo es poeta. Está condenado a ser poeta. Errando, errando, errando, hará lo suyo prefiriendo a los éxtasis el sacrificio. No yacerá en un libro como tantos. Crecerá, volará".

GONZALO ROJAS. Prólogo a *Soliloquio de Fuego*, Santiago, 1984.

"(...) Lo que esta escritura revela, alumbra, ilumina, descubre es aquello que no se ve y que no se dice: el otro lado del discurso. La palabra, el verso, apenas es el teatro de tal proceso de búsqueda e inauguración: la escritura nos lleva hasta el borde y allí nos deja, ante lo blanco que es también luz. Un ejercicio disciplinado —entendiendo por disciplina una exigencia mallarmeana— que contiene un impulso absolutamente liberador de todas las máscaras, lastres y obstáculos que, a este lado del vivir, existen".

JORGE RODRÍGUEZ PADRÓN. *Revista Chilena de Literatura,* Nº 41, U. de Chile, Santiago, IV/1993.

VISIÓN DEL ORÁCULO:

"Se trabaja en estos poemas la relación entre los designios oraculares —en el mejor tono de la tragedia griega— que anuncian los horrores y errores de la humanidad a través de los siglos, pasando por la caída de las grandes civilizaciones hasta llegar a la hecatombe definitiva donde todo cambia o desaparece —el mar pasa a ser apenas un recuerdo— y se establece la comparación con otro designio, el del apocalipsis en una lograda y estremecedora resolución".

TERESA CALDERÓN. *La Nación*, Santiago, 9/X/1993.

Rosabetty Muñoz

ANCUD, 1960

CANTO DE UNA OVEJA DEL REBAÑO (1981)
EN LUGAR DE MORIR (1987)
HIJOS (1991)
BAILE DE SEÑORITAS (1994)

ARTE POÉTICA

A esto de escribir yo le llamo estado de gracia permanente.

Considero un privilegio estar habitada por voces que, a veces se resuelven y condensan asombrándome no poco. Y es que, aun cuando asumo el oficio con todo el rigor que me es posible, percibo en mi escritura una videncia que no suelo palpar en el acto cotidiano. Por eso la poesía es también mi cielo, el espacio particular ilimitado en que las carencias se transfiguran armando un tinglado en que hasta la última y empobrecida hebra de mi "estar en el mundo" encuentra sentido.

Hallarme a solas, rodeada de libros, liberada (aunque sea en parte) del pesado trajín diario; enfrentada a cuaderno y lápiz es una aventura seductora, un palpitante placer sobre todo en aquellos escasos momentos en que el impulso y la conciencia fluyen juntas hacia un texto que provoca, convence.

Como toda gracia, creo que me ha sido entregada para iluminación del encuentro con y en "el otro". En búsqueda de un mejor lugar para pararme sólida y "decir" es que me mantengo en la asediada isla de Chiloé. Como tanta comunidad pequeña, nos toca recibir la agresión del bullicioso engranaje de este tiempo y como defensa nos atrincheramos voceando las huellas que nos interesa marcar.

Profundamente trenzada al quehacer de los poetas del sur, reconozco en mis palabras el engrosamiento que da la hermandad en que nos hemos formado, la precariedad de los medios que compartimos (y no nos amilana) y encima de todo, la honestidad de nuestra postura estética.

(Especial para esta Antología)

SELECCIÓN

Canto a los pastores

Oh! queridos pastores
que pensáis en mí
y tan bien me comprendéis.
Necesito que sigáis
decidiendo mis días
defendiéndome de los peligros
que hay fuera del rebaño.
Comprad todas las armas
que se precisen para ello.
Invertid en festivales
y eventos deportivos
toda mi vida de trabajos.
Gracias por los autos
los televisores a color
las barredoras eléctricas
y los juegos electrónicos.
Gracias por las canciones de moda
los libros de ocultismo
las carreras en moto
las reinas de belleza
los superhombres
y el nuevo metro.
Perdonad a las malas ovejas
que no olvidan supuestos dolores
y pretenden malditos ideales y libertades
que no sirven para nada.
No necesitáis castigarlos;
nosotros los abandonaremos:
no leeremos sus libros
no los escucharemos.
Ya veréis como mueren desangrados.
Ayudadme en los pocos momentos difíciles
cuando el televisor se apaga
y estoy por casualidad, solo.

No permitáis que caiga en la tentación
de volverme loco, como las malas ovejas.

Grito de una oveja descarriada

Lo que hace tristes
y estrujados de muerte mis gritos
es lo apremiante del tiempo
y lo equivocado del camino.
La sensación de ver fantasmas
en cada rostro.
Tengo extraños síntomas:
sangre espesa en la boca,
fotos de niños moribundos
aparecen corcheteadas en mis ojos...
Presiento terribles desgracias.
Se me abrieron de golpe las ventanas
y tuve que arrancar del rebaño
los dolores del planeta
persiguiéndome como perros.
No sé dónde llegaré sola y despavorida.
Por lo menos estoy segura de lo que dejo.
Es un paso grande.
Después vendrá el definitivo.
Abandono la sonrisa insulsa
para esperar una muerte de pacotilla,
desprecio las fotografías viejas
de vacaciones viejas.
No más indolencias frente al universo.
No salvadoras limosnas
ni servicios relucientes
ni autos para dar vueltecitas
por los alrededores.
No a los trituradores eléctricos de sueños.
No puedo seguir
estirándome en los dones divinos
Hay que salir a la calle
y zarandear a todo el mundo,
traumatizarlos si es necesario.
Cualquier cosa es mejor

que verlos bailar disco u otro similar
al compás de los siglos...

(De *Canto de una Oveja del Rebaño*)

* * *

Lo que amamos se deshace
en noches vacías como domingos.
Nada hay que pueda llenarnos el corazón.
Nada.
¿Qué podemos hacer
si lo más bello es lo que no ha pasado?
Apenas temerle al minuto sin sombra
volvernos caracoles
y rodear el universo de dos metros
con un hilo de plata
o esperar que la gracia caiga sobre nosotros
derramada como una copa de vino.

* * *

Todo ha sido vivido
consulta los anales del desengaño
con fotografías de otros mejores.

Bajo los árboles sin hojas una noche de antes me habla.
Aprendo de rodillas sin colores ni estandartes.
Aprendo apegada de ojos.
En ocasiones no es necesario nombrar
porque allí están las casas quebradas.
Nuestros sueños flameando lastimeros.
A la vista están sin lengua los que se atrevieron
a ir al pozo del universo.
Vuelan pájaros y nubes sobre Valdivia.
La muerte fue un año como éste.
Ah! queridos amigos
No están ustedes para decir adiós,
nunca han estado, poetas de río muerto.
Hoy, que podríamos haberle dado un revés al oráculo
están allá, cerca de cualquier parte

tirándole el corazón a los días
para que los días lo pisoteen impunemente.

(De *En Lugar de Morir*)

Chacao

Se acerca una ciudad navegando
con las ventanas abiertas.
Estoy lavando pañales en bordemar.
Me sacudo las algas para mirar sus afanes,
son cientos,
hijos buscando una madre que cuelgue el sol
del que será su puerto para siempre.

(De *Hijos*)

Castidad

En serio señora estuvo en clases toda
la mañana después fuimos a esperar
la micro y compramos dos kilos de
manzanas y al rato dijo que le
dolía el estómago y la acompañé al
hospital casi al tiro nació la guagua
en serio señora que ella no sabía nada

Todo vuelve a su cauce

Las vigas maestras ennegrecidas
se despegan flotantes
en dulce y sostenido afán
por sobre los árboles.
Me dedico a recoger los huesos
tan queridos de los nuestros
que se han ido.
Aquí los amo otra vez en nombre
de todas.

Las casas de los muertos

Muertito mío
cómo crecen las malezas en torno tuyo.
Recorro el paisaje de cruces oxidadas
y casas de mentira con tejuelas
cojines y fotografía.
Largas visitas de conversaciones
        susurrantes.
Mantas, para cubrirte los pies.
Óiganlo ustedes
        los que llegaron
y asolaron el lugar de los amores,
oigan al muertito mío
        desde su casa lamentándose por nosotros.

Del delirio

La amante entierra a su rival descabezada
mientras la luna se encoge
y el mar descarga sobre la arena
oleadas de sangre.
El retorno es una muesca profunda
en el breve territorio.
A pesar de tanta agua
        y perdón como lo ofrecen,
nada puede limpiar sus manchas rojas
ni la sombra de la luna huyendo
ni el hoyo negro en la arena.

(De *Baile de Señoritas*)

REFERENCIAS CRÍTICAS

CANTO DE UNA OVEJA DEL REBAÑO:

"El rebaño y las ovejas constituyen una alegoría de la sociedad en general (...) La lectura dual del texto —como acontecimientos coherentes y propios de un rebaño y como descripción de la sociedad chilena contemporánea— permite aprehender una sociedad en la que predominan los valores del comercialismo, de la sumisión, la indiferencia, y en la cual el sufrimiento emerge de la presencia de los pastores que ejercen control por sobre las ovejas. (...) El tono dominante es la ironía".

JUAN VILLEGAS. *Antología de la Nueva Poesía Chilena*. Ed. La Noria, Santiago, 1985.

"(...) En él se presenta una alegoría de un orden social inmoral y enajenado, mediante el expediente de categorizar los actos humanos con la dicotomía lobo-oveja, tratada desde una perspectiva ambigua".

ÓSCAR GALINDO, DAVID MIRALLES. *Poetas Actuales del Sur de Chile*, Paginadura Ediciones, Valdivia, 1993.

EN LUGAR DE MORIR:

"El libro está estructurado en dos grandes secciones. En la primera de ellas 'La Anunciación (Esperando a Ganímedes)', recoge el viejo tópico de la larga espera del amado, pero a diferencia de Penélope, éste nunca ha de llegar por cuanto es por definición lo inalcanzable. La segunda sección 'Éramos los elegidos', constituye al igual que la anterior un texto de carácter unitario en el cual se asiste a la angustiante certeza de la crisis de los proyectos colectivos de esperanza y de liberación del dolor. Por lo mismo, estos textos presentan una persistente preocupación por lo trascendente, acercándolos a una religiosidad primordial".

ÓSCAR GALINDO, DAVID MIRALLES. *Poetas Actuales del Sur de Chile*, Paginadura Ediciones, Valdivia, 1993.

HIJOS:

"Este libro está constituido por una serie de breves poemas interrelacionados temáticamente. La maternidad es en este texto la principal clave a partir de la cual se alegorizan ciertos aspectos de la existencia humana. El motivo estructural del texto es el viaje y a través de éste la hablante va contrastando sus propias utopías vitales con un contexto real corrosivo y, por momentos, desesperanzador".

ÓSCAR GALINDO, DAVID MIRALLES. *Poetas Actuales del Sur de Chile*, Paginadura Ediciones, Valdivia, 1993.

Sergio Muñoz

SANTIAGO, 1943

POEMAS DE DÍA CLARO (1983)
MAR DE FONDO (1986)
SOBREVIVENCIA (1989)

ARTE POÉTICA

ODISEA

Me vienen voces... un fulgor adentro... la noche se hace densa... soplo al corazón... la realidad se presta a equívocos... no confío en mis anteojos... la naturaleza debería inspirarme... lego en botánica... inexperto en océanos... poco observador de estrellas... súbita mudez.

Me aferro a una palabra... polvo de reminiscencias... qué seríamos sin memoria... tarareo una vieja canción... dedicado a soñar... me quedo en la luna... cuidado con los arrecifes... no basta enamorarse... averiguar qué forma tiene el contenido.

Neruda no me deja escribir en paz... Gabriela me alienta... Parra se ríe a carcajadas... me las tengo que arreglar como pueda... dolores de cabeza... pequeñas alegrías... veo más de lo que crees... el papel se va llenando de rostros... terrestre de vocación... todo está y no está en el diccionario... intuiciones al vuelo.

Vivir en castellano... buen idioma éste... separar el trigo... cuánto trabajo... doy puntada con hilo... no me preguntes para qué sirve la poesía... una mano busca otra mano... la gente es lo único importante... humanidad a toda costa... juntos... contra la muerte... hay que decirlo todo... ánimo, poeta... que la emoción se desborda.

(De *Mar de Fondo*)

SELECCIÓN

DOMINGO, A LAS TRES

Como escolares
formados mejor que de costumbre,
cumplimos el ritual de
responder a la lenta lectura de
nuestros lentos nombres,
mientras miramos hacia
la puerta de fierro ya entreabierta,
esperando apenas,
desesperando porque el reloj, el sol,
las pulsaciones parecen detenerse.
Entonces, el carabinero da la orden
y partimos a tranco largo,
sin oír ya nada más,
como si saliéramos del colegio,
corriendo hacia
el patio de visitas de Tres Álamos,
donde te busco con mis ojos miopes
entre las señoras y el chiquillerío,
temiendo que no hayas venido.
Hasta que al fin
te encuentro,
sentada a la sombra de un arbolillo,
con esa sonrisa hecha para que yo
no vea los pesares,
sosteniendo entre las manos
esas manzanas coloradas
que tanto me gustan.

(De *Poemas de Día Claro*)

TEORÍA DEL CONOCIMIENTO

Entre certezas y dudas, dudando,
una quemadura en el lóbulo frontal me incita

a ver más claro y lejos,
        y la realidad allí,
        esquiva.
Viene una luz con
razones que parecen definitivas,
pero me enceguece tanto brillo.
Entro y salgo de los libros
bordeando el precipicio.
Sobreviene la penumbra.
A tropezones voy, a tientas:
tesis, antítesis y
                encontronazo.
Un signo de interrogación
me pone contra la pared:
sufro mareo filosófico.

Corro a campo traviesa, convencido,
cruzo puentes, desconfiado,
penetro por callejones estrechos, escéptico.
Me dirijo a una cita con la verdad,
la aventura más excitante,
el gran momento,
aplico entonces
instinto y seso combinados,
quiero ver más,
                saber de veras,
y cuando creo estar por fin en tierra firme,
de nuevo la compulsión, las preguntas,
de nuevo el asombro en un relámpago,
                        y así,
                        la vida.

(De *Mar de Fondo*)

Al fondo del iris

Nada tan engañoso como los ojos.
Ahí tenemos el caso de
aquellos ojos verdes de mirada serena
en cuyas quietas aguas un día me miré.

Puro sentimentalismo.
No había razón para emocionarse tanto.

Uno se deja impresionar con
demasiada facilidad:
los destellos parecen la verdad definitiva,
pero en realidad pueden ser trampas profundas.

He conocido ojos que sonreían
y estaban simulando.
Otros que parecían sinceros
y ocultaban las peores intenciones.
Cualquiera se confunde ante unos
ojos azules.

Las miradas pueden mentir a la perfección.
¿Quién puede saber lo que hay
detrás de unos ojos negros?
Lo mejor es no confiar en los ojos
ni cuando lloran.

Y sin embargo,
hace muchos años conocí unos ojos de miel
que hasta hoy no olvido.

El río

Para aplacar la ira de los dioses,
el hombre estimó que
la sangre era la ofrenda obligatoria.
Y el rito se cumplía.

Después,
para lavar las afrentas y
rescatar el honor,
el hombre siguió considerando que
sólo la sangre merecía
ser derramada.

Y luego,
para defender la fe,

para salvar la patria,
para sostener la justa causa,
para imponer las verdades,
sólo la sangre era digna de
correr por los campos,
junto con la rabia.

No obstante,
siempre ha habido quienes preguntan
si valió la pena que corriera la sangre,
pero ellos son despreciados
por atreverse a dudar.

LOS TIRANOS

6
Los tiranos duermen con un ojo
y con el otro vigilan a
sus más cercanos colaboradores.

(De *Sobrevivencia*)

SER

Entre el yo que soy
y el yo que ven los otros
hay un espacio que no puedo medir:
cuestión de perspectiva,
estados de ánimo,
funcionamiento caprichoso
de los sentidos.

Se supone que deberían
coincidir las siluetas,
que yo soy uno por donde se me mire,
pero las cosas no son tan simples.

Me acostumbré a comportarme
como los demás esperan.
Cuando chiquillo me decían

que era demasiado serio,
como si hubiera nacido viejo.
Y así crecí y
anduve por la vida con el ceño adusto,
con un traje más grande que
el que me correspondía.

Yo no soy como me ven.
Aunque, en realidad, tengo dudas,
a lo mejor sí soy como me veo, pero
sólo a ratos, no siempre,
en fin, ya no sé quién
dirige los movimientos:
si yo o mi sombra.
Los espejos me producen
problemas de identidad.

Me sorprendo a veces
imitando a mi fotografía.

(Texto Inédito)

REFERENCIAS CRÍTICAS

"De aparecer apareció/ pero en una lista de desaparecidos" es un artefacto de Nicanor Parra que surge en mi mente después de leer *Poemas de día claro* y *Sobrevivencia* del poeta Sergio Muñoz. En efecto, el autor de ambos poemarios, desapercibido por la crítica, merece un sitial en una Antología cuya intención es reunir voces de poetas de nuestro país en el último cuarto de siglo. ¿Por qué? ¿Con qué fundamentos?

Asistimos en su obra a un proyecto escritural autobiográfico en verso que se sostiene porque la historia que nos cuenta calza en un universo estadístico importante y está resuelta con un lenguaje que llega con facilidad a este universo y a otros.

A pesar de parecer en una primera lectura, que es una mano la que escribe con distintos pulsos, —poemas individuales acerca de variados temas—, hay un estímulo envolvente al ojo receptor que percibe el todo que Muñoz desea abarcar. En sus páginas está la memoria histórica, el recuerdo amoroso de antepasados, los barrios de la infancia y el sufrimiento del exilio y está, también, el deseo de rescatar para el futuro la imagen del hombre simple.

(...) Hay una cierta carga ética heredada frente a la duda religiosa. "Creí,/ me hicieron creer,/ la fe es un asunto de familia,/ serás católico,/ ponte de rodillas para/ la comunión,/.../ los racionalistas parecen tener/ la razón,/ los ateos miran con/ aires de superioridad/... / afortunados los creyentes, con/ amparo para casos extremos,/ .../ Nadie es tan fuerte como para/ enfrentar la desolación./ Por mi parte, llegado el momento,/ no se si podré/ cerrar los ojos sin Dios". La crítica social que encontramos a través de las páginas de ambos poemarios, a pesar de su fuerza, no cae en el panfletarismo: no hay sectarismo ni intransigencia.

Hay una variedad de temas con un tratamiento interesante que agregan el toque tierno y humano a una especie de cuento realista que sabemos más duro incluso de como lo presenta el poeta.

(...) Sergio Muñoz utiliza sucesos del pasado para mostrar su pervivencia en el presente, recurre a referencias al lugar geográfico de origen y la ciudad aparece en el recuerdo, en el exilio. Hay un cambio destructor en el aspecto urbanístico que Muñoz lamenta y que concretiza en la demolición, a causa del progreso, de la querida Escuela Normal donde estudió, "Y ahora, sólo quedan los muros exteriores/ ... /los ecos de las voces/ y los árboles./ Sí,/ allí continúan los mismos árboles". Y también continuaríamos asombrándonos con la obra de Sergio Muñoz si no fuera porque el espacio nos lo impide.

MARÍA LUZ MORAGA. Especial para esta Antología.

Esteban Navarro

REUMÉN, 1956

POEMAS DESDE CHILE (1981)
PARA MATAR ESTE TIEMPO (1983)
MAL DE OJO (1991)
LA MANZANA DE ORO (1993)

ARTE POÉTICA

Poética con un duende

Aparece un rostro en la espesura
Un rostro amable y con sombrero
Es el Duende que buscábamos en el bosque.

El Duende de sombrero verde
Que se ocultó verano tras verano
Y no dejó verse jamás.

Se me aparece y aparto
con una mano los árboles
con un leve soplido
Que no ahuyente los pájaros.

Pero desaparece otra vez
Aquel rostro amable y con sombrero
Huye hacia la espesura donde habitan
Todos los rostros que alguna vez amamos.

(Especial para esta Antología)

SELECCIÓN

38

Todos los días hay que cumplir con los deberes de poeta
Así como el amante cumple con sus deberes con la otra
Y el agente de la CNI cumple con su deber de torturador
Y el ministro cumple con su deber defendiendo a su clase
Y el arzobispo cumple con el suyo golpeándose el pecho
Y el dictador cumple también agregando otro crimen
El poeta debe cumplir escribiendo aunque sea una línea
Aunque sea poesía para matar este tiempo.

(De *Para Matar Este Tiempo*)

Como dos avellanas

Tus ojos tus ojos mirando desde la penumbra
Mirando desde el otro lado de la mesa
Desde un rincón del cuarto
Desde la multitud que levanta el puño
Desde tu corazón a quema ropa
Frente a frente tus ojos tus ojos
Me persiguen me acosan me secuestran
Me apremian me aplican descargas eléctricas
Me vendan los ojos tus ojos
Mirando desde lo alto de la escalera
Mirando hacia adelante siempre adelante
Tus ojos pequeñitos como dos avellanas
Como las avellanas que recogía de los árboles
Cuando tuve 11 años
Tus ojos vestidos de civil
Día y noche siguiéndome los pasos.

Mal de ojo

polvo serás
mas polvo enamorado
Quevedo

Tus ojos atraviesan el aire
El abismo entre tú y yo
Y vienen hacia mis ojos.
Están húmedos tus ojos
Parecen los ojos de alguien
Que ha llorado.
Pesan mis ojos
Duelen los ojos tuyos
Dentro de mis ojos.
La mudez de tus ojos
Como dos pajaritos
Sobre mis ojos.
Y baten los párpados
Y se vuelan tus ojos
Hacia otras estaciones
Donde una mano pueda
Darles alimento.
Una mano que no está
En mis ojos
En la celda de mis ojos.
Y el aire es abismo de plumas
Cuando tus ojos
Son los ojos de un ciego
Mirándose.
Salen mis ojos
Cruzan el abismo
Y te buscan los ojos
Y al otro lado hay un nido
Hecho pedazos.
Pierdo los ojos entonces
Se van mis ojos
En tus ojos
Con el ala herida.
Mis ojos tan hondo
En tu pupila.

La sangre deja huellas
Y chillidos de pájaros
Que vuelven a ser polvo.

(De *Mal de Ojo*)

XXI

Ella estaba acostada
Tendida de lado en la cama
Sobre su brazo derecho
Él tenía la misma posición
Por detrás de ella
Yo les dije
    —no puedo dormir
     tengo miedo
O tal vez no dije nada sólo los miré
Y ellos me miraron y dijeron
    —anda a tu pieza
     y duérmete
O tal vez no dijeron nada
Y yo me fui a mi pieza
Y me dormí con la cabeza
    bajo las sábanas.

XXXI

Ella estaba acostada de espalda
Tenía las rodillas flectadas
Y las piernas abiertas
La sangre
Confundida con el yodo
Caía hasta un recipiente
Que parecía un balde de esos
Para sacarle leche a las vacas
Por allí salí yo
Por allí saldrán mis propios hijos
Por allí salió ella y salió Dios
Aunque más tarde laven las sábanas
Y las tiendan al sol.

La manzana de oro

El gallo canta bajándose de la gallina
El potro relincha
La vaca muge
La oveja bala
El aromo estalla amarillo
Los zorzales picotean los cerezos
Los cerdos se revuelcan en el barro.

El polvillo del trigo se mete en la nariz
Los tordos tiznan los manzanos
El pasto seco hiere suavemente
los tobillos
Las bandurrias en bandada cruzan
El silencio de tanto en tanto
La lloica inatrapable descansa
En los cables del tendido eléctrico.

El viento agita los bosques
...
La humedad crece bajo los árboles
El buey arrastra la carreta cabizbajo
La liebre escucha venir escondida
en el trigal
Las aspas de la máquina trilladora.

Resbala por la axila el sudor parecido
Al sudor que moja el cuello largo
del caballo
El crac de una rama seca cede bajo
los pies
La noche absoluta se llena de fantasmas
Un ternero recién parido quiere pararse
y cae y de nuevo y otra vez cae
La perdiz huye dando saltos
Y abandona sus huevos.
...
Un niño solloza y golpea
Con puños y patadas la puerta
Que cerraron sólo para él.

(De *La Manzana de Oro*)

La generación travesti

Soñé con los ojos abiertos.

Soñé en El Bosco hasta la madrugada
Y vi salir el sol sobre la Iglesia
De San Francisco y vi mendigos dormir
Arrullados por palomas.

En plena Revolución de las Flores soñé
Canciones que después costaría tanto recordar.
Soñé que todo era posible.

Yo mismo en persona caminaba por la Selva
Detrás del Ché y marchaba en medio de la columna
Que asaltó el Cuartel Moncada y el Palacio de Invierno.
Estuve también en la Sublevación de la Escuadra
Y en las calles de mayo de París.

Soñé que cantaba a la Pampa
Y defendía a los mineros
En la Escuela Santa María de Iquique y defendía
Los derechos del pobre pueblo trabajador.

Soñé un país florecido de ciruelos.

Soñé que mi hijo se llamaba Camilo
Que yo la amaba y ella me amaba.
Mis amigos llenaban la casa
Todos los niños eran nuestros hijos
Mujeres y hombres que no conocíamos
Eran amigos y hermanos nuestros.

Soné que le enseñaba a leer
A los campesinos en los campos del Sur
Y en la ciudad no había
letreros con palabras luminosas.

Soné que acariciaba a una prostituta
A la prostituta más pobre y más fea
Y no pagaba por su cuerpo.

Nunca Nunca
Soñé morir acuchillado por un travesti.

(Texto Inédito)

REFERENCIAS CRÍTICAS

MAL DE OJO:

(...) "después de sus primeras reminiscencias de la tierra austral, esta poesía no está para buscar paraísos perdidos, y muy pronto nos hiere con dolorosas referencias históricas de un pasado reciente (...)

Junto con la naturaleza y con la historia, el tercer eje de esta poesía viene dado por lo erótico, que se revela en muchas formas; pero la más lograda de ellas, paradojalmente, es una relación imaginativa casi habitual en nuestros poetas durante los últimos años, la que media entre el amor y el apremio policíaco, que tiene la virtud de resaltar ambos extremos de la existencia en una iluminación recíproca".

IGNACIO VALENTE. *El Mercurio*, Santiago, 17/XI/1991.

"Todos los tópicos del amor adolescente se dan cabida en sus breves poemas. Aunque predomina el toque sentimental, esto es, la irrenunciable vocación del poeta amatorio, los ambientes y las atmósferas están saturadas de precariedad, peligros y miserias. Escenografía propicia para develarnos sutilmente el amor en los tiempos de la dictadura".

MARCELO NOVOA. *El Mercurio*, Valparaíso, noviembre, 1991.

(...) "El amor en todas sus formas, la nostalgia del sur, la solidaridad humana, el cariño fraterno, la pasión desbordante, la amistad, el recuerdo.(...) Es un canto que estalla en medio del predominio transculturizador y la agitación de la metrópolis ávida de éxito económico. (...) A menudo descubrimos una desgarradora lucidez y un escepticismo tan impregnado de ironía como de verdadero dolor".

DIEGO MUÑOZ VALENZUELA. *La Época*, Santiago, IX/1991.

"La hermosura y la grandeza de esta poesía radican en que el poeta no sólo ha recreado los sentimientos de una infancia particular, sino que es *la* infancia la que está detrás de las visiones del hablante.(...) El lenguaje es directo, coloquial, descriptivo, pero está trabajando en una matriz existencial hondísima. (...) Las intuiciones son fundamentales en esta poesía, pues ellas la constituyen. El niño percibe disonancias que no puede verbalizar, pero sí sentir. Eso es lo que queda, la huella que se imprime a fuego en la conciencia".

CARLOS JORQUERA ÁLVAREZ. *Las Últimas Noticias*, Santiago, 21/VIII/1993.

Heddy Navarro Harris

PUERTO MONTT, 1944

PALABRA DE MUJER (1984)
ÓVULOS (1986)
ODA AL MACHO (1987)
POEMAS INSURRECTOS (1988)
VÍRGENES VACANTES (1991)
MONÓLOGO DE LA HEMBRA TARDÍA (1994)
SUR (1994)

ARTE POÉTICA

Contra-verbo irreflexivo
palabra en ojo peregrino

A siglo y década del dos mil cien
soy cicatriz de guerra
y hablante tímida

como todos ingreso incauta
al mercado de la pequeñez mundana
escojo, evito, sucumbo, envidio

Intento de fuga, odio de cripta
y en la masa contraconsigna

Desconfío de la usanza nueva
más que de la antigua
porque la vieja por olvido
se teje sus propias alas

Yo poet-isa soy
un verbo inconjugable

SELECCIÓN

MUJER

1

Ser ovulante
sismógrafo
registra movimientos sensoriales
sintonízase en tono agudo
climáticamente lluviosa
selva exuberante
desierto desolado

2

Ser estridente
anónima como un enchufe
buena conductora de la electricidad
tiesa como el mimbre fresco
y blanda sumergida en agua caliente

CRÓNICA (desde la azotea)

Mujer soy
histérica serena
hipersensible
aterrizo cuando encero
Suelo volar desde la azotea
y servir el desayuno
aún con las alas desplegadas

(De *Palabra de Mujer*)

Canario

Y pensar que amaste sus pechos
más que los míos
y bailaste con ella
en el club del barrio
maldito errante
y yo creía haber puesto
suficiente alpiste
en la jaula

Papas

Hicimos el amor
una noche
y yo casi dormida
pensaba en el canasto
—si quedarían papas—
ahora que las papas están
cocidas
y ni una sola quiere entrar
a mi boca
te digo
podríamos haber comido
amor
toda la vida

Óvulos

YO
la dictadora   la esclava
la demócrata
la monarca   la socialista   la exótica
de Salgari   la mapuche heroica
          la Janequeo
la Inés de Suárez   la Tania de Bolivia
La Missmundo del año entrante
          la secretaria
la maniquí de la Boutique   la Jenny de
          Carlos Marx

La Matahari   la Evita de Buenos Aires
          la Krupskaia
de Lenin
la Amanda de la fábrica
la Rosa de la cocina
la Juana lavandera
la Isadora Duncan   la Ñusta tirana
la Señora de los Milagros
la Difunta Correa
que dio de mamar a su hijo
después de muerta
          la Quintrala de los Ríos
la fiura de Chiloé
la Juana   la Alfonsina   la Gabriela
la progenitora de los Incas
la Mama Oclo
la Machi del Nguillatún
la Meica

Yo la parturienta
seguiré pariendo hombres
a pesar de la bomba de Neutrones
y de las verdades absolutas

(De *Óvulos*)

X

Con esta punta seca que dibuja
cangrejos blandos
y testículos que respiran
en el túnel que llega
me rindo a lo áspero de tu axila
a los géiser de tus dedos
que pirograban mis cráteres
y ataco hasta morir
inundada de peces

(De *Oda al Macho*)

Proclama 1

Me declaro ingobernable
y establezco mi propio gobierno
Inicio un paro indefinido
y que el país reviente de basura
esperando mis escobas
Soy mujer de flor en pecho
y hasta que se desplomen los muros de esta cárcel
Me declaro
termita, abeja asesina y marabunta
y agárrense los pantalones
las faldas ya están echadas

(De *Poemas Insurrectos*)

I

Como lesbia o treile a campo llovido
y pico atendiendo a rama desnuda
En selva mansa
    a cóncavo convexo
    a tierra cielo
    a palabra
                silencio

II

A un aliento de temporal
tu mano alza las calles de mi pueblo
—abraza algo más que los cerros—
en otra ventana iza pupilas hasta venus
Mis tobillos son las vías de los trenes
—el que destroza mamparas abre puertas—
nuestros cuerpos no se guardan en gavetas
En tanto la fosa del Pacífico
                nos tiende la mesa

III

Ciudad en celo
ventura de nieve derretida
más caliente que Dios
sobre desembocadura de río
como aguas arriba
contra natura de los cerros
        golpear
nacimiento de volcanes
        morir
exprimiendo tu lengua
entre mis piernas

IV

Aromo en fosas olientes
está naciendo un caracol
        de tu boca
río de vaciar lagos
recostada en tu sien
        subo

V

Señor Hojas de Hierba
constelada de tu boca
súbeme gimiendo
        abre
que de tu boca se descuelguen peces
—riachuelo humilde he de correr torcida—
deja que uno entre en mi boca
ruédalo lengua sin huirlo
asido entre mis dientes
ponlo a nacer ríos
                labio adentro

(Texto Inédito)

REFERENCIAS CRÍTICAS

PALABRA DE MUJER:

(...) "La femineidad programática de Heddy Navarro es algo más que la retórica de un simple título. En efecto, ya en el primer poema, 'Mujer', aborda derechamente su condición: 'Ser ovulante/ sismógrafo/...' La mención del sismógrafo y sus imágenes afines dicen en el lenguaje sintético de la poesía aquellas propiedades que Buitendijk, en su célebre 'Fenomenología de la mujer', denomina 'arraigo telúrico' y 'labilidad emocional': su relación más directa con la tierra y los ciclos de la naturaleza, y sus más tornadizos estados de ánimo. La afortunada imagen del sismógrafo y los cuatro o cinco versos que la prolongan son elocuentes al respecto. Todavía en esta página inicial nos preguntamos si la autora optará por alguno de los prototipos clásicos de la 'poetisa', los clichés de la mujer que se versifica: el papel de la madre mundial, el de amante enardecida o el de la feminista militante. Pero Heddy Navarro no habla ni desde la hipotética perspectiva de un ser humano asexuado ni desde la encarnación material ni erótica: su registro temático y formal es múltiple y ajeno a estereotipos, y múltiple es también el desenfado verbal con que se pasea por sus episodios femeninos varios"(...)

IGNACIO VALENTE. *El Mercurio*, Santiago, 22/VII/1984.

POEMAS INSURRECTOS:

"Heddy Navarro escribe una poesía de denuncia o de solidaridad, que fácilmente podría salir panfletaria, y sin embargo consigue mantenerse en el tono poético exacto(...) Dentro de este contexto hay una continua y sistemática convergencia entre la insurrección social y alzamiento erótico de la mujer: 'Estoy en la calle chuteando bombas lacrimógenas/ para ahogar la pena/ por el golpe/ que derribó tus besos/'. Esta visible convergencia erótico-política atraviesa de punta a cabo los mejores poemas de este libro (...) 'Apuntar/ abrir la blusa al enemigo/ provocarle espasmos/ subvertir el miedo.../' Debe subrayarse el talento de Heddy Navarro para luchar por tres cosas que en estos poemas se identifican extrañamente: la democracia, el amor de hombre y mujer, y el rigor de la palabra poética".

IGNACIO VALENTE. *El Mercurio*, Santiago, 27/VIII/1989.

Erick Pohlhammer

SANTIAGO, 1955

TIEMPOS DIFÍCILES (1979)
ES MI SEGUNDO SET DE POEMAS (1985)
GRACIAS POR LA ATENCIÓN DISPENSADA (1986)

ARTE POÉTICA

Poema

Poema. La p, de "posible", la o, de "ontología", la e, de "entusiasmo", la m, de "melodía", la a, de "asombro".

Poema! Casa que puede ser solamente habitada por el Aliento y visitada, a veces, sin previo aviso, por el gran amigo del hombre, el silencio.

Poema: Conjunto de versos, clásicos o barrocos, poéticos o antipoéticos, o semipoéticos mixturados con hiperpoéticos, inútiles, con sentido unitario, con olor a rosa o urinario.

Poema: Proceso álgido, quemante, frío, alquímico, donde el Yo, o no yo, asiste al espectáculo existencial anónimo, ascético y lujurioso, de la transmutación de la sensación de soledad absoluta en absoluta sensación de compañía dichosa, o viceversa, en ocasiones.

Poema: Sala de espera de la inspiración. El poema sube, de pronto, como ladrón en la noche, por la escalera de la respiración, desde algún lugar cercano al arcano del ombligo, como humo, como ansiedad amorosa, como ramera, por una enredadera, buscando la ventana de salida a la casa de putas del mundo, como melodía, como subida, serena y continua, de ánimo, como hilo de volantín, como sube la muerte desde el fondo de sí misma a la superficie del cementerio, encaramándose por la tumba, muerta de sentirse nada, asomándose a la vasta noche angustiosa, respira oxígeno, le vuelve la chispa de la vida al ánimo, entreabre un ojo, entre-ve una estrella, radiante como un diamante, resucita la médula de su corazón, palpitando, se excita, al sentirse viva, otra vez (la muerte siempre se cree la muerte), tirita, la atmósfera del cementerio es espantablemente silenciosa, temblor, el tambor, del ser del poema, le susurra, tócame, y, si él, el susurrado, realmente anhela vivir, esa noche, lo toca, y lo toca, y lo toca, y lo toca, y lo toca, la noche, con todas sus estrellas incluida la primera figura de ballet, la luna, empiezan a bailarle a él. Empieza el juego, recién, ahí, a manifestarse a todo vapor. La espera de la inspiración es la muerte esperando la ocasión de reiniciar la vida con renovados bríos.

(Especial para esta Antología)

SELECCIÓN

MIEDO A LA NOCHE

El miedo a la noche no nació de un día para otro
Es muy antiguo Ramsés II se acostaba con el sol
Nadie se explica el miedo a la noche
Para disminuir el miedo a la noche Freud bebía café
No es miedo a un asalto es un miedo muy raro
Porque las películas de miedo dan para que la siquis
Se olvide por media hora de ese miedo
Podría ser una isla
Y a las dos de la mañana desvelados la ovalada
Luna
No haría menos desesperante el ansia de dormir.
Un salmista alaba a Yahvé por haberle quitado el terror a la noche por algunos días
Pese a que hay estrellas
Nadie sabe
Jung deduce las sincronías pero sobre el miedo a la noche
Honesto como era, prefiere omitir opiniones.
Un joyero judío
Un intelectual de Lituania
Un revolucionario del Líbano
Un piloto de Aerolíneas Argentinas
Cualquier individuo, de cualesquiera raza, casta, ideología o nación
Se moja los pantalones
Sin saber
Por qué las estrellas no le quitan el miedo a la noche.
No es por lo negro
Pues las pizarras de los colegios son negras
Y nadie le tiene miedo a las pizarras negras de los colegios.
Además la noche no es negra, es azul
O azul con azul oscuro y blanco si está despejado, y no existe
La noche, pero el miedo persiste.

Incluso las calles hoy en día son túneles decorados con
faroles
Podríamos caminar por horas y horas como lo hacen los
quilterries
Que no le tienen miedo a la noche
Pero nos metemos si no en la cama
A un bar a un Unimark a una casa de niñas
A apaciguar
El miedo éste con un sorbo de Pisco apuesto
A que cuando yo sea viejo,
Nadie habrá puesto el dedo sobre la llaga a lo mejor
Nos originamos en un palacio de luz.

Usted

Usted va en la micro
la 4 la 1 o la Matadero Palma
va aburrida va preocupada va alegre
casi no va porque viene dormitando
después de un día intenso de trabajo
va pensando que sus hijos no la respetan
o que estuvo bien que peleara con su expololo celoso
aunque todavía siente amor por él
usted no va llorando por él, usted
va llorando porque se siente sola
usted es buena
moza pero hoy día se ve pésimo
porque así lo decreta su pensamiento
usted es yo que ahora está escribiendo
y no sabe qué decir porque no es escritora
usted es capricornio
todavía no encuentra una cosa
a la cual clavarle el diente
que no sea una coronta de choclo
ya no celebra como antes su cumpleaños
como si las velas de la alegría ya no ardieran
usted se siente inconscientemente neurótica
la afecta terriblemente la tensión reinante
se llama María Sepúlveda
hace infinitas noches que no hace el amor
su marido se casó con su mejor amiga

se casó con usted enamorado
de su cara pero usted engordó demasiado
porque apagaba la angustia y el tedio con cazuelas y
sopaipillas
usted lee La Tercera a medias
usted es la primera vez que lee un poema así
le reza a la Virgen de Lourdes
dice pordiosito santo
yo la quiero
soy la única persona que la quiere de verdad
porque sé que no tenía ganas de levantarse esta mañana
debido a una borrasca de pensamiento amargo
que se le vino como el anuncio de una tormenta
usted no sabe que yo la conozco a usted
sé que hoy día se puso un calzón negro roto
y que tiene dos muelas que parecen dos mulas fétidas
usted no sabe muy bien por quién va a votar en 1989
porque no sabe si va a estar viva para esa fecha
usted adora a don Francisco
no conoce la causa de la Revolución francesa
y eso no la perjudica en lo más mínimo
usted estudió en el Liceo 14 de Renca
y llegó hasta octava preparatoria
porque después su papá murió de viejo siendo joven aún
sabe rezar el rosario
la otra vez la vi sentada sobre
un banco de madera verde en la Plaza de Armas
la miré a los ojos pero usted no me vio
estaba vestida con una falda negra y un chaleco celeste
y le colgaba una crucecita de cobre que le quedaba a la
pinta
después se levantó y se quedó
pensativa mirando a los testigos de Jehová amenazando
al mundo
y pensó integrarse pero se acordó del acordeón de su
exmarido
evangélico que llegaba como tagua
así que usted se decepcionó de todo
hasta pensó que el tatita Dios no existía
y se trató de suicidar amarrándose
la manga de una camisa sobreplanchada

al cuello pero tuvo una visión del demonio
y regresó como si no hubiera pasado nada a la realidad
de su pieza que consiste en un catre y una ventana
trizada
por donde se cuela el frío durante el invierno
y los zancudos durante el bochornoso verano
con deseos renovados de salir adelante
usted aún espera la llegada de una persona que la quiera de verdad
está caro el aceite
usted se pregunta qué hace ahí ese verso
ese verso está ahí porque está caro el aceite
y cuando un perro salchicha le esté meneando la cola
significa que yo estoy fuera de Santiago me está reemplazando
o cuando escuche el trino interrumpido de los picaflores
iba pasando por Talca
yo siempre estoy con usted
¿o no hay árboles en el traspatio de su chalé?
llego a pensar a veces que usted es yo
o que yo soy usted con otro nombre
Caszely le resulta agradable
un chiquillo travieso era su hijo que se fue a La Serena
usted lloró tres meses pero ya se siente serena
de saber que ya lo perdió todo
a veces ahí empieza la vida
este poema le resulta incomprensible
pero le gusta porque sabe que hay cariño de por medio
usted me invitó a comer chancho una vez a su casa ¿se acuerda?
a veces no se comprende ni a sí misma
apenas termina de rezar el padrenuestro empieza a pensar en diabluras
ya se está cansando de leer
necesita anteojos los que le regalaron no le sirven eran de otra persona
cuando esté lloviendo acuérdese que alguien está llorando más que usted
y cuando el cara de gallo produzca su cresta roja
no se olvide que soy yo que me siento alegre de que usted sea tal como es

(De *Gracias por la Atención Dispensada*)

Es idiota echar de menos a alguien (Fragmento)

Echar de menos a alguien es idiota
Sólo un idiota puede echar de menos a un idiota
Nadie que se crea alguien puede no ser idiota
Nunca he conocido a nadie que no sea idiota
Nunca he conocido a nadie más idiota que yo
Yo aún sueño a veces por las tardes que soy alguien
Pensar en alguien, te creo, pero ¿Echar de menos a alguien?
¿Quién soy yo? A ver: veamos
¿Soy yo, yo?
Alguien puede levantar la mano aquí en este momento
Y decirnos de manera exacta, en tres palabras
Qué se entiende por alguien
¿Alguien piensa que alguien es una cosa?
Usted, señorita de la blusa de seda, y mirada melancólica
¿Echa de menos a alguien que se le ve distraída?
Ese alguien que sueña usted que es alguien no es nadie
Y no es un juego de palabras señorita
Yo no juego con las palabras
Las palabras juegan conmigo para decirle que se tome en serio
Esta cosa de andar echando de menos inexistencias
no ve que se le puede pasar la vida así
Inclusive el Mesías le dijo a su discípulo
Pedro, creo que se llamaba el discípulo
Instantes previos a la crucifixión de su cuerpo
No te pongas a llorar como las viejas neurasténicas cuando me vaya
Demuéstrame que aprendiste la lección
Está conmigo en el espíritu santo
Lao Tse le dijo la misma cosa, en otras palabras, al aduanero
Sólo aférrate al Tao

(Texto Inédito)

REFERENCIAS CRÍTICAS

"Se aprecia una constante afectiva de Pohlhammer; esos sentimientos de amor mundiales a lo César Vallejo, ese amor de misericordia por todas las creaturas, que no duda en afrontar el peligro de lo cursi y de lo sentimental, transido como está de una suerte de chifladura mística que se balancea entre el orientalismo y el Evangelio, y que aún en sus momentos de mayor arrebato no pierde el tono de su humor naif" (...)

IGNACIO VALENTE. *El Mercurio*, 13/IV/1986.

"Autor por sobre todo activo e inquieto. Fervoroso y resuelto en los temas que trata. Iconoclasta y, a su vez, religioso de sus santos amados. De los poetas de las nuevas generaciones representa, sin duda, a uno de los más dinámicos y conscientes de su oficio. Para Pohlhammer todo puede caber en un poema: desde una conversación en la esquina de una calle a una teoría sobre el sicoanálisis. Lo sagrado y lo profano también. La norma y la antinorma. El resultado es una poesía cotidiana, directa y con todo el acontecer humano. Es decir, el sueño y la locura, el amor y la ira, el grito y la blasfemia, el humor y la seriedad. Una poesía escrita a su libre y suelto antojo, sin temer a las palabras, a la retórica, al discurso, a la jerigonza, al gesto, al lirismo puro" (...)

JAIME QUEZADA. Revista *Paula*, 15/IV/1986.

"Autor que hace su poesía y sus libros a su suelto antojo, imponiéndose su propia norma o antinorma. Sus poemas pueden ser —son— oraciones, discursos, jerigonzas, pura poesía, gestos de la vida humana. Lo lírico, lo imprevisto, el relámpago, la lucidez. La poesía como juego en la realidad cotidiana y absurda".

JAIME QUEZADA. Revista *Ercilla*, Santiago IV/1986.

Mauricio Redolés

SANTIAGO, 1953

NOTAS PARA UNA CONTRIBUCIÓN A UN
ESTUDIO MATERIALISTA SOBRE LOS HERMOSOS Y HORRIPILANTES
DESTELLOS DE LA (CABRONA) TENSA CALMA (1983)
CHILEAN SPEECH (1986)
TANGOS (1987)

ARTE POÉTICA

MI POETYC

> Que silbar en los parques es confesarse impotente
> de recuperar el vino de las palabras que uno dice de niño.
>
> ROQUE DALTON
>
> *Lo que me dijo un loco.*

Para mí, poesía es un trazo de memoria en el lenguaje.

La poesía sirve para nada. Es sólo un pequeño e inofensivo ajuste de cuentas entre quien escribe y la palabra.

La poesía es exceso de nada en la mezcla del cemento social. Por eso los poetas de todas partes aparecen como seres anómalos. Hablando puras leseras. Una vez un poeta me dijo: "¿Te has fijado que si un general de ejército se echa quinientos mil dólares en un fin de semana en Río, junto a su mujer, guardaespaldas, secretarios, etc., nadie dice nada? Pero si un poeta cobra tres mil dólares por un recital, se arma la escandalera". Le contesté que ojalá siempre fuera así. Ojalá los poetas siempre fueran prescindibles al poder.

Por lo mismo, pero además fundamentalmente por la desnudez, los niños y las niñas son quienes viven más próximos a la poesía. Con sus cabelleras revueltas y transpiradas, sus manos chicas y sucias, sus patas llenas de moretones, los más chicos viven libremente la relación palabra-realidad. Donde vemos chistes insulsos y pueriles construcciones verbales, ellos y ellas juegan con el descompromiso. Después nos encargamos de asfixiarlos. Mi poetyc es la ceguera del que alguna vez vio algo moverse.

(Especial para esta Antología)

SELECCIÓN

ENFRENTAMIEN

MUCHOS DEBERÁN ENCONTRARSE ALLÍ
DESDE ANTES
LLEVARÁN GUAGUAS BOLSOS CON VERDURAS
IRÁN VESTIDOS DE FUTBOLISTAS O BORRACHOS
DESDE HORAS CUANDO EL SOL AÚN NO QUEMA
DEBERÁN HALLARSE ALLÍ

POR OTRO LADO LOS JEFES LOS MAYORES
LOS HOMBRES DE BRAZALETA Y DE SONRISA
LOS MADUROS DE CINTURON Y EDAD
LLEGARÁN CERCA DE LAS TRES Y MEDIA
(CON ARMAS DE DOS FILOS)

PRONTO CASI UN RATO DESPUÉS DEL ELEMENTO
EN QUE LAS MARCHAS CALLEN EN QUE EL SOL
NO MIRE CON SUS OJOS DE EXPERIENCIA MILENARIA
APAGARÁN EL DÍA LOS AGENTES CON SUS GRITOS DE BATALLA
Y ESO YA ES BASTANTE TRISTE

A LAS SEIS DEL MEDIODÍA A LA HORA DE LA RELACIÓN
SEXUAL ENTRE EL TRISTE JEFE DE OFICINA CON
SU TRISTE SECRETARIA DE ANCHOS PECHOS CIUDADANOS
SERÁN DESFUNDADAS LAS ARMAS A GRITOS EN
OTRO IDIOMA SIN VOCALES

DISPARARÁN
DISPARARÁN
DISPARARÁN
SIN RAZÓN DISPARARÁN
HASTA QUE NO QUEDE SOBREVIVIENTE
QUE CUENTE ESTA HISTORIA DE IDA Y VUELTA

(De *Notas Para Una Contribución...*)

TANGO CAMINADO

A la Dulcinea de la cual me hablaba
don Sergio en los pasillos de la
Policía Civil hace tres años ya.

Yo si quisiera —y el golpear del río me da en las sienes—
pudiera ser poeta, pudiera ser planeta, pudiera ser pastor.
Yo, con mis veinticuatro años, tendría mi sonrisa;
tendría mi hábito benigno, mi sed de dos a cuatro.
Yo si quisiera me digo sin querer y tú a febrero
y tú alejada y yo de a uno haciendo planes yo,
si tuviese la real gana te conquisto yo,
si dios no estuviese tan tacaño me regalo un fusil
yo si quisiera y tu recuerdo ya es por sí un libro
y estoy de nuevo en ese puente
y con César vengo caminado y tú
estás riendo y somos turistas yo de nuevo
allí en ese puente de
tus pezones suspendido, allí babeando, si
quisiera con el famoso fusil me decido
me lanzo me cuarteo me hago tiras
yo y el golpear del tiempo me da en la espalda
si quisiera y tú no lo quieres ni lo crees
ya no pienso en ti porque sé que tú tampoco
yo —y escucha olvidada— yo
perdí todas las bromas
una tarde
en que charlamos del calor y de política
yo
después de esas siete de la tarde
tengo más quisieras que los que quisiera
y eso es señal
que estoy más viejo
    más ajeno
        más fulero.

Tango rudimentario

A una Valentina Tereskova de este lado

Hoy después de tanto tiempo te
ausento de mi corazón en forma
involuntaria María involuntaria
mientras cada taxi cada cielo
cada pus paz o simulacro
cada silla, cada laringe
cada espejo cada buena forma de hueveo
cada chasquilla cada vez que el teléfono suena
cada vez que la cama me golpea
mientras cada tic nervioso que he
adquirido cada agua cada colorina
cada Kebab cada Biblia cada orgasmo
cada lluvia pequeñita es tu voz
cada viento de polleras es tu todo.

Por qué te has ido
si el reloj te dio un minuto
por qué no te quedaste
si así me disculpabas
por qué dudabas
si mi sol amanecía?

Vuelve Vuelve Vuelve corazón
vuelve vuelve vuelve te lo pido
de todas nuestras pobres conversaciones
nada queda en las paredes
de todas tus bromas la única que recuerdo
es la de tus dientes apretándome los brazos
no metas a dios en el asunto
no se te ocurra mencionar a Stalin
no me hables de que ya lo has decidido
ayer soñé con la idea secreta esa sobre
(las montañas y las nubes)
¿y sabes qué? tu voz al medio del silencio
REPARTÍA COMO CON VENTILADOR MERMELADA DE NARANJAS
EN LA CARA DE LOS LÍDERES POLÍTICOS DEL PUEBLO!

Tango de la Gordon Square

Banco de duro verdemar y fría lluvia
cabrón de soledad extranjera
prestada felicidad pasajera   banco
de arrastrado tango como sombra baja

golpe bajo
y golpe doble sol
en las paredes pero no en el cielo ¿dónde está la pulcra
  beafitud soñada?

semen alto como pasodoble
vuelvo a cantarle al dulce ejército que aún será inventado
y celebro en tus ojos
el repetir tu ausencia en mí

banco verdemar desaguado y exangüe
banco pa' que Vallejo se sentara solo
banco infame y si ayer soportas
mi hoy dorado de mar y de pilares

dicen que fui un dirigente político a mis 23 años
aseguran que hice mi mejor discurso a los 25
y nunca estuve más solo que hoy a mis 28
en este banco y Londres
como un útero gigante
protege
mi próximo nuevo alegre nacimiento

¡Oh! volveré a subir a surgir
a tomar una mano
¡Oh muchachos! volveré a recorrer el camino
ida y vuelta llagando una vez más lo ya llagado
soportando el mismo estoico día
susurrando olvido y escalpelo

(De *Tangos*)

PREGUNTA NÚMERO 2

Pregunta: ¿Qué se puede hacer para definir un complemento?

Respuesta: Sólo tenderse de espaldas cara al cielo azul y sentir como pica la arenilla en los muslos.

Adivinar la transpiración que florece en el pecho y esconder en las manos abejorros secretos llenos de dulzura y sabores ásperos.

Esperar encuclillado la noche y la noche es una fragancia acuchillada que espera entre desaparecidos y ánimas mañaneras. Recordar nombres olvidados y clandestinos hacia la única ribera que se crece a los veintidós años.

Entonces las dos riberas desnudas se masturban

ya nada es igual
como con premonición religiosa subir a la próxima expla
nada. Obnubilada una araña ebria de algo que nadie sabe
te busca. Entonces hay una playa y en ella un cuerpo
bocarriba que espera leal y pacientemente su mutilación.

Zumban grises y oliváceos manchones en el fondo de las estrellas. Sobre éstas una mano espesa define los continentes. Y en ellos: animales, lucha revolucionaria y semáforos.

(Texto Inédito)

REFERENCIAS CRÍTICAS

NOTAS PARA UNA CONTRIBUCIÓN A UN ESTUDIO MATERIALISTA SOBRE LOS HERMOSOS Y HORRIPILANTES DESTELLOS DE LA (CABRONA) TENSA CALMA:

"(...)estos versos son más que poesía amorosa, van más allá de la poesía política, trascienden lo simplemente anecdótico como también lo narrativo y autobiográfico puntual. Sin embargo, todos estos rasgos surgen de los poemas de Mauricio Redolés que, verdaderamente, constituyen una poesía humana porque habla del hombre y lo incorpora, sea en la trascendencia del yo personal que aparece con frecuencia pero nunca como un ser superior que pretenda transformarse en guía o señalizador de caminos a seguir, sea porque estos versos hablan de situaciones que pueden parecer privadas pero que muchos pueden reconocer como propias.

Escritos en un lenguaje coloquial, los poemas de Mauricio Redolés transcriben muchas veces la escritura fonética del español de Chile que se 'come' las S finales y las D intervocálicas o que diptonga ciertas terminaciones verbales. Exiliado en Inglaterra, el poeta ha notado a lo largo de los años que su lengua materna se ha visto interferida por los términos del nuevo idioma que ahora debe hablar y, sin temor, incorpora palabras en inglés a su poesía en castellano. Además, a veces las reproduce por escrito tal como las pronunciaría un chileno: ¿pérdida de la identidad?, ¿empobrecimiento del lenguaje? No, simplemente estas Notas enfrentan y quieren expresar una realidad, la del exilio, ya que nadie podría negar que queramos o no, por aquí o por allá, a veces un vocablo francés o sueco, mexicano u holandés, sirve con más precisión a lo que queremos decir o acude con más rapidez apareciendo en algunas de nuestras expresiones(...)"

SOLEDAD BIANCHI. Fragmentos de Prólogo a *Notas para una contribución a un estudio materialista sobre los hermosos y horripilantes destellos de la (cabrona) tensa calma*, Santiago, octubre, 1981.

TANGOS:

"(...) Entre los tangos más logrados están: *Tango abierto, Tango rojo, Tango de la cantante de Charing Cross, Tango caminado, Tango de la gallina y su sonrisa irónica* y *Tango audaz*. En ellos está presente el amor. Aparece la urgente necesidad de amar, el miedo al rechazo, la sensación de ridículo, la depresión, el desarraigo, la confusión y, por último, la aceptación de la verdad: "Así me recuperé poco a poco/ aun cuando/ ¡EN PARTE IMPORTANTE DEL CORAZÓN/ NO CRECERÍA NUNCA MÁS EL PASTO!".

MARÍA LUZ MORAGA. Revista *Safo* Nº 22, Santiago, mayo, 1993.

Clemente Riedemann

VALDIVIA, 1953

KARRA MAW'N (1984)
PRIMER ARQUEO (1990)
KARRA MAW'N Y OTROS POEMAS (1995)

ARTE POÉTICA

LA POESÍA COMO EJERCICIO DE LIBERTAD

Hace veinte años, en Valdivia, el poeta Walter Hoefler escribió: *A través del estrecho mirador de la atalaya alguien observa/ sin reconocer mi antigüedad que viene a reabrir/ pasos y colaciones anteriores a su recuerdo,/ miradas que buscan pervivir y anular el dolor/ de imposibles tentativas... (Voces y Resonancias, 1969).*

En los ojos de aquel furtivo espía cobijado en la estructura de unas ruinas coloniales, creí leer una opción para la poesía, una escritura que, sin despreciar los elementos cosmopolitas, pudiese integrar a la cultura chilena ciertos rasgos locales afincados en una historia particular caracterizada por novedades étnicas y lingüísticas inencontrables en otras regiones del país y que significaran una contribución —al menos desde el menguado estrado de la poesía— en el proceso de re-escribir parte de esa misma historia, asumiendo la responsabilidad adjunta de desconstruir una delicada zona de las mitologías oficiales.

Me pareció y decidí ver en esas líneas, el destello de argollas y grilletes, la refinada bellaquería del corsario y el crucifijo de hueso del santurrón metido a cura. Inventé que esos versos querían decirme que en los muros de las fortalezas la gente anota el día y la hora que pondrán fin al esplendor que las edificó y que, por contraste, las palabras persisten, porfiadas, misteriosamente se defienden de la muerte merced a su sola arquitectura conceptual.

(...) Soy un escritor de mi tiempo, atento a los sucesos del lugar en que el azar estableció mi domicilio, pero abierto, también, a las señales distintas y nuevas que llegan desde el exterior, libre para incorporar todo cuanto me parezca necesario y bello para mejor decir lo que he venido a decir *presentándolo de tal forma que el mundo reconozca su intangibilidad, y que la vida misma lo proteja* (Alexander Blok, *El ocaso del humanismo).*

(CLEMENTE RIEDEMANN. Fragmento del discurso de agradecimiento al Premio Pablo Neruda, Santiago, 1990).

SELECCIÓN

Calidad del suelo, del agua y del aire en Karra Maw'n

No era baldía aquella tierra.
Bastaba con mirarla, sostenidamente
durante tres o cuatro lunas
y reventaban en los tallos
las metáforas.

Apenas con poner
un gramo de roja tierra en la palma de la mano
acontecían cerezas.
Hablar en mapudungun,
murmurar apenas la lengua de la tierra
era hacer vibrar en el aire
la canción de la tierra.

Poesía hermética para el académico.
Poesía elemental para el habitante de la ruka:
como respirar de cara al puelche
o sacar peces del estero.

De lo que acontece cuando el cronista se aleja de su tierra

Karra Maw'n
tierra de sorpresas y admiración climática
casi como el torrente de Neltume
o el hilo de la luna nueva perforando la niebla—

Karra Maw'n
cuando me alejo de tus bosques
la nube ploma cubre con su acero los almácigos
da un vuelco el corazón de los paseantes
bajo la lechuza que dormita en el tinglado—

La vaca, echada, ya no mastica el pasto seco
cobijado en los galpones y los cachorros de trapial
(felis concolor) gimen porque la lluvia
se ha quedado sin poeta.

De cómo la indiada le perdió el respeto a los caballeros

Los indios creían
que el español y su caballo
eran ambos una sola piedra irreductible.
Sin embargo, con el tiempo
disolvieron ellos en su mente
esa hermosa costra primitiva.

Un día dieron caza a un gran caballo
y lo pusieron en tierra
y lo mataron a palos.
Después ahumaron la carne
y se la comieron.
Y como no se indigestaron
vieron ellos que era bueno.

Pero el winka, cual cola de lagarto
continuaba aún en movimiento.
Entonces vieron los mapuches
con los huilliches y pikunches
que el español era a ellos
casi en todo parecido.
Que también tenía pelos
y miedo en los bolsillos.
Y que caían al suelo
y se podrían.

Entonces los indios construyeron
el siguiente silogismo:
"Todos los Winkas son mortales"
Y vieron ellos que era bueno
darse cuenta que eran hombres
y no demonios ataviados
con las camisetas del cielo.

El hombre de Leipzig

El padre del padre de mi padre traía todo el mar en sus mejillas. Trajo un cormorán en la mirada y una flauta dulce en los bolsillos.

No trajo papeles, ni osamentas. Le quitaron su historia en las aduanas y venía de lejos.

Al llegar, sólo la niebla, pañal de maíz para envolver los viejos barcos de madera: la "Steinward", el "Hermann", el bergantín "Susanne" y el "Alfred". Todos buscando el paraíso. Para todos, desengaño y selva.

(El daguerrotipo muestra a unas familias apiñadas y sin saber a qué atenerse. Allí dormitan en el suelo el hacedor de calamorros y la mujer del peluquero. También un niño con paperas).

¡Oh viejos barcos de madera! ¡Oh germánicos famélicos! Les prometieron la tierra, pero la tierra tenía dueños falsos. Falsas estacas de papel y no auténticos rewes milenarios. El padre del padre de mi padre hubo de hablar en otra lengua, gotear de nuevo el semen de la aurora. A fundar cosas es que vino el hombre de tan lejos.

Corral, después de un siglo, pronuncio tu nombre en la mañana. Estoy de pie sobre una lancha arrojando trozos de carne podrida a las gaviotas. Por aquí entró en América el perseguido, uno que no fue rico ni famoso, sino bello. Porque bello es todo cuanto sigue siendo, a pesar de la muerte, el deterioro y el olvido.

El hombre de Leipzig, el carpintero, me trajo a tierra en el lápiz de su oreja, de donde he bajado para organizar el mundo con palabras.

(De *Karra Maw'n*)

Lo que pasa es que no puedes olvidarte de la Susy

Ya sé que le haces asco a la metafísica.
Por eso te carga mirar esas estrellas
que picotean los vidrios de tu ventana
cuando apagas la luz a las 2,27
después de leer la penúltima *"Mafalda"*.

Lo que pasa es que no puedes olvidarte de la Susy
que con su boca te hacía ver estrellas
que a ella misma se le salían de la boca
cuando la abría como ventana que da al océano
para cantar.

Por eso le haces asco a ese planeta
que se alejó de tu área de influencia
para ser ahora un punto de luz
en el cielito de tu pieza
cuando te quedas solo y oscuro a las 2,27
pensando en el Guille y la Mafalda.

ZULEMA EN GRIS

La ventana
de mi pieza en Valparaíso
no daba al mar: nunca vi las caracolas
caer de rodillas en la playa
expulsadas por el mar, ni produje
sombra con mi mano para ver al tope
las banderas de los barcos que traían automóviles.

Chocaban, con mi ojo, otras ventanas
que enrojecían al anochecer y que
como flores mustias, por las mañanas se abrían
mostrándome los pechos de unas señoritas
que arrojaban orines sobre los gatos matinales
de Valparaíso.

Esos pechos eran para mí
como toda la paciencia del mundo
acumulada en los volcanes, un beso
que la vida a diario me traía, más
azules que el océano, más intensas
que todas las batallas de la guerra
y yo amaba esos botones a partir de
las 10 A.M.

Porque era esa toda la sal que yo tenía,
el agua inmensa que aún ahora necesito.

El poeta habla de sí mismo

Si yo apareciera detrás de la puerta
y me saludara
sentiría miedo de enfrentar
mis propios ojos
con los ojos del que entra
y no reconocerle.
Comprendería lo que ven
aquellos a los cuales no amo
cuando los miro con los ojos
del que aparece detrás de la puerta
sin sonreír.

(De *Primer Arqueo*)

REFERENCIAS CRÍTICAS

PRIMER ARQUEO:
"Historia que va dejándose registrar en una variedad irreductible de poemas-vivencias, demarcándose un relato micro-épico en cuanto da cuenta de pequeños avatares, bordes y desbordes de un flujo vital. Así, el discurso de Riedemann se hace manifiestamente contra/épico, en la medida que consigna microhistorias en las que, insistentemente, se acumula el drama y la derrota, más que 'las grandes hazañas' de la épica clásica o tradicional. De ahí que el hablante asume la condición de un cronista poco convencional, abatido por una historia no dicha, involucrada en el desarrollo de pequeños aconteceres, que van colocando en sospecha la historia dominante y sus codificaciones.(...) El juego de la risa y la compulsión cohabitan permanentemente en el tráfico poético de Riedemann, para dibujar en su rostro una mirada penetrante e irónica sobre sus variadas incursiones vitales. (...)".

LUIS ERNESTO CÁRCAMO. *Pluma y Pincel*, Santiago, 7/I/1991.

KARRA MAW'N:
"La actitud del sujeto de la escritura de Karra Maw'n es la de un cronista que no se limita a consignar acontecimientos, sino que investiga en el terreno mismo, recopila materiales y produce (en la) intertextualidad. Su 'homenaje a los indios americanos' se concentra en las comunidades indígenas humilladas, expoliadas, relegadas por la pacificación republicana a las reducciones (la palabra es ya sintomática de los deseos ocultos que presiden la operación) situadas más allá del mundo blanco y blanqueado, fuera de la vista, en los bordes de una conciencia mestiza que quisiera borrar los signos del cruce, inscritos en su cuerpo y espíritu, los que lee, colonizadamente, como lacra, mancha, callana.

¿Desde qué violencia, desde qué olvido se ha erigido el mundo lárico en un terreno que se quiso ver deshabitado, pura naturaleza entregada a su transformación histórica? Esta es una de las inquietudes desde la que surge la poesía de Riedemann y que justifica poéticamente su proyecto".

FEDERICO SCHOPF. *La Época*, Santiago, 12/V/1991.

Armando Rubio Huidobro

SANTIAGO, 1955 - 1980

CIUDADANO (1983)

ARTE POÉTICA

SEMBLANZA

La vida y yo nos juntamos
oliéndonos como perros
que no pueden separarse
sino hasta acabar el juego.

Como perros desconfiados
nos dábamos las espaldas;
pero fuimos poco a poco
mostrándonos bien las caras.

Temeroso fui cediendo
aunque dientes me enseñaba.
Mas yo también le enseñé
mi dentadura apropiada.

Con todo su olor, la vida
me llamaba hacia el amor.
No pudimos separarnos
hasta que el juego acabó.

(De *Ciudadano*)

SELECCIÓN

Monedas

Engominado, pulcro,
penetro en las iglesias
altivamente cirio
con mi cara de hostia
dominguera.

Y me arrodillo,
y me confieso,
y me persigno,
y regreso a la calle
para comprar barquillos
con monedas hurtadas al abuelo.

Las nubes

Niño,
las nubes no son de algodón;
las nubes son
el bostezo de Dios.

Niño,
las nubes no son un adorno;
las nubes
son un estorbo:
no nos dejan ver a Dios.

Un domingo

La tarde se asolea, azul,
en la plaza. Las palomas se congregan
luminosas y amargas
entre volantines y esferas
que se enredan en los cables.

Un niño llora
su gorra marinera
en la cabeza del lustrabotas.

Los hombres sueñan.
La tarde gira
en la manivela
del organillero.

Blancanieves

—¿Quién es la más hermosa?,
al espejo pregunta Blanca Nieves.
—¡Yo!, responde su imagen.
Y a Blanca Nieves, envidiosa,
se le quiebra la cara entre sollozos
que en el suelo relumbran.

Mi hora

El corazón vuela,
brinca y palpita como un pájaro;
a veces resbala por la boca;
y nos ciega los ojos,
y allí queda, inerte ya, sin agua...

Cambiar mi corazón por una pera.
Dormir en esa hora
junto a la amada
como un niño pálido y sereno;
y que nadie se dé cuenta;
la mano de mi madre
me agregue una frazada;
mi padre allá en la puerta
apague la luz, y luego salgan.

FRAGMENTO DE UN DIARIO

El crepúsculo y toda su pompa ya no me conmueven;
el lenguaje de los pájaros me parece indescifrable
—además, sé que no cantan para el hombre—;
detesto el sol cuando se afiebra;
prosigo blanco,
y mis brazos se estiran como un lienzo
en la gimnasia cotidiana;
tengo un desorden monumental en la cabeza,
porque sé, de razón no vive el hombre,
sino de sed, de hambre y de locura.

Tantas palomas negras:
huelen a chimeneas;
perros lamen veredas;
yo, en medio, como un trompo,
olvidado del ansia primeriza
de abrazar al crepúsculo en su fuga.

Tanta frente de bruces,
y aunque a veces yo cante cualquier tarde
de improviso en las calles celebrando
el acontecimiento de mis pies que caminan
y caminan,
siempre vuelvo a esta burda indiferencia,
a este clavar los ojos en el suelo
respirando un cigarro
como un murciélago quizá.

Así alzo la mirada solamente
si la noche se cierne
silenciosa y abierta,
y tiemblan los espacios como gran arboleda
encendida de grillos,
y parece que algo va a nacer.
Entonces, sólo entonces,
alegra el respirar.

El ídolo

Cuando las liceanas de París, de Roma o de Santiago
se arracimaban cimarreras
bajo el rubio portal de los cinematógrafos,
y los pechos les temblaban como granadas
en manos de púberes soldados;
cuando las tristes mujeres que poblaban
las cocinas de Europa
soñaban con su nombre,
sólo la Muerte, más galante,
logró entrar esa mañana
para besar en la boca dulcemente a quien dormía
bajo la luz enferma de los reflectores.

Y las niñas se arrojaron
desde los balcones de Roma, Santiago o Nueva York
como delgadas plumas solitarias
que iniciaron su vuelo a otras regiones
donde *no* el engaño, donde *no* la ilusión.

Hábitos

Esta vieja costumbre en consecuencia
de amanecer cansado cada día
con la cara de siempre, el mismo aspecto
—cordero estupefacto, ¡no hay derecho!—,
la liturgia congénita de mirarme al espejo:
descubrirme in fraganti con peineta y dentífrico
—no asienta esa conducta en mansa bestia—;
conciencia de estar vivo y respirando
—con qué objeto, qué sabes—, y otras cosas
que, por último, ahora no tolero:
la plena autonomía de mis gestos
y la fidelidad de mis zapatos.

CIUDADANO

No sé de donde viene mi costumbre
de agravarme a las siete de la tarde.
Quizá sólo por ser un transeúnte
sin bigote o pañuelo, sin zapato ni amante.

No sé para qué vivo y por qué muero,
si ha tiempo me dijeron las gitanas
que tendré vida cara con un final de perros:
o sea que no pienso morir como Dios manda.

Conozco bien las piedras de andar, la vista gacha;
recojo los cigarros que pueblan las cunetas
agradeciendo todo en mis andanzas
de oscuros pies de barro y de madera.

Si yo fuera un cantor como soñaba,
me iría por el mundo cantando mis desdichas
para vivir del canto mío y que me escucharan
los que sueñan con una risa limpia.

Pero no tengo voz, ni pañuelo, ni amante;
no sé por qué me vuelvo amigo de los perros
cuando soy un transeúnte de la tarde
sin saber por qué vivo y por qué muero.

(De *Ciudadano*)

REFERENCIAS CRÍTICAS

CIUDADANO:

(...) Frecuente, variada surge la imagen de la muerte en esta poesía: tierna a través de la nostalgia cuando el poeta anhela que le sobrevenga su hora entre sus padres y junto a su amada, como en una escena inserta en su pasado infantil ('Mi Hora'); presentida como un caer del propio cuerpo ('Ansiedad'); juguetona en la placidez del 'Surtidor', aunque sobresalte; no distinta de la vida en la palidez del rostro ('Cualidad'); patética a causa del mismo tono socarrón con que se la alude en 'Recordatorio'; poderosa aun en el cigarro ('Humo'); en acción en esas semblanzas que son vibrantes bosquejos de vida ('Isadora, Biografía Anónima')".

ALBERTO RUBIO. Notas Preliminares de *Ciudadano*, Santiago, 1983.

"(...) Armando Rubio Huidobro hereda la vocación literaria del padre y sin premura, con pasos leves y delicados, como no dejándose sentir, impone la originalidad de un lenguaje que se distingue a primera vista entre los diversos idiomas poéticos de su generación.(...) Avanza. Progresa. Habla poco. Da que hablar. Su carácter atrae; impresiona su aparente fragilidad; sorprende el estilo informal de su seriedad. Sus palabras, el orden en que las dispone, la forma peculiar de sus nexos, el sentido de su escritura, su particular desinencia, todo en él confirma luego el tesoro del talento precoz".

FILEBO. *Las Últimas Noticias*, Santiago, 30/X/1983.

"(...)Es evidente la madurez de lenguaje que alcanzan ya estos cuartetos ('Semblanza'), en verso octosílabo con rima asonante: su aplomo, la calidad imaginativa de su planteamiento, la síntesis de verdadera semblanza que el poeta consigue en la asociación de la vida con una triple familia de significaciones: el sexo, la 'vida de perro', el juego. (...) Las imágenes de la muerte son la corriente secreta que unifica esta breve obra, adoptando al pasar variadas formas.(...) Pero el hilo existencial que lleva a la muerte más trágica atraviesa diversas imágenes de la vida como desolación y cansancio, en un *crescendo* que se cierra con la expresión desnuda y literal de *Ciudadano*. (...) La uniformidad terrible de la vida busca expresarse en los gestos rituales que este libro prodiga una y otra vez como signos de una recurrencia muerta. (...) Intensa vida, intensa experiencia de la desolación, intensa poesía la de este muchacho que prometía ser un poeta hecho y derecho en el 'milagro de estar vivo y respirando/ una noche cualquiera de mil novecientos ochenta...'".

IGNACIO VALENTE. *El Mercurio*, Santiago, 6/XI/1983.

Álvaro Ruiz

SANTIAGO, 1953

DIECIOCHO POEMAS (1977)
A ORILLAS DEL CANAL (1982)
ES TU CIELO AZULADO (1989)
CASA DE BARRO (1991)

ARTE POÉTICA

Es evidente que el poeta escribe
Bajo el golpe de la inspiración
Pero a algunos los golpes
No les hacen nada
BORIS VIAN

1

La Poesía es un acto de transmutación
Un golpe desplazado
Que toca al hombre nacido bajo las Pléyades
Al hombre que hacia el azur
Mutatis Mutandis
Traspasa todas las zonas y las significaciones del dolor
Al caminante inmóvil, que es memoria genética
Por senderos imaginarios hacia el logro
Que es plenitud gestada en la naturaleza de una inteligencia universal
Es el verbo, la síntesis estética
Que narra los hechos de la observación
Hay flores que se suicidan por amor
Las he visto, se llaman Vallisnerias y en su corazón encierran una
burbuja de aire
La alquimia, el aspecto químico en el origen de las ideas
La descripción de la centella, del Minotauro, a la palabra alfabetizada
Que es dios de común amparo
La música el lenguaje la armonía
La cadencia de los sonidos naturales
Como el de las aguas en sus distintas manifestaciones
Éste es el río, éste es el mar, éste el riachuelo
O es el viento que sopla entre el follaje de los árboles
Contra un cielo de velada luz que ilumina las nubes
Por alta luna aparecida.

2

Entonces el oficio recobra su oriente
Después de la estrella del poeta que ha nacido
Lo que es un continuo golpe a los sentidos.

(Especial para esta Antología)

SELECCIÓN

RE-FA-SI O CANCIÓN PARA UNA MUJER DESESPERADA

La sangre de los ángeles rebeldes, derramada
sobre la tierra, está en las bebidas con que
nos embriagamos
GÉRARD DE NERVAL.

Vuestras blancas formas sobre las tablas,
(a vos que cantáis a todos estos pederastas)
junto a esta olvidada concurrencia
quedamente os aguardo,
(todos mis canales yacen subterráneos)
bella eres,
oh misterio en medio de las aguas,
(marinera, noctiluca,
tripulante de mis últimas fragatas)
desde los muros en donde crece la lepra
os saludo con este ramillete de flores muertas,
(baila, baila,
el imperio te resguarda con asco)
ahora,
cuando afuera amanecen los parques.

TELEGRAMA

Heme aquí.
Aferrado a la intuición de la bestia.
A la tierra sola y nunca.
A la belleza.
A la violencia.
A mi origen en movimiento.
A la sombra.
A mi propia sombra y a la sombra de otros
hombres y otros cuerpos.

A las fuerzas.
A las fuerzas incuestionables.
Al azul.
Al ocre.
A la velocidad indefinida.
A toda incorporeidad.
A Dios ya fuera de mi estrecha celda.

Álvaro Ruiz
X MCMLXXXII.

(De *A Orillas del Canal*)

OSADÍA

En las noches, cuando sólo ésta contiene los sonidos que le
 pertenecen,
cuando distantes y eléctricos los astros,
"en cuclillas" abandono toda norma de navegación,
las olas revientan contra nuestras miserables embarcaciones,
la inmensidad del océano se ofusca y nos señala las rocas
donde pronto estallaremos
para morir en la osadía
y en la mala interpretación de las leyes oceánicas.

(De *Es tu Cielo Azulado*)

EL PORTAESTANDARTE

En las praderas un jinete galopa sudoroso su cuerpo
Es el portaestandarte tristemente erguido
Son las sombras bajo el sol ardiente
Es el polvo en la tierra y los espinos
Son las formas que tiemblan en el horizonte
Los cuchillos que atraviesan los árboles
Oh visiones que traen las voces y el hálito de los muertos
No conspiréis cuando reverberan mis ilusiones
En los espejos de tan arduos días.

En mi templo nadie entra

En mi templo nadie entra
nadie entra
nadie entra a un lugar hace tantos años resguardado
en los límites habito custodio
delimito las fronteras
sueno las campanas
entre el graznido de los cuervos
y la muerte de los espinos.
Nadie entra nadie entra
en el sonido de las escopetas recortadas
flamantes disparos sobre las extensiones
tan sólo las voces tan sólo las voces
regias sobre las alambradas
que tiendo entre mis amigos los muertos.

Con todo el olvido

Con todo el olvido la mortandad de las imágenes
diáspora-ciega o el recuerdo acribillado.
Cada vez que hurgo en la amnesia
asoma-emerge alta y delgada la voz otra eterna presidiaria.
Es ella que se levanta y dispara en el cielo.
Con todo el olvido las flores de los espinos.
Con todo el olvido cada guijarro y cada madero.
De este modo, desfilan la luz y las luces,
la sombra y las sombras de todos mis ciclos otrora
estaciones.
En ellas me detengo y anudo las instancias al término.
Despojado de raciocinio.
Con todo el olvido me inclino y oro la madrugada
cuando la voz se levanta y otra vez dispara en el cielo.

Mis amigos los muertos

Ocurre
que cuando atardece enciendo dos cirios
con ellos recorro la casa

donde cada cierta distancia
saludo a todos mis amigos los muertos
y ellos responden agitando en sus manos luminosas
linternas
se inclinan levemente
y con hidalgas venias levantan sus sombreros
oh augustos mensajeros
son ellos mis amigos los muertos
a veces traen flores secas
con las que adorno esta extraña morada
traen cestas colmadas de frutos que no recuerdo
son ellos mis amigos los muertos
lentamente caminan por largos corredores
iluminando zonas oscuras y llenas de olvido
de este modo nos descubre el alba
gorjean las aves
con mi último aliento soplo los cirios
y solitario regreso otra vez al amanecer de la casa.

La adormidera

¿Qué será de Wordsworth, Coleridge y Keats?
Cuando el tiempo transcurría apenas en cada vuelta del
molino
entre piedra y piedra
las manos enharinadas
triturando en su hora la extensión del trigal
cada grano cada día
entre el rocío y la nueva sombra del atardecer.
Cuando el paisaje se levantaba íntegro
ante la estupefacta fuerza de pronto hallada en el corazón.
Las ramas, el arroyo, los esteros
violentos irrumpían como incendios súbitos
quemaban los costados
cuando tarde el vapor se elevaba hacia el cielo abierto
llevando consigo las voces últimas
del hombre muerto hallado en el bosque.
¿Qué será de Wordsworth, Coleridge y Keats?
Cuando sobre los campos de adormideras,
en vigilia, retomo el Kublai Khan.

Cuando el hombre-solo interpreta el sueño.
Oh sinuoso río que arrastras abstractos sentimientos hacia el mar sin sol
Hacia el obscuro infinito
Entre rocas y cavernas ecoicas no distantes de la verde colina.
¿Qué será de Wordsworth, Coleridge y Keats?

(De *Casa de Barro*)

La visitación

Yo soy el monje de las Guadalupes
Tengo un hábito hecho por las siervas del encierro
Un paño violáceo bellamente bordado
Nunca he sentido pasión por ellas
Si no el ancho río de sus renuncias
Al amanecer camino por los prados
Cuando en el cielo aún brilla la estrella del alba
Y las campanas tañen la hora
Que despierta a las cautivas.

Letanías por el dolor y por el miedo
Que insufla la naturaleza
Por el paisaje y los sentidos
Por la gruta de la pálida Virgen
A la cual he amado
Con el corazón de los hombres
Por eso a los bosques voy y recojo la leña
Al atardecer nos encerraremos en nuestras celdas
A esperar la Visitación.

(Texto Inédito)

REFERENCIAS CRÍTICAS

CASA DE BARRO:
"Álvaro Ruiz es un poeta que sabe que la ignorancia es enemiga del canto, un poeta culto que no oculta su filiación y rinde homenaje —no tributo— a sus antepasados. Así en el bello poema 'La Adormidera' se pregunta: '¿Qué será de Wordsworth, Coleridge y Keats?' (así como el poeta inglés Thomas Hardy se preguntaba '¿Dónde está la alondra de Shelley?)'

'La Adormidera' es una suerte de manifiesto poético, en el cual invoca a sus antepasados, así como también ha invocado —entre otros— a Hölderlin y Rilke. (...)Álvaro Ruiz, tan volcado al amor a las tierras pobres, es también un rebelde, *un ladrón de fuego*. Al estilo de los seguidores de Prometeo, interroga a los dioses, a los oráculos, quiere ir más allá de los límites mortales como en los poemas dedicados a su hermana muerta, a sus amigos muertos, a las estrellas oscuras que encienden la memoria, a las linternas que se apagarán en las Hospederías de la Ausencia".

JORGE TEILLIER. *La Época*, Santiago, 1991.

CASA DE BARRO:
"*Casa de Barro,* de Álvaro Ruiz, tiene el encanto de una voz lírica que procede de un *lugar humano* definido, es decir, de un tiempo y un sitio herméticamente cerrados que se revelan en su palabra: tiempo pretérito, lugar remoto y movedizo de raigambre hispánica, que constituyen las coordenadas existenciales de esta poesía. (...)Lo que tiene de valiosa esta poesía no son tanto sus imágenes —se echan de menos las imágenes felices— cuanto una cierta distancia sugerente incorporada a su voz, un aire en que resuenan otros aires, una tonalidad remota y con todo concreta, un definido tono de ausencia, la del pasado y la historia y la muerte misma".

IGNACIO VALENTE. *El Mercurio*, Santiago, 17/XI/1991.

Alicia Salinas

TEMUCO, 1954

POEMAS DE AMOR EXILIO Y RETORNO (1989)
AMANDO (1991)
MUJERES DE OTRAS CALLES (1994)
DE ARRIBA-CIELO Y OTROS POEMAS (1996)

ARTE POÉTICA

PARÉNTESIS
o poética

Todo paréntesis
a veces se repite
la muerte por aquí
por allá
lanza lanzazos
Yo sujeta
a la palabra apenas
La
muerte
hacha
en
mano
Sonreímos
por aquí
y acullá
Definitivo
escribo para agregar palabras
a libros nunca impresos
para sucumbir en las tardes
y continuar
"pasito lento"

SELECCIÓN

INFANCIA

Corríamos entre moños y trenzas
rápido en tacos de señoras
Queríamos ser adultas
adúlteras de felicidad
con toda la nostalgia a cuestas
como si al correr de los años
no estuviéramos regresando a la infancia.

ESPECULACIONES

Por merodear entre tus ojos
descubrí
que hasta los más temibles amores
se olvidan
después de veinticuatro horas
contigo.

ALICIA

Hubo una confusión en mi cuento
ya no era el conejo que corría
para no llegar tarde

Era yo misma
la que apurada
escapaba del apremio.

(De *Poemas de Amor Exilio y Retorno*)

Por las tardes

Las pequeñas silenciosas
levantábamos el mantel
tejido a bolillo

Las mayores
sonrojadas y en susurro
relataban sus audaces aventuras

Más silenciosas aún
doblábamos el mantel
inmaculado.

Óyeme

No soy yo
la que caigo rendida en tus brazos

Eres tú
el que
perfecto cabes
en
los
míos.

SINtigo

Contigo
llegué a recorrer la casa
que nunca conocí

Acepté promesas
que no creí jamás

Volamos al país donde
nunca estuve

Sintigo
fue más fácil todo.

Terremoto

(Pisagua)

La tierra se abrió de pronto
tragándose a los mejores hombres del pueblo

Al cabo de un rato
aparecieron
sucios
casi muertos

Nunca imaginamos
que se volvería a repetir

Más
esta vez
ni sucios
ni muertos
regresaron.

Uno

Aquí llegó el amor
un día frío
se instaló dentro
y sin trampas
esperó que llegara

Al verme desnuda
me mostró los ojos.

(De *Amando*)

Escenario

Le doblo el brazo a la muerte
no cabe duda
Aunque se haya subido
a mi escenario
para mirarme a los ojos
pensando que los cerraría

Espíritus

Los espíritus
recorren
las fiestas
de los vivos
en busca de un vivo
que quiera partir
Dejan recados
en las mesas
invitando a sus bailes
de anfitriones pálidos
de amortajadas mujeres

No somos puerto

Esta ciudad
no tiene mar
aquí no oímos ruido
de olas
las personas
no colocan sus manos
a modo de visera
No hay botes ni lanchas
nadie se zambulle mar adentro
desde las rocas
Sólo algunos
se lanzan al vacío

Cuando lo hacían

Cuando se amaban
era verdad
El sol
quien se ocupaba de estas cosas
rebotaba rayos al mar
sin puestas al horizonte
porque él nunca quiere morir
y esto los enamorados no lo saben

Falso

Falso
como aquel que lleva bajo las faldas
detrás de los ojos
encima de la frente
Como brizna de vida
de esa vida que no se vive hasta la muerte
como estrella que se apaga sin titilar siquiera

(De *Mujeres de Otras Calles*)

* * *

Roza la boca suave
por su piel
Lo prometido es
de
ma
ra
vi
lla

Entonces
tiene sentido
y el aviso de la muerte acechando
se reduce a
fundirse
cada mañana
en los mismos cuerpos
en los mismos besos
en los mismos

(Texto Inédito)

REFERENCIAS CRÍTICAS

POEMAS DE AMOR EXILIO Y RETORNO:
"Entre las voces emergentes surge con tono propio, firme, exento de obviedades, nítido y escueto, la de Alicia Salinas".
VIRGINIA VIDAL. *Análisis*, Santiago, 25/XII/1989.

AMANDO:
"(...) Poesía leve, breve, estilizada: compone un conjunto de miniaturas a pluma con pocos y rápidos rasgos".
IGNACIO VALENTE. *El Mercurio*, Santiago, 22/III/1992.

"(...) Los poemas de este libro están desprovistos, casi al máximo, de todo lo accesorio; han sido aventados el adjetivo y las imágenes extravagantes, y todo pareciera ir ordenándose en función del último verso que cierra la idea, la completa e ilumina el poema en un juego de matices, de luces y sombras que lo revelan distinto y sugerente".
TERESA CALDERÓN. *La Nación*, Santiago, 6/XI/1993.

"Se percibe una sensualidad vinculada a la tierra y a la infancia en familia. Hay parientes, amigas, tías, primos en tertulia. Se deslizan por sus versos percepciones finas de situaciones cotidianas vistas por un ojo agudo. Encontramos sensaciones táctiles, visuales, auditivas y olfativas y un contraste urbe-lar con añoranza de este último".
MARÍA LUZ MORAGA. *Rayentrú* Nº 7, Santiago, XI/1995.

MUJERES DE OTRAS CALLES:
"(...) Poesía breve, de concentración y síntesis. El lenguaje coloquial directo, logra sin embargo, configurar la metáfora simple y sugerente. El amor y el dolor, la vida y la muerte constituyen sus motivos esenciales. A veces hay denuncia; en otras ocasiones exhibe algún grado de erotismo y desenfado, siempre lejos de sentimentalismos fáciles o actitudes meramente feministas. Es una poesía que no teme a la muerte, aunque ésta acecha tras la puerta, la voz del hablante revela entereza, casi agresividad o lúcido humor".
Matías Rafide. *El Centro*, 12/III/1995.

"Usa un lenguaje sencillo, tan directo y tan metafórico a la vez. Comunica sentimientos que no agobian e imágenes que dibujan una sonrisa cariñosa en el rostro lector, un algo calmoso y suave. Sólido, que no reclama pasiones estentóreas".
JAIME HALES DIB. *Ercilla* Nº 2.969, Santiago, 4/XI/1994.

Bruno Serrano

CHILLÁN, 1943

EL ANTIGUO HA SUCUMBIDO (1979)
EXILIOS (1982)
OLLA COMÚN (1985)
FIN DE MUSLO (1991)

ARTE POÉTICA

El poema es puente de acceso a la poesía. Extraño pan amasado en la boca, la pupila en brillo, a lomo de sueño que bufa, con chorros de vapor saliendo de los belfos.

Espacio abierto para los poetas benditos: intemperie, agua, lluvia, sol, trigo, pala, mina, hambre...

Espacio amurallado, sombra de cemento, subterráneo, números, no palabras para los malditos: los *Baudelaire* gastado eco de la anunciada soledad de las grandes ciudades; ellas son para el comercio —no para vivir— por eso el grito. Pájaros enjaulados en los departamentos —sin jaula se sienten huérfanos— y temen a la lluvia, al viento, al sol, al aire abierto. Hacen de su autodestrucción una ceremonia ritual o pulsan cuellos y corbatas, en la "página social"

"¡Albricias!... por fin la élite cultural desposa a la económica, llenan de libros el mercado y viven muy felices".

Otra historia: los guerrilleros asedian el castillo hasta que el puente levadizo desciende. Entran desbocados, se hacen cortesanos, defienden el castillo. Vieja historia con moraleja de Némer Ibn el Barud: "No frecuentes a los poderosos: humillan o contagian".

Poesía del cemento, poesía de la tierra húmeda, *Whitman*, viejo sol para la camisa abierta, *Mistral* por el oído, *roca* para apoyar el pie, *teillieres* modulados por el aire, cien años de soledad para De Rokha.

Sí, el cielo es trozo desprendido del ojo, el ojo un cielo trizado en el agua de un barril de alerce sin fondo, el aire es la lengua de los ríos, que siempre, siempre confluye a esta serranía blanca donde escribo.

(Especial para esta Antología)

SELECCIÓN

INVENDIBLE

Ella
no quiso vender sus senos
para Posters
Tampoco sus caderas
para ofertar calzones transparentes
No arrendó su sonrisa
para propagandear dentífricos
Su rostro no ilustró avisos de cremas
humectantes

Sólo por amor abrió sus piernas

Fue
una extraña mujer contemporánea
de vivir modesto y angustioso
Mas su corazón logró ser libre
Su cuerpo jamás fue enajenado
Sus pechos conservaron aroma
a melón nuevo

DIOS ES MI COPILOTO

A Yuri Silva, chofer del recorrido Nuevo Amanecer

1
Hombre circular/ ojos de manubrio/ cara de rueda/
nariz de tuerca o engranaje/ brazos de diferencial/
vértebra de carburador/ sonrisa parca de bujía/

2
Hombre apretador de embrague. Acelera. Mete la primera.
Señaliza. Corta boletos. Cierra la trasera. Frena.
Pasa con luz roja las esquinas.

3
Hombre mira por retrovisor, cuenta monedas, estira billetes,
entrega vueltos, mira por el lateral, embala la segunda,
toca la bocina, embraga, adelanta, insulta, prende un
cigarrillo

4
Dios es mi copiloto frenacelera se hace tarde enciende luces
otro rollo de boletos la radio aúlla cruje el cigueñalma
rechinan las válvulas del vientre se retuerce la caja
de cambios del cerebro

5
Ya no frena todoescalleatochada avenidarepletaesquinacurva
Semáforo ojoinyectado balataagonizantebocinas infernales
Todoelpaísrecorridoenlajornada
Todalagentedelpaístransportadaenunatarde
Todoslosinsultosdelpaísenuninstante
Todoslosmotoresdelpaísalunísonorugiendoenunmomento
Todosloschoquesdelpaísmilagrosamenteevitadosen el día
Graaaacias

Graacias Dios
Graacias DIOS por ser mi copiloto

TOESCA I

Toesca
no previó que La Moneda
sería bombardeada
se calcinarían las ventanas
las puertas saldrían de sus goznes,
los techos arderían como pasto seco

Ni una premonición siquiera
cuando su primorosa pluma de ave
dibujó los bocetos y los planos:

sólo exigió en forma perentoria
que la plomada cayera
por la vertical perfecta

Mas desde el reverso de los días
las palomas de rapiña alzan el vuelo
y descargan bombas de excrementos
sobre sus blancos
planos
de arquitecto

Los Mapuches Antiguos no Conocían el Reloj

(Poema bilingüe)

1

Los antiguos Mapuches
no conocían el reloj
No preguntaban — Qué hora es?
Ellos decían — Cuán alto ha subido el sol?
y por respuesta se daban
es casi de día
casi hay sol — *Era la Aurora*
Al rayar el sol — *Era muy de mañana en la mañana*
Cuando el sol se paraba — *Era el Mediodía*
Bajando el sol — *Era el Ocaso*
Tiempo de noche — *Era la Medianoche*

Pero no ha cesado la noche
que cubre el Cielo Azul
por eso el Mapuche sigue triste

Los antiguos Mapuches eran libres
y no necesitaban el dolor
ni el reloj
que trajo el Huinka

KIMLAFUI FEICHI RELOSH KUIFIKE MAPUCHE YEM

Ká kimlafui feichi
relosh kuifike mapuche yem
FeyenN ramtulafuinN Tunté hora nei?
Tunteprai antü?

pikefui ñi rantufel
Femnechi lloudemnukeinn
Epe wuni Epe antü
Koffikei wenu
Wefpai tripapai antü
Ella liwen pu liwen
Maleu antü witrapachi antü
Rani antü witrai antü
Këlün antü naqn antü null antü
Pichi lewechi antü fel pun fël pun fël trafuya
Kudual ella pun Konchi fuchá pun
Rani pun kiñepelel
Petu ñi wün non

Fuchä pun Ngenechen
Kalfuwenu
Mapuche fuchá pun

Ká kimlafui feichi relosh
Kuifike Mapuche huelén Huinka yen

(De *Olla Común*)

1
Estoy frente al pizarrón
oscuro
A cuadrado más B cuadrado menos
paréntesis 2x + 3y elevado a la cuarta...
La garganta se me aprieta de angustia
La tiza me quema las manos
Suena el despertador
Sollozo de alegría
Oh Señor
Por qué me castigas aún
con esas horrendas pesadillas?

2
Sueño que un rayo me parte la pezuña
Con un relincho de terror
despierto
Acezante observo las viejas vigas
de la caballeriza
Respiro hondo
Me sereno
pero
no me atrevo a mirar
mi pata izquierda

3

(Aclaración necesaria)

A veces
no sé si soy un poeta
          o una naranja
o soy mi esposa
y ella es el poeta
o si soy el hijo de mis hijas
y ellas me amamantan
o si soy el duende del cuento
que les cuento
por las noches

4
Miro por la ventana
mientras ellos conversan de cosas
importantes
Nadie tiene tiempo para mí
Nadie puede enseñarme
dos palabras
que me permitan encontrar albergue
en esta noche

(Textos Inéditos)

REFERENCIAS CRÍTICAS

EL ANTIGUO HA SUCUMBIDO:
(...)"Si el amor es con frecuencia idealizado, aquí lo es en forma inversa: adquiere su dimensión total precisamente al situar a la amada en las condiciones reales, antiestéticas, antilíricas, en que efectivamente existe y es amada(...) Y es conmovedora, justamente la energía de ese amor que no se hace ilusiones, que se crece en la exacta medida del deterioro, de la emocionante miseria de la realidad(...)

A ratos el poeta se deleita casi furiosamente en esa contraposición entre la dolorosa pero amable realidad, y la falsía de lo artificial y extranjerizante.(...) El Sur de Chile es la patria de este altivo amor autóctono que se define y fortalece en su carácter pobre, raído, conmovedoramente gratuito, por contraste con el seudo amor de las fantasías televisivas y de la sociedad de consumo".

IGNACIO VALENTE. *El Mercurio*, Santiago, VII/1980.

OLLA COMÚN:
(...)"Testimonio, también, de una contingencia indígena y americana digno de alabanza, no siempre tratado en nuestra poesía".

JAIME QUEZADA. *Ercilla*, Santiago, 1980.

OLLA COMÚN:
(...)"Precisamente, a partir de esa realidad vivida, la mayor de las veces 'en carne propia', el sujeto lírico de estos textos está indisolublemente imbricado al sujeto real de estos poemas: poemas, diríamos, con un carácter de crónica inequívocos, pues en cierto modo esta poesía pretende contribuir a hacer la historia real de estos años, donde ésta, la historia, ha sido enmascarada a diario por los medios de comunicación uniformados. (...)Con todo, se trata del mejor trabajo poético de Bruno Serrano publicado hasta la fecha, trabajo que prolonga una poesía de corte social, testimonial y de denuncia, que aparte de sus méritos intrínsecos, ha tenido el valor de enunciarse cuando ya la corriente era en modo alguno favorable, dando a su obra una dimensión ética que, por lo general, los poetas más jóvenes y los no tan jóvenes, parecen pasar por alto".

JAIME LIZAMA. Revista *La Pata de la Liebre*, IX/1986.

Jorge Torres

VALDIVIA, 1948

RECURSO DE AMPARO (1975)
PALABRAS EN DESUSO (1978)
GRAVES, LEVES Y FUERA DE PELIGRO (1987)
POEMAS ENCONTRADOS Y OTROS PRETEXTOS (1991)
POEMAS RENALES (1992)

ARTE POÉTICA

La poesía debería guardar siempre una relación cordial, una intención si no de paridad, al menos de búsqueda que mezcle inteligencia y emoción. No concibo a la poesía como una excusa para hacer crónica de la historia o alardes eruditos para demostrar cuan inteligentes somos. Creo que los libros, los textos de historia dan cuenta mejor y más eficazmente de ello que la poesía. No estoy descalificando algunos buenos libros que a partir de hechos o fenómenos de la historia hacen una relación inteligente de lo acontecido. Kavafis, por ejemplo, es un poeta que ha dado la nota alta en este sentido en la literatura contemporánea. Es cierto: siempre la historia se escribe desde el poder y por ello es interesada, pero no es la poesía la llamada a sustituirla. La relación poesía y poder termina siempre en un maridaje de consecuencias desgraciadas. Pero ahí está: como tentación.

Yo soy un poeta desmemoriado. Creo que gracias a ello permanezco todavía respirando. Siempre se alaba la gran capacidad de memoria de los poetas. Yo tengo una memoria muy selectiva y creo que he aprendido después de haber vivido en condiciones físicas muy precarias. ¡Sólo ahora me vengo a dar cuenta de lo mucho que me ha servido tener mala memoria! ¿Quién de nosotros ha podido sostener un diálogo fluido y coherente con la llamada "realidad?" Entonces el tiempo tiene otra dimensión para mí. Vivo las veinticuatro horas del día con toda la intensidad que me sea posible... la vida se me ha dado con suma urgencia, los anuncios que me ha hecho de nuestra fragilidad han sido demasiado perentorios. No obstante me tomo mi tiempo para escribir. Soy un poeta de escritura parsimoniosa, pausada, lenta. Es en mi escritura en donde me solazo, donde disfruto en plenitud el misterio creador, pero ¡cuidado!: sin padecimiento. Sólo el sano cansancio del oficio de dar "sentido" a unas palabras que no sabes de dónde vinieron a tu caletre y que tú te sientes impelido a dar un cierto "orden".

(Fragmento de una entrevista concedida por el poeta Jorge Torres, al editor valdiviano Ricardo Mendoza. Marzo de 1994).

SELECCIÓN

NO ABRA ESTA JAULA

Al abrir esta jaula,
Habrá dejado escapar un poema.
Ese que pensamos, mas, no escribimos
Porque medrosos de las palabras
De nuestro entorno,
Revolotean como cernícalos
Sobre nuestra testa.

Alcáncelo pues, y enciérrelo
No suceda que en cercano tiempo
Nos le encontremos cantando
Cual pájaro de mal agüero
Los desatinos de nuestra renuencia.

LA MEJOR AUDITORA DEL PLANETA

Y aquí me tienes,
sumergido en esta ambigüedad
(propia de jugadores diestros)
aumentada por esta verborrea
enfrentada a tu mutismo.
Busco intenciones
hurgo en las precarias palabras
para plasmar al fin
el cimiento de algo
que es nada hoy,
mucho pronto
o vacío siempre.
Por lo pronto guardo y rescato
como objetos preciosos
sutiles parpadeos,
cadencias vocales,
miradas infinitas,

ceños presagiadores,
la cordial correspondencia
de algunos insultos más o menos solapados,
las maldiciones que nunca dijimos
(o pensamos)
y, caramba,
el recuerdo fastidioso
horadando el sentimiento.
En algún momento
me estrellas un gesto difuso
marcado de relativa resignación,
cuando escuchas estos pantagruélicos discursos,
entonces me voy de ti
convencido
de que no he convencido a nadie
y que tú eres
(en honor a la verdad
y sin ánimo de halagar)
La Mejor Auditora Del Planeta.

Declaración de guerra

Arráncate si no quieres ser herida
por mi diatriba ponzoñosa
Retírate,
te lo aconsejo por tu bien!
Aún tienes luces que encender,
aún puedes servir en otro frente,
no trates de convertirte en mártir
porque no tendrás adoradores.
("Soldado vivo, sirve para otra guerra")
La vida necesita de ti.
Escogiste mala manera de suicidarte
soy un buen tirador
y tú un blanco demasiado ostentoso.
    Anda
            Huye
                    Corre
mientras tomo aliento
y cargo mi arma,

te lo suplico,
amor.

(De *Graves, Leves y Fuera de Peligro*)

La muerte ensayada

Soy yo,
y no la pobre bestia que yace allí
aullando de dolor
W.C. Williams.

Venga,
acérquese más,
¿a quién le teme?
al final
soy yo quien le adeudo
más luego que tarde
habrá comercio entre nosotros.

Pez en el agua es Usted en el silencio.
El mismo que habita tras las palabras cuando éstas callan.
Locuaz, charlatán, vocinglero soy por ello.

Tome,
aquí tiene unas monedas.
Haga bien su trabajo.
Entreláceme las manos,
cierre bien los párpados
al igual que la mandíbula
entreabierta
ha poco batiente de sonrisas,
Y dese por pagada.

Florecer es un negocio mortal
lo sabía desde hace tiempo.

Vamos,
déjese de morisquetas.
No especule más
ni me ofrezca excusas

porque mi corazón ha de detenerse
y el de los demás se queda latiendo.

Usted y yo hemos ensayado demasiado.

Ahora es la hora.

Después, no diga por allí
que no fue advertida,
su rito
    no tendrá señorío.

(De *Poemas Renales*)

TEORÍA DEL ALIENTO

Todos cantamos, pero sólo
percibimos la canción ajena
A.R.

Beso mujeres que sólo aman mi voz.

¿Qué eco buscarán en el istmo
    de esas fauces?

No.
Es por la letra, dice una.

Canción y cantiga importan más
que toda melopea.

¿No será acaso el simple canto de la úvula?

Úvula rosada por el aire.
Pulso de alvéolos latir
de bronquios, por qué no.

Beso mujeres que sólo aman mi voz.

    ¿Esperan estas reencantarse
    como cuando el primer amante
    en la glotis y la epiglotis?

¿Y el eco dónde?

Aprendices siquiera en el Arte del Mimo.
Soberbias aspirantes, pronto saben
que no es cosa de aplicar
labios sobre labios
para separar con chasquidos
los carnosos bordes donde
culmina el aliento.

¿Y qué dirá ese eco, Señoras?
¿Acaso la queja o el gemido del que
os amó por vez primera y la de todos
los caídos en el mismo bregar,
develará algo de aquel portento?

Por ello, digo provisoriamente:

Beso mujeres que sólo aman mi voz,
que no es más que éter

tesitura vibrato
metal coloratura
melodía timbre

puros nombres
para el prodigio
pues mi voz no existe si
vosotras
no me besarais.

V O S O T R A S Q U E S O I S

el otro pulmón de Dios.

(Texto Inédito)

REFERENCIAS CRÍTICAS

POEMAS RENALES:
"De esta forma el libro de Torres nos adentra en la memoria cultural del agonizante, quien reconstruye sus nexos con la tradición, rescatando un modo de escritura y el eco de voces ya extinguidas: los Salmos, Gérard de Nerval o Chanfort. En esa línea el estilo quevediano en la organización sintáctica de varios títulos y poemas especifica un pasado, en la medida que permite asociar retóricamente este poemario a determinada poesía renacentista y, por cierto, filiarlo a su secularizada sensibilidad de época".

LUIS ERNESTO CÁRCAMO. *La Época*, Santiago, 7/III/1993.

POEMAS RENALES:
"(...) Lenguaje altamente elusivo y ambiguo con frecuentes recursos de empleo de los espacios blancos de la página que hacen más elocuente su alegato(...) poeta que sabe encontrar la forma precisa a su respiración espiritual: ese distanciamiento respecto a su cuerpo y a la experiencia del dolor y de la muerte sólo era posible con un lenguaje que mostrara los resquicios, nunca la evidencia".

JAIME VALDIVIESO. *Punto Final*, Santiago, VI/ 1993.

"Tal vez una figura resume la imagen del sujeto en la poesía de Jorge Torres. De un sujeto precario que histrioniza. Se niega a cantar, como Propercio, las naves de la conquista del imperio, pero sabe que por omisión está entre esas naves, con la secreta misión de dejarlas, al menos, averiadas.

(...) su escritura explora las relaciones de la escritura con la historia personal. La historia de vida es el testimonio del saber cotidiano, mas no privado. El poeta intuye, en este caso, que no hay saberes definitivos, que la vida es un espacio de la ambigüedad, que la cotidianidad está permeada por el poder... en esta línea de escritura se convierte en un espacio de exploración desde la cotidianidad, para desde ahí instalar una lectura de un determinado tiempo".

ÓSCAR GALINDO V. *Cotidianidad, Saber y Escritura: Aproximación a la Poesía de Jorge Torres*, Instituto de Filología Hispánica, Universidad Austral de Chile, Valdivia, III/ 1994.

Osvaldo Ulloa

SANTIAGO, 1954

ORACIONES Y FRASES PARA MONSEÑOR ALVEAR (1983)
FUEGO HUMANO (1984)
POEMAS A NATI (1987)
POEMAS A TRES VOCES (1991)
QUÉ DIRÁ LA GENTE (1993)
ABRIR LOS BRAZOS PARA ABRAZAR O VOLAR (1995)

ARTE POÉTICA

La poesía es el futuro o no habrá futuro

Se abre la puerta terrible de un horno
el próximo milenio
sale como un vómito una ola de fuego
sentimientos que se funden a miles de grados
poesía eres la psicóloga del futuro o no habrá futuro
Miseria material y moral que se funden a miles de grados
poesía eres la trabajadora social del futuro o no habrá futuro
hambre de Dios que se funde a miles de grados
poesía eres la religión del futuro o no habrá futuro
muertes que se funden a miles de grados
poesía eres la sepulturera del futuro o no habrá futuro
epidemias que se funden a miles de grados
poesía eres la vacuna del futuro o no habrá futuro
bosques y mares que se funden a miles de grados
poesía eres la ecología del futuro o no habrá futuro
Poesía eres el futuro o no habrá futuro

Poesía tienes que dejar de ser miedo animal del alma
tienes que ser alegría que abraza y abrasa
tienes que dejar de ser gritos que sangran
tienes que ser fuego trozo del sol
que traza los signos de la vida en la vida.
Poesía eres el futuro o no habrá futuro.

(Especial para esta Antología)

SELECCIÓN

Un día te cansarán mis besos
    mis caricias y palabras
Cuando llegue ese día yo quiero
que valientemente te las ingenies
para serme infiel conmigo mismo.

(De *Poemas a Nati*)

* * *

El monstruo escucha atento el mito
en el cual se habla de un monstruo
al que el ingenio de Odiseo arrebató su único ojo.
El monstruo está ciego pero no lo sabe
puesto que en su imaginación acontece el relato
que a él algo le dice más bien le sugiere mucho
pero no sabe ni sabrá jamás
que es de él de quien se habla en el mito.
El monstruo está ciego pero una monstruosa memoria
lo lleva a través de las conversaciones y las calles:
hoy no necesita ver le basta con recordar:
eso sí jamás sabrá que está ciego.

DISCOTEQUE

La danza de la muerte no es ésta la de aquí
a estas marionetas las mueve el deseo de desear el deseo
o lo que es lo mismo dejar de nadar en la nada ahogándose
aparenta todo un espectáculo nocturno cuando los niños
se ponen por máscara el maquillaje sexual
las luces dibujan los cuerpos la tribu baila al dios
a los dioses son tantos en esta época sin Dios
los animales les salen del alma con ritmo y se apoderan
de la pista de baile la cosa es moverse sacudirse
el polvo en que se convertirán más temprano que tarde
pasa un ojo por la música lleno de alcohol y marihuana

para los que danzan la música es el masaje cardíaco
que requieren a diario para tener un motivo
para vivir una vida donde lo humano está de más
uno parece que apagara una hoguera que se le cayó del alma
otro parece electrocutado en lo que vivió y que revive con
dolor
otro parece querer abrir el espacio con su cuerpo
como se hace un pájaro un hueco para su nido
todo esto es una acción de arte la más arriesgada
si saliera afuera todos morirían como murieron ya
los araucanos los mayas los que en la sangre tuvieron fuego.

* * *

A fin de cuentas yo soy el que más me quiere a mí
lo malo es que mi amor por mí no es del todo sano
porque mi amor por mí tiene mucha poesía romántica y épica
mucho de pena en bruto cuando dicen debiera tener pena
trabajada
y tiene demasiado aferrarme a mí mismo con dientes y garras
y eso cansa como largos años llenos de nada.
A fin de cuentas me pasó lo mismo que a todos
porque compadre a usted también nadie lo ama
nadie metería el corazón al fuego por usted
nadie mete una caricia en su mejilla con lágrimas
está estatuido que sea de ese modo la distancia
somos idénticos los dos se ríen de mí se ríen de usted
sumemos al que está loco porque vio y dio demasiado
ya somos tres así podríamos ampliarnos hasta ser todos
todos sin amor del bueno conformándonos con uno made
in usa
todos amándonos a nosotros mismos sin amor así es la vida
diaria
yo lo escribo en mi bitácora para que quede constancia
hoy vi el mar y era el alma mía llena de distancias y olas
el sol quemaba fuerte pero es porque era la soledad
viajo a una velocidad razonable
hacia un puerto donde nadie me espera
miércoles veinte de octubre.

* * *

Penélope apenas vio partir a Ulises
corrió a preparar el palacio
para orgías y banquetes
todos fueron sus amantes
el vino fue su mejor amigo
comió hasta quedar harta
y después siguió comiendo.
Claro que Penélope sabía
que ella estaba destinada a ser leyenda
que sería el símbolo de la fidelidad
por eso hizo que una esclava suya
tejiera y destejiera el famoso tapiz.
Penélope hizo correr el rumor
de que ella tejía y destejía por amor a Ulises
que rechazaba a los pretendientes, etc.
Cuando después de muchos años volvió Ulises
no tuvo necesidad de matar a los pretendientes
porque ya cansados de comida vino y sexo
se marcharon al verlo llegar.
Ulises miró a Penélope y le costó reconocerla
estaba alcoholizada enferma de sida
y obesa.
Ulises decidió volver a la guerra.

* * *

Perdonen la franqueza
pero encuentro que es un acto de justicia el que Ulises
con sus flechas esté traspasando a los pretendientes
como a insectos para un insectario.
Y no es que crea que lo grave
fue el acoso que mantuvieron hacia Penélope
o las borracheras innumerables y los banquetes sin fin.
Nada de eso es tan grave conociendo la naturaleza humana.
Lo que sí merece castigo es que nunca jamás
solidarizaron con el calvario de Ulises
ni lo tuvieron presente en sus plegarias hacia los dioses.
Ulises en Troya y en el regreso a Itaca
perdió a sus más queridos amigos.

Ulises escuchó enloquecido a las sirenas.
Ulises luchó a muerte con Polifemo.
Ulises fue prisionero de la magia de Circe.
Ulises no vio crecer a su querido Telémaco.
Ulises en realidad sufrió mucho
por eso su resentimiento es justo y nadie puede culparlo.
Ulises del mundo que se cae a pedazos
como la piel de un leproso
seguid siempre disparando las flechas contra aquellos
que viven la vida indiferentes ante la tragedia humana
y ya que tienen tan duro el corazón
abrírselos con flechas es justicia.

* * *

Era la ballena a la que le cantaba
la sussy veky en los años sesenta
la que quería adelgazar
y ser como una sirena
hoy es la sirenita de walt disney
rubia teñida delgadez extrema ojos maquillados
¿pero es su corazón el corazoncito tierno de la sirenita?
¿acaso no es su corazón un tiburón hambriento
de no tener miedo y no ser gorda y fea como lo fue?
Es —lo sabe ella— una de las sirenas
que encantaban a los marineros
y los hacían naufragar
y lo hará naufragar
en la rutina en las frustraciones acumulativas
que otorga el matrimonio el demonio
pilló volando bajo a este marinerito
y entrarán de blanco y de frac
a la iglesia
(imagen freudiana de la penetración)
se casarán por las dos leyes
(sin saber que lo hacen por la de la selva)
tendrán hijos marineritos
y sirenitas y será feliz cuando se mire al espejo
pero en las noches menos pensadas
en sueños se verá ballena
—tal como lo era—

el sudor y las lágrimas
serán un solo mar
donde el tiburón de su corazón
hambriento acechará quizás qué presas.

(De *Qué Dirá la Gente*)

Fotografías y realidad

Se salen de las fotografías los fotografiados
sale el matrimonio que entra en la iglesia
y entra en la realidad
sale el niño del acto del colegio vestido de conejo
sale y entra en la realidad
salen las candidatas a reinas de belleza
salen de la fotografía y entran en la realidad
salen los ejecutivos del evento social
salen de la fotografía y entran en la realidad
aquí a mi lado se juntan todos
pero de pronto el espanto
salen los niños de Somalia salen de la fotografía
y entran a la realidad
y salen los asesinos de la fotografía de la página roja
salen y entran en la realidad
salen los muertos por la catástrofe salen de la fotografía
de la portada y entran en la realidad
y aquí en la realidad los niños de Somalia
esperan recoger las migajas del banquete de los gerentes
y los asesinos se violan a las candidatas a reinas de belleza
y los muertos de la catástrofe manchan con sangre
el blanco vestido de la novia.
Salen entran se juntan todos todos todos
mis hermanos aquí en la realidad.

(Texto Inédito)

REFERENCIAS CRÍTICAS

QUÉ DIRÁ LA GENTE

"(...)Una poesía arrancada de las fibras íntimas y colectivas de su yo, desarrollando una escritura fronteriza con su *habla* cotidiana y directa. (...)Se configura en sus cruces referenciales con *el dolor, la desesperanza y la muerte,* expresados en un lenguaje oscilante entre el tono trágico e irónico, lírico y convencional.

(...)En su búsqueda de arraigo, este conjunto incorpora en su trama poética *una estética de compromiso,* articulada desde la perspectiva de un poeta creyente. En medio de un clima social anodino y mercantil, los poemas dejan al desnudo sus fetiches y máscaras. El hablante poético se arma con el recurso de *su fe* explícita en la poesía y, en última instancia, en sus utopías y en Dios".

LUIS ERNESTO CÁRCAMO. *La Época*, Santiago, 25/IV/1993.

"A través de un lenguaje coloquial, instituido entre los juegos de asociación fónica, encabalgamientos y quiebres de la sintaxis, el poeta va estructurando estos textos donde da cuenta del mundo deshumanizado y violento; mundo lleno de marionetas movidas 'por el deseo de desear el deseo', llevados por una vida eléctrica en que la comunicación se lleva a cabo con 'frases hechas como aquellas del grabador de mensajes' y los sentimientos son 'mecánicos eléctricos, digitales', por lo que 'el parecido de los muertos a los vivos/ es algo que a uno lo acerca a la muerte'.

El hablante, situado 'en la ciudad que era un espejismo', intenta la aventura compartiéndola 'con adultos que no son adultos' porque el maquillaje los oculta dentro de sí mismos como cajas chinas o muñecas rusas que alguien manipula detrás de un escenario hasta el final del espectáculo cuando 'nos arrojan/ dentro de una caja y allí amontonados/ esperan una función que no llegará jamás' (...)Poesía tan dolorosa como verdadera, tan aguda y crítica de la realidad, llena de hermosos hallazgos".

TERESA CALDERÓN. *La Nación*, Santiago, 11/IX/1993.

Verónica Zondek

SANTIAGO, 1953

ENTRECIELO Y ENTRELÍNEA (1984)
LA SOMBRA TRAS EL MURO (1985)
EL HUESO DE LA MEMORIA (1988)
VAGIDO I (1990)
VAGIDO II (1991)
PEREGRINA DE MÍ (1993)
MEMBRANZA (1995)

ARTE POÉTICA

La palabra, por ser objeto de uso cotidiano, debe a veces retorcerse para encontrar la forma en que vuelva a cargarse de significado. De ahí nace su condición de "artificio", que no es más que la posibilidad renovada de volver a ver. Poesía es la palabra extrañada de su hábitat natural para hacerla decir. La palabra poética tensa una realidad no cuestionada. Es conflicto y deseo. Hay una voluntad en la palabra poética que nace de una pasión por conocer más, ver más, sentir más. Es vivir al filo de... siempre cerca del abismo. Es por eso que la escritura poética produce en su proceso un estado de exaltación de los sentidos a la cual se le da forma después, cuando la distancia permite la estructuración estética. Ese momento único y vivo es lo que debería quedar plasmado en el poema, de manera que el posible lector pueda acceder a ese momento mágico en que los sentidos primero, y luego la razón, perciben magníficamente. El poema, pulveriza las verdades absolutas que pretenden normarnos, y nos adentra en el caos, humus frenético de las pulsaciones del hombre. Vivencia del límite entre nombrar-ver el mundo y descubrir la latencia de lo innombrable. Experiencia del lenguaje que se acerca a la conciencia y al deseo.

Escribir es desnudar, exponer; estar desnuda, expuesta. Vivo. Escribo para atrapar el eco de las cosas perdidas, aminoradas, invisibles. Percibo así, desde el asombro.

Poesía es la creación de un mundo donde las múltiples voces dialogan entre sí hasta fisurar lo obvio para así abrir el camino del decir significativo. Es un alba del decir en la página en blanco para acontecer el propio crepúsculo. Un eco que se diluye para concentrarse lejos de la anécdota que lo acontece. Ser voz para vestirse y sobrevivir. Memoria de una cadena sin fin de luchas y encuentros que busca y encuentra decir el silencio verboso de miedo que nos hace humanos. Rondo, rodeo acezante el conocimiento perceptivo hasta penetrar la médula. La palabra poética es la huella imaginaria que nos une con un antes y nos ubica respecto a un después latente. El verbo poético es posibilidad, acción y meditación. Conciencia y observación. Testimonio. Ser. Soy, en la medida que escribo.

(Especial para esta Antología)

SELECCIÓN

XIII

Quise tentar el ángel.
Dejar su mueca
el desperdicio humano
besar un ojo encerrado
tragar su inocencia
mojar su par de labios con tinto salobre
y ordeñar el sopor de su siglo.
Quise inferir sus alas hasta dejarlas puro aliento
y buscarTe.
Quise tanto.
Quise remitirTe cual heraldo medieval
a desplegar ley inscrita
mentira untada
matanza y más orgullo
y Te salté una lágrima.
Quise tocarTe
y decir
Tu sombra me hace esperar tras el muro.

(De *La Sombra tras el Muro*)

XIX

En su nido
pía el pío
nace
la yo piadosa
la nida en la nada
la nada que me flota el crío
la cría mía
llora
llena la nada
me nombra
me quema la pestaña.

Tu aire todo para mi ojo
para entera verme   tú
mi otro
sin la mía cumbre en tus cuatro pies
en la calle oscura
en todas partes

habiéndo
me.

XX

Para partirte niño
parto me doy
partiéndome
ahora
tuya
encuerpado otro
sangrándome mi mí
parto
parto partida
para partir parir descalza
como empezando.
Me engajo entera
y no me siento   tiento
tentándome al desgajo continuo
que voy dejándome en el camino.

(De *Vagido I*)

CAPÍTULO II

Ese mito, aúlla?
Grita el barraco?
Abre la boca clausurada
o apuesta al siempre elegido favorito?
Es la verticalidad que perfora lo posible
o la falta de curiosidad?

Es
cree

palabra impresa
o manejo añoso y turbio.
Una pócima precipitada en algún cuenco
o la suma informe del ayer que hoy se incrusta
en el hueso que rasga y penetra deleitoso
para desde allí arremeter
mientras fuerte la mirada se fija
y fuerte se agarra a la baranda
y se ata a un cabo
para por la borda no caer
para no morir en ese mar que informe lo traga todo
para no abandonarse al suave traqueteo de la baba
porque gozar el vaivén sólo quiere en un algo
pequeño
y nadar hasta la encantada orilla la atrae
y escuchar no, el maldito cántico del sireno
que con ojos entrecerrados
la ulula
le devora en deseo
el deseo.
Su ardicia es raíz sólo aérea
ronda
posesión de cierto trozo
y un infinito romper del aliento
contra su testa en túmulo dolor.

Tampoco perder el habla quiere.

Con el orgullo y la tierra atesorados en su lecho
aprecia al otro en él.
Ve la distancia que los recorre.
Ve como la toca
y deja de importarle la morada iniciática.

Una batalla
enceguece áurea las voces de encrucijada.
Punza por ceder su síngulo
y plural
entorpece la raíz que ya no afirma
que delira necesidad de otro aire
para no caer en la arena del espectáculo

en el a veces horror de una entretención
y soberbia su cáscara,
la adoba.
Sólo desea su piel
porque amable se ama al tacto
porque en tibio y lento
se la relame.
Quiere ahora enhebrar su lengua vacía de rastro
y atrapar
encostrar la vivaz en su orilla
por ese cansancio adentro
empotrado
por ese letargo del viaje que se repite
que muy maestro
la erupta.
Briosa
busca el mullido del hogar primero.

(De *Peregrina de Mí*)

PALABRAS DE OBJETO

I

Un gris del cielo se refleja en el mar.
Tu mirada se pierde en el cuerpo incesante.
Esta mirada recoge un murmullo de palabras.
Este pecho ruge en desvelo y con hambruna.
Un espacio se abre al infinito.
Un reloj muere de muerte natural.
Las gaviotas hacen el recorrido de sus propias huellas.
La lluvia está lejana y moja el horizonte.
Dos sillas se olvidan de dos cuerpos.
Una mesa se carga de significado.
Un mozo desaparece detrás de un biombo.
La tarde se asemeja a una frazada palpitante.
El mundo adquiere grandes dimensiones.
Hay una cáscara imperceptible que se despliega uniforme.
Una telaraña que acusa el golpe más ínfimo.
Una claridad casi mental.
Todo abunda en este castillo.
Lo necesario para saciar el hambre.

II

Un plano se hace indispensable al peso de las palabras.
Una mesa donde los platos son sólo excusa del hambre.
Dos vasos ahogan la nostalgia de lo ya dicho.
Sobre el plano blanco
flota
se suspende
un abandono.

III

Un niño mira un árbol.
Un niño contiene una mirada que abarca el horizonte.
Mi mirada abraza la mirada de un niño.
Tu mirada se pierde en la pantalla.
La pantalla abarca la boca de este lobo.
En la antesala de esa boca
las miradas se concentran.
Los cuerpos acompañan el terror de los ojos.
Los ojos palpitan.
Los ojos acarician.
Los ojos se vierten a la aventura del sueño.
El sueño me acelera hacia un punto.
El punto es negro.
El punto es la boca dentada de un lobo con hambre.

(Texto Inédito)

REFERENCIAS CRÍTICAS

(...)"Así, esta poesía remite a una 'energía' capaz de entrar más 'por las orejas' que por el ojo imaginario de la lectura. Para hablar del enigma es mejor 'hacerlo sonar', puesto que no es fácilmente representable en la 'ciudad letrada': he aquí entonces una poesía que se presenta como una danza, 'blandiendo cola al compás de la vida'. Para Zondek, el universo letrado es en cambio: 'tan vacío en libros rebosantes de páginas'; 'la sangre... corre en su contra'. Esta poesía se articula intencionadamente entre los hilos de la tinta negra del papel y la tinta roja de la vida, continuidad vaciada por la cultura libresca y el Logos occidental.

Se va configurando desde el comienzo una escritura/puente, una poética de 'entres': *entrecielo y entrelínea*, entre ausencia y presencia, memoria y olvido, lo orgánico y lo inorgánico.

(...) Aquí búsqueda de sentido, búsqueda de forma y búsqueda de identidad apuntan a una serie de éxodos y desenganches sistémicos frente a las 'ideas caducas', los 'rugosos léxicos', la 'esterilidad' de la 'repetición'. Poética de despojo, se trata de ir productivizando el vacío, el 'abismo', el 'naderío' hasta 'quedar desnudos', 'retroceder (...) hasta quedar el burro mirando' ('Tiempo limitado').

(...) Las identidades que se van configurando aquí son dúctiles: ocupan las máquinas paranoicas del poder y se desenganchan, conduciendo del miedo al juego, juego de la metamorfosis, de goces 'terribles', caídas de rostros, devenires de la diferencia. Se trata de 'rebalsar los empíreos bordes' y 'chorrear'. He ahí la dedicatoria del primer texto: 'a quien me quitó el miedo'. Del miedo al juego: partir por un saber sospechoso y acceder en la creación carnavalesca a la heterogeneidad, al devenir inocente, ascenso de lo humano a lo animal. Desde el primer libro a *Peregrina de mí* se realizan inversiones de valores. La escritura es danza del mundo al revés: la cabeza está 'enterrada' y los 'pies en el aire' ('Entrecielo'). Con ello, se fuerza la vista a tierra, a cieno, invirtiéndose la mirada ilustrada de la 'razón/luz' ('y marchamos nosotros sin encender luz')".

KEMMY OYARZÚN. "Aproximaciones a la poesía de Verónica Zondek". Postfacio a *Membranza*, Santiago, 1995.

Raúl Zurita

SANTIAGO, 1951

PURGATORIO (1979)
ANTEPARAÍSO (1982)
CANTO A SU AMOR DESAPARECIDO (1986)
EL AMOR DE CHILE (1987)
SELECCIÓN DE POEMAS (1990)
LA VIDA NUEVA (1994)

ARTE POÉTICA

—Ahora me doy cuenta que, al comenzar *Purgatorio,* sin saberlo con certeza, estaba terminando *La Vida Nueva* y construía su fase final. Siento que *Purgatorio* refleja algo al menos del espíritu de los tiempos que nos tocó vivir. Fue mi propia lucha contra el miedo y la desesperación pero que también era la de todos. En *Anteparaíso* está la idea de ser parte de algo infinitamente más vasto que ti mismo y abrirte a una dimensión de lo que puede ser la palabra llamada pueblo, a los paisajes, al universo, al cosmos. Ahí están las escrituras en el cielo. Finalmente *La Vida Nueva* es mi máxima posibilidad como ser humano y como artista.

—Este libro se abre con los sueños del poblador y van apareciendo esos boteros de los ríos del sur que son hombres reales que se toman estas páginas. Entonces todas las ideas preconcebidas como prosa, poesía, citaciones, para mí son absolutamente ficticias, en el sentido de que las distintas personas, las distintas voces, toman sus formas. Personalmente creo que si uno lee las 'prosas', sobre todo en la primera parte, en realidad son poemas en el sentido más clásico.

—Cada vez creo más que no es uno el que habla, que 'se' escribe y que a todos, no solamente al poeta, nos ha tocado ser los intermediarios de un diálogo que nos sobrepasa infinitamente. Es el diálogo de Dios consigo mismo, que habla a través de todas las cosas, a través de las estrellas... A nosotros, hombres de esta tierra, nos ha tocado ser los intermediarios de una parte muy pequeña de esa conversación general de todas las cosas. Probablemente son los poetas a quienes les ha tocado verbalizar ese diálogo, ese monólogo, pero es muy poco lo que alcanzamos a entender. En realidad mi nombre, mi voluntad, todo lo que yo entienda por inteligencia, son banalidades. Esta conversación general nos sobrepasa y nos trasciende.

—El libro termina con el 'Ni pena, ni miedo' y con una frase anterior que dice: 'Amado Padre entraré de nuevo en ti'. Sea lo que fuere que haya pasado y que suceda, aquí estamos, voy de nuevo a ti, espero nacer de nuevo.

(*El Mercurio,* fragmento de entrevista en "Revista de Libros", Santiago 18/XII/1994)

SELECCIÓN

EL DESIERTO DE ATACAMA III

i. Los desiertos de atacama son azules

ii. Los desiertos de atacama no son azules   ya ya dime
lo que quieras

iii. Los desiertos de atacama no son azules porque por
allá no voló el espíritu de J. Cristo que era un perdido

iv. Y si los desiertos de atacama fueran azules todavía
podrían ser el Oasis Chileno para que desde todos
los rincones de Chile contentos viesen flamear por
el aire las azules pampas del Desierto de Atacama

EL DESIERTO DE ATACAMA IV

i. El Desierto de Atacama son puros pastizales

ii. Miren a esas ovejas correr sobre los pastizales del
desierto

iii. Miren a sus mismos sueños balar allá sobre esas
pampas infinitas

iv. Y si no se escucha a las ovejas balar en el Desierto
de Atacama nosotros somos entonces los pastizales
de Chile para que en todo el espacio   en todo el mundo
en toda la patria   se escuche ahora el balar de nuestras
propias almas sobre esos desolados desiertos miserables

XXII

Destrocé mi cara tremenda
frente al espejo
te amo —me dije— te amo

Te amo más que a nada en el mundo.

LXIII

Hoy soñé que era Rey
me ponían una piel a manchas blancas y negras
Hoy mujo con mi cabeza a punto de caer
mientras las campanadas fúnebres de la iglesia
dicen que va a la venta la leche

* * *

Comprended las fúnebres manchas de la vaca
los vaqueros
lloran frente a esos nichos

I. Esta vaca es una insoluble paradoja
pernocta bajo las estrellas
pero se alimenta de logos
y sus manchas finitas son símbolos

II. Esa otra en cambio odia los colores:
se fue a pastar a un tiempo
donde el único color que existe es el negro

Ahora los vaqueros no saben qué hacer con esa vaca
pues sus manchas no son otra cosa
que la misma sombra de sus perseguidores

* * *

Vamos el increíble acoso de la vaca
La muerte
no turba su mirada

I. Sus manchas finalmente
van a perderse en otros mundos

II. Esa vaca muge pero morirá y su mugido será
"Eli Eli / lamma sabacthani" para que el
vaquero le dé un lanzazo en el costado y esa
lanza llegue al más allá

III. Sabía Ud. que las manchas de esas vacas quedarán
vacías y que los vaqueros estarán entonces en el otro
mundo videntes laceando en esos hoyos malditos?

(De *Purgatorio*)

GUÁRDAME EN TI

Amor mío: guárdame entonces en ti
en los torrentes más secretos que tus ríos levantan
y cuando ya de nosotros
sólo quede algo como una orilla
tenme también en ti
guárdame en ti como la interrogación de las aguas
que se marchan.
Y luego: cuando las grandes aves se derrumben
y las nubes nos indiquen
que la vida se nos fue entre los dedos
guárdame todavía en ti
en la brizna de aire que aún ocupe tu voz
dura y remota
como los cauces glaciares en que la Primavera desciende

(De *El Amor de Chile*)

Inscripción 178

Te hablan ahora las rompientes de tu vida
Te cuentan de las falsas Itacas, del
naufragio en costas remotas
de tu cansancio doblándote hacia las olas
Te dicen que más allá está el final
de la tierra
que allí el mar se derrumba, que tu mar
amado se derrumba y que los barcos
nunca han vuelto
Te hablan en tu propia noche los temores

Que suenen entonces como algo que se
despierta estos poemas
como algo que está en ti, como algo que
cruza el mar y se despierta

Los nuevos pueblos

Y era tu cara el borde de estos cielos, el manto
mío de las estrellas. Al mirar hacia arriba no
vi nada sino tu permanencia, las pinturas de tu
rostro, la deriva de tus antepasados inundando
las altas nubes. Esos son los ríos que se abren.
En otro tiempo fuimos encontrados y ya vivimos
en las primeras células, en los abismos de los
mares, en las primitivas danzas que el asombro
le ofreció al fuego. Por eso somos ríos que se
abren, brazos, cauces, torrentes arrojados de
un agua única y primigenia.
Nada se diferencia de lo que somos y nada de lo
que es está fuera de nosotros. Tú resumes las
viejas tribus, las cacerías, los primeros valles
sembrados y mi sed recoge en ti toda la saga de
este mundo. No son mitos, el mito es la mentira:
que sólo existimos una vez, que cada uno es sólo
uno. Todos viven en ti y tú vives. Las olas del
tiempo inmemorial y las estrellas. Oh sí manto
mío de mis estrellas; la noche te habla antes de

sucumbir al día, las grandes batallas perdidas,
el pasto de los antiguos clanes y de las tribus
remontando por nuestros cursos el corazón de
los caminos del corazón y tus tocadas praderas.

Las nuevas tribus

Por eso brillan las ciudades flotando y mis ojos
ven las enormes constelaciones abrirse porque
así se transfiguran los torrentes reuniendo
sus aguas. Tú asciendes por las aguas y es la
marcha de los antiguos glaciares en que fuimos
hallados, las largas emigraciones, el caudal de
tus padres y de mis padres juntándose otra vez
en nosotros. Y tú no terminas de creerlo, pero
una lengua desconocida te interrumpe... Y yo no
termino de creerlo, pero danzo y mis pupilas se
humedecen admirando el primer fuego, la gruta
en que en otras edades nos abrazamos.
Bien, tú estás allí y es como decir que el pueblo
que vive en ti ha estado, que la tribu que habla
en ti ha estado y que mi amor es una tribu y un
pueblo. Millones de años antes alguien vio sus
manos separársele del suelo y al mismo tiempo
el resplandor de las futuras ciudades brillando
en las alturas. Es de eso de lo que te hablo; de
un brillo estancado en el fondo de nosotros, de
algo que hace uno el pasado y el futuro. O sea:
del cielo que reflejó para siempre la primera
fogata, de lo eterno de una solitaria ola, de la
hoja que cae, de la cruz del cosmos, de los ríos...

(De *La Vida Nueva*)

REFERENCIAS CRÍTICAS

PURGATORIO

"(...) El *Purgatorio* de Zurita delata un sufrimiento más mental que físico. Padecimiento simbólico que supone una individualidad en crisis, enfrentada a lo que la excede y sobrepasa, la disuelve y la arranca a su gravitación y a sus pertenencias. 'Desiertos', 'pampas', 'oasis', amén de otras infinitudes y profundidades que se explayan en la escritura de Zurita (...)".

WALDO ROJAS. Revista *Lar,* Madrid, 1984.

"La obra de Zurita pertenece también a esa multifacética tradición del cambio que orienta la producción lírica moderna en Hispanoamérica. Su poesía nos enfrenta al uso y funcionamiento de un discurso poético complejo en el que participan las estructuras de textualidades literarias clásicas, las convergencias provenientes de textos que construyen un sistema universal y colectivo de referencias, y las marcas de la Historia relativas a la productividad del desarrollo individual en el marco de determinados modelos sociales. En el primer caso ejemplificaría la utilización intertextual de la obra de Dante, especialmente en lo que concierne a la estructuración de una visión de mundo. El segundo correspondería a La Biblia a través de las contextualizaciones contemporáneas que Zurita plasma sobre su visión social como signo de amor, sufrimiento y redención. El tercer aspecto apuntaría tanto a su captación artística sobre el abuso del poder político en general como a la experiencia social y personal de Zurita durante los años de dictadura en Chile.

En el interior de esa complejidad poética también se encuentran los usos de lenguajes matemáticos, de proposiciones lógicas, de figuraciones geométricas, de reconstrucciones simbológicas: formas, modelos y lenguajes que van transformando paulatinamente la aparente zona descriptiva del poema en poderosas imágenes de multívoca significación.

(...) Esa pasión por el silogismo revela de una parte la actitud ergotista de un hablante lírico arrobado por la infinita capacidad combinatoria del lenguaje. Es, en este caso, el arte de la expresión entendido como un sistema de reconstitución que puede armarse o desmontarse, afirmarse o contradecirse, derivar en un diálogo de significados o en reflejos que rebotan sin dirección. De otra parte —y a través del mismo recurso— se está buscando un nuevo principio de configuración para la red de relaciones que potencialmente puede desarrollar el lenguaje poético".

FERNANDO BURGOS. *Scriptura* 8/9, España, 1992.

ÍNDICE DE POEMAS

Carlos Decap

Bárbara Délano

Soledad Fariña

Jaime Hales

Tomás Harris

Esta edición de 3.000 ejemplares
se terminó de imprimir en el mes
de mayo de 1996 en los talleres de
Impresos Universitaria, San Fran-
cisco 454, Santiago, Chile.